Susanne Rauprich, geboren 1965 in Köln, ist promovierte Kunsthistorikerin. Sie ist verheiratet, hat zwei Kinder und arbeitet seit 1995 als selbstständige Kunstführerin und Kunstpädagogin. Im Emons Verlag erschienen »Köln. Stadtgeschichte für schlaue Füchse« und »Der Kölner Museumsführer«.

SUSANNE RAUPRICH

Der Ritter von der Schäl Sick

KÖLN KRIMI FÜR PÄNZ

emons:

Umschlagmotiv: Heribert Stragholz
Umschlaggestaltung: Tobias Doetsch
Druck und Bindung: CPI – Clausen & Bosse, Leck
Printed in Germany 2011
ISBN 978-3-89705-868-2
Originalausgabe

Für Felix und Paula

Inhalt

1.

Der Wettbewerb

Hallo, ich bin Charlie. Eigentlich heiße ich Charlotte, aber alle nennen mich nur Charlie. Das passt auch besser zu mir. Mama sagt immer, ich sähe aus wie eines von den »Wilden Hühnern« oder einer von den »Wilden Kerlen«. Zugegeben, meine langen gelockten Haare hängen meist wild im Gesicht. Und meine schon ziemlich alte und oft geflickte Jeanslatzhose ist auch nicht gerade das, was man hübsch nennt. Mir gefällt sie, und sie ist so was wie mein Markenzeichen geworden. Ich weiß gar nicht, was ich machen soll, wenn die irgendwann mal komplett auseinanderfällt.

Ach ja, ich bin zwölf Jahre alt und gehe in die siebte Klasse. Meine beste Freundin ist Karla. Unsere Mütter haben sich kennengelernt, als sie mit uns im Kinderwagen durch die Straßen zogen. Also kenne ich Karla schon eine ganze Ewigkeit. Wir sind ein gutes Team, obwohl wir ganz unterschiedlich aussehen. Ich bin mit meinen blonden Locken das krasse Gegenteil von Karla mit ihren langen, glatten braunen Haaren. Karla ist auch viel ordentlicher als ich. Die Klamotten, die sie trägt, sind irgendwie modisch, aber nicht so wie die, die alle anderen tragen, sondern eher ausgefallen. Manche Hosen und Hemden hat sie sogar selbst entworfen. Vielleicht wird sie später mal Modedesignerin. Außerdem kann Karla toll singen. Ich spiele übrigens Gitarre. Logisch, dass wir irgendwann eine Band gründen wollen.

Im Moment stehe ich im Regen vor der alten Klosterkirche Sankt Nikolaus in Köln-Dünnwald. Wollt ihr wissen, warum wieso weshalb? Das ist schnell erzählt:

Also, vor vier Tagen, an einem verregneten Nachmittag, saß ich mit Karla im Werkraum unserer Schule. Jeden Dienstag findet da die Theater-AG statt. Wir wollen ein Musical mit Hexen, Feen, Vampiren und so auf die Beine – nein, auf die Bühne stellen. Zurzeit malen wir die Kulissen für einen Wald. Die Bäume haben wir mit Holz, Maschendraht und gaaaanz viel Pappmaschee gebaut. Und, was soll ich euch sagen, letzten Dienstag, gerade als ich auf der Leiter stand und mit meinem Pinsel saftiges Grün auf die Pappmaschee-Baumkrone malen wollte, sah ich es!

Auf einem Stück Zeitung, das mit Kleister zu einem Blatt verklebt war, stand:

»400,– Euro bei Schülerwettbewerb zu gewinnen«.

Ich las weiter: »Wer macht mit? Gestaltet einen Stadtführer über euren Stadtteil für andere Kinder. Die schönsten und besten Stadtführer werden ausgezeichnet!«

Glücklicherweise war das Zeitungs-Kleister-Blatt nicht wirklich gut verklebt. So konnte ich den Zeitungsfetzen mit dem Schülerwettbewerb leicht lösen. Ich steckte ihn, ohne dass es die anderen merkten, in meine Hosentasche. Schnell stieg ich von der Leiter und flüsterte Karla zu: »Mach mal Pause. Ich muss dir was Wichtiges erzählen. Komm mit.«

»Na, wieder Geheimnisse, die beiden Supergirls«, war hinter mir zu hören.

Es war die Stimme von Nils. Der und sein Freund Mike sind auch in der Theater-AG und echt ätzend. Die glauben nämlich, dass sie supercool sind und nerven uns dauernd mit ihren doofen Sprüchen.

»Halt die Klappe«, raunzte ich ihn nur kurz an.

Karla ließ ihren Pinsel ins Wasserglas gleiten und folgte mir auf den Flur. »Was gibt es denn so Bedeutendes?«, wollte sie wissen.

»Hier, lies mal.« Ich gab ihr den Zeitungsschnipsel. »Das wäre doch was für uns! Hast du Lust?«

Karla musste nicht lange überlegen: »Na klar! Aber …«

»Was, aber?«

»Was hältst du davon, wenn wir das zu mehreren machen?«

Karla hatte recht. Zu mehreren, als Team, würde das Ganze noch mehr Spaß machen. Und die Frage, wer gut in unser Team passen würde, war nicht schwer zu beantworten. Da gab es nur einen, nein besser zwei! Zwei Brüder, mit denen wir befreundet sind: Basti und Tom. Wir vier kennen uns schon aus dem Kindergarten. Basti ist in unserer Klasse, Tom zwei Jahre jünger.

Basti ist der Supersportler in der Klasse. Er will später mal Hockey-Nationalspieler werden. Natürlich hat er auch versucht, Karla und mich zu überreden, mit dem Hockeyspielen anzufangen. Bis jetzt haben wir es allerdings noch nicht gemacht. Na, und Tom. Der ist überhaupt kein Sportler. Dafür spielt er leidenschaftlich gern Trompete. Die beiden sehen sich total ähnlich. Wäre Basti nicht einen Kopf größer, könnte man sie glatt verwechseln. Beide haben rötliche, immer zerzauste Haare und Sommersprossen. Und sie verstehen sich richtig gut.

Dann hatte Karla auch noch die Idee, Judith zu fragen. Die geht in unsere Parallelklasse. Judith weiß die unglaublichsten Dinge und kennt sich gut mit Computern und im Internet aus. Wir fahren morgens oft gemeinsam mit der Bahn zur Schule. Von ihr erfahre ich immer die Neuigkeiten aus aller Welt. Denn Judith hat dann bereits die ganze Zeitung gelesen. Sie interessiert sich nämlich auch für Politik. Das gilt für Klamotten eher weniger. »Klamotten sind mir schnuppe. Hauptsache, sie sind bequem!«, sagt sie immer.

Und so kann es vorkommen, dass sie eine gestreifte Hose mit einem geringelten T-Shirt zusammen anzieht. Sie wirkt immer ein wenig flippig und chaotisch. Vielleicht liegt das auch an den ungekämmten langen Haaren. Aber Judith ist alles andere als chaotisch. Die weiß immer, was Sache ist.

»Gute Idee, Judith mit ins Team zu nehmen«, stimmte ich Karla zu, »obwohl ...«

»Ich weiß schon, was du meinst. Judith und Basti, das ist so eine Sache. Die müssen sich immer streiten. Aber wenn wir zusammen so einen Stadtteilführer schreiben, werden die sich schon verstehen. Wir können jedenfalls beide gut gebrauchen.«

Ich stimmte Karla zu und war mit dem Team, das wir uns da eben zusammengestellt hatten, ganz zufrieden.

Dieser Wettbewerb vom Stadt-Anzeiger kam gerade richtig. Seit Tagen regnete es. Dabei war es Sommer. Und wir wussten wirklich nicht mehr, wie wir uns die Zeit vertreiben sollten. Am liebsten hätten wir sofort mit dem Stadtteilführer angefangen. Aber wir konnten ja nicht einfach aus der AG abhauen. Also hieß es abwarten und Geduld üben. Nicht gerade meine Stärke. Aber irgendwann war es dann so weit, und wir konnten nach Hause gehen.

Das habe ich noch gar nicht erzählt: Ich wohne in Köln-Höhenhaus. Das ist ein Stadtteil im Nordosten von Köln, direkt an den großen Wäldern, die bis ins Bergische Land reichen. Hinter Höhenhaus liegt Dünnwald. Manche alten Höhenhauser mögen die Dünnwalder nicht und umgekehrt. Meine Freunde und ich sehen das nicht so. Die einen leben in Höhenhaus, die anderen in Dünnwald. Das Einzige, was uns unterscheidet, ist die Postleitzahl. Ansonsten sind wir immer da, wo es gerade am schönsten ist: im Sommer im Dünnwalder Waldbad, wenn Schnee fällt, im Höhenhauser Teufelsloch, und wenn Kirmes ist, auf dem Wupperplatz in Höhenhaus.

Ich wohne mit meinen Eltern und meinem Bruder Paul – der ist schon sechzehn – in einem großen Haus mit einem noch größeren Garten. In Höhenhaus gibt es noch einige solcher Häuser mit riesigen Gärten, denn früher hatten die Menschen hier fast alle ihre eigenen Hühner, Schafe oder Schweine.

Meine Mutter fragt uns oft, ob nicht ein kleineres Haus mit einem kleineren Garten besser für uns wäre. Schließlich gäbe es dann weniger zu putzen und aufzuräumen, weniger Unkraut zu zupfen und weniger Rasen zu mähen. Aber ich finde das überhaupt nicht. Ich liebe das Haus und vor allem den Garten. Ich nehme mir auch immer vor, ihr bei der Haus- und

Gartenarbeit zu helfen. Aber irgendwie vergesse ich es dann auch wieder. Paul geht es genauso. Der hat jetzt eine neue Freundin und sowieso nur noch andere Dinge im Kopf.

An jenem Nachmittag also sind Karla und ich direkt von der Schule zusammen zu mir nach Hause gegangen. Ich klingelte, aber keiner machte auf. Bei meiner Mutter weiß man nie, ob sie da ist oder nicht. Sie ist Schriftstellerin und arbeitet *selbstständig*, wie sie sagt. Sie war natürlich wieder irgendwo recherchieren oder bei ihrem Verlag.

Ich habe meinen Schlüssel aus dem Rucksack gekramt und die Tür aufgeschlossen. Es hat auch etwas Gutes, wenn man nach der Schule erst einmal allein ist. Da kannst du deine Sachen einfach in die Ecke pfeffern, ungestört im Kühlschrank nach was Essbarem stöbern und es dir gemütlich machen. Genau das haben Karla und ich gemacht.

»Was nun?«, fragte Karla, nachdem sie sich entspannt auf das Sofa gelegt hatte. Genüsslich knabberte sie an einer Möhre. Ich hatte mir fünf Tomaten zurechtgelegt und mich quer auf meinen Lieblingssessel gesetzt, sodass meine Beine über die Lehne baumelten. Dann schob ich mir die erste Tomate in den Mund. Für Tomaten könnte ich sterben.

»Zuerst müssen wir unser Team zusammentrommeln«, antwortete ich ihr mit vollem Mund.

»Hast du nicht was vergessen?«

»Was denn?«

»Wir müssen die anderen doch erst mal fragen, ob sie überhaupt mitmachen *wollen*.«

Ich blickte sie verwundert an. »Zweifelst du etwa daran?«

Schnell hatte ich das Telefon geholt. »Das werden wir gleich wissen.«

»Hallo, hier Basti.«

»Hi, ich bin's, Charlie. Hör mal: In der Zeitung haben sie einen Wettbewerb ausgeschrieben, an dem wir teilnehmen möchten. Wir müssen einen Stadtführer von unserem Stadtteil für andere Kinder schreiben. Die von der Zeitung wählen dann den Stadtführer aus, der ihnen am besten gefällt. Die Sieger können vierhundert Euro gewinnen. Na, hast du Lust mitzumachen? Karla ist auch mit dabei. Und Judith wollen wir noch fragen. Und natürlich auch Tom und ...«

»Stopp!«, rief Basti am anderen Ende der Leitung. »Lass mich doch auch mal zu Wort kommen! Hört sich gut an. Im Moment, bei dem blöden Wetter, kann man eh nichts Vernünftiges machen. Klar mache ich mit und Tom bestimmt auch! Muss denn Judith unbedingt dabei sein?«

»Sie muss«, sagte ich entschieden und ließ überhaupt keine Diskussion zu.

Wir verabredeten uns für den nächsten Nachmittag bei uns. Basti sollte inzwischen seinem Bruder Tom alles erzählen.

Ich wollte gerade Judiths Nummer wählen, da nahm mir Karla das Telefon aus der Hand.

»Ach komm, wir gehen bei Judith vorbei. Die ist sicher zu Hause.«

Judith wohnt in einem der alten Holzhäuser im Lippeweg. Die sind so richtig schnuckelig und sehen wie alte, märchenhafte Knusperhäuschen aus. Wir haben unsere Regenjacken angezogen und sind losmarschiert. Es ist nicht weit von mir zu Judith. Wir mussten nur über den Wupperplatz rüber, ein kleines Stück den Lippeweg runter, an der Kirche vorbei und schon waren wir da.

Judith staunte nicht schlecht, uns zu sehen. »Was treibt euch denn bei diesem Sauwetter zu mir?«

»Wir brauchen deine Hilfe«, erklärte ich ihr und wollte gerade loslegen, ihr von dem Stadtteilführer zu berichten.

Da unterbrach sie mich: »Wollt ihr nicht erst einmal reinkommen?«

Als wir in Judiths Zimmer auf dem Boden hockten, fragte sie uns: »Ihr habt einen geheimen Plan! Stimmt's?«

»Woher weißt du das denn schon wieder?«

»Och, das war nicht schwer. Nils und Mike haben überall erzählt, dass ihr etwas Geheimes vorhabt und so.«

»Diese Dummnasen!«, ärgerte ich mich.

»Was soll's«, beruhigte mich Karla. »Sie wissen ja gar nicht, was wir vorhaben, und wollen sich nur wichtigmachen.«

»Jetzt erzählt endlich, worum es geht.« Nun wollte Judith aber mehr wissen.

Judith war gleich Feuer und Flamme, auch wenn ihre Begeisterung etwas unter der Vorstellung litt, in den kommenden Tagen öfter auf Basti zu treffen, als ihr lieb war. Aber natürlich würde sie auch am nächsten Tag zum ersten Treffen kommen.

Karla und ich machten uns wieder auf den Heimweg. Als ich zu Hause ankam, war ich plitschnass. Vor unserem Haus musste ich diesmal nicht den Schlüssel rauskramen, denn Mama war da. Es hat auch sein Gutes, wenn jemand da ist, wenn man nach Hause kommt. Mama nahm mir die nassen Klamotten ab und kochte mir einen heißen Tee. Ich erzählte ihr von unserem Plan und dass wir uns am nächsten Tag bei uns treffen wollten. Für Limo und Kekse würde sie sorgen, versprach sie.

2.
Der Stadtführer

Der Mittwoch hatte begonnen, wie der Dienstag aufgehört hatte: Es regnete. Da machte das Aufstehen nun wirklich keinen Spaß. Aber dann ist mir wieder der Stadtführer eingefallen und dass wir uns an diesem Nachmittag das erste Mal treffen wollten: Karla, Judith, Basti, Tom und ich.

Der Vormittag in der Schule verging furchtbar langsam. Ich konnte es kaum erwarten, dass endlich Schluss war. In der Mensa, bei Spaghetti mit Tomatensoße, haben Karla und ich von nichts anderem gesprochen als unserem Stadtführer.

Plötzlich schlug sich Karla mit der Hand vor die Stirn. »Mensch, beinahe hätte ich es vergessen.«

»Was denn?«, fragte ich neugierig.

»Na, dass wir noch ein Mitglied in unserem Stadtführerteam haben.«

»Und wer, wenn ich fragen darf, soll das sein?« Ich war ein bisschen sauer, dass Karla mich nicht vorher gefragt hatte. Als ich aber hörte, wer da noch mitmachen sollte, war alles okay: Lilly, die kleine Schwester von Karla. Sie ist genauso alt wie Tom.

Lilly ist unglaublich quirlig. Sie klettert auf die höchsten Bäume und springt einfach von den Ästen wieder runter. Dabei sieht sie mit ihren beiden geflochtenen blonden Zöpfen wie ein Engel aus. Und sie will tatsächlich Schlagzeug lernen. Aber ihre Mutter ist dagegen. »Wegen dem Krach«, sagt sie immer. Ich glaube aber, dass Lilly ihre Mutter irgendwann rumkriegt. Das ist nur eine Frage der Zeit! Außerdem brauchen wir für unsere Band dringend noch eine Schlagzeugerin.

Karla, Lilly und ihre Mutter leben allein. Der Vater ist vor einem Jahr ausgezogen. Die Eltern haben sich ständig gestritten und fanden es dann beide besser, nicht mehr zusammenzuwohnen. Jetzt leben nur noch die drei Frauen in dem Haus.

Bei denen ist es sehr gemütlich. Karlas Mutter hat immer frische Blumen in der Küche stehen, und an dem großen Küchenfenster hängen die lustigsten Dinge. Einmal hatte sie lauter verschiedene bunte Putzschwämme aufgehängt. Ich habe das Gefühl, dass sich bei denen das ganze Leben in der Küche abspielt. Eigentlich brauchen die nur noch ein Klo. Na, und schlafen müssen sie natürlich auch irgendwo. Es würde mich allerdings nicht wundern, wenn sie demnächst ihre Betten auch noch in der Küche aufstellen.

Nun, als wir an diesem Tag dann auch noch die Nachmittagsstunden überstanden hatten, machten Karla und ich uns schnell auf zu mir nach Hause und bereiteten sorgfältig das erste Treffen mit dem Stadtführerteam vor. Für jeden lagen ein leeres Blatt und ein Stift an seinem Platz bereit. Mitten auf den Tisch legten wir einen aufgefalteten Stadtplan. Auch die große Packung Plätzchen und zwei Flaschen Limo, die uns Mama versprochen hatte, standen bereit.

Jetzt konnte es losgehen. Unser Wohnzimmer mit dem großen Esstisch sah aus wie ein Konferenzraum, in dem sich wichtige Männer und Frauen treffen, um noch wichtigere Dinge zu beschließen. Und es dauerte nicht lange, da klingelte es schon. Lilly stand vor der Tür. Kurz darauf kam Judith. Nur Basti und Tom kamen wie immer ein bisschen zu spät.

Wir saßen alle um den großen Tisch herum, machten ernste Gesichter, und keiner von uns wusste, was er sagen soll.

»Also«, fing ich an. Dabei kritzelte ich mit dem Stift auf dem leeren Papier rum, das vor mir lag. »Zuerst müssen wir uns überlegen, was alles in unseren Stadtteilführer rein soll. Und wie sollen wir ihn nennen? ›Führer für Höhenhaus und Dünnwald‹?«

Basti und Tom waren noch gar nicht bei der Sache. Die beiden alberten mit den Keksen herum und rutschten auf ihren

Stühlen hin und her, bis Judith sie ernst anguckte. Das hatte gewirkt.

»Was haltet ihr von ›Was man alles im Kölner Nordosten erleben kann‹?«, schlug Karla vor.

»Ich bin dafür.« Judith hob ihre Hand wie bei einer Abstimmung.

Bis auf Basti hoben alle die Hand. Der zögerte einen Moment. Es ärgerte ihn, dass Judith so forsch vorging. Er blickte sie missmutig an, stimmte dann aber auch zu. Damit war die Sache entschieden.

Dann ergriff Basti die Initiative und schlug vor: »Wir müssen auf jeden Fall von unserem Waldschwimmbad und vom Wildschweinpark erzählen.«

»Das ist doch klar wie Kloßbrühe«, erwiderte Judith herablassend und ergänzte: »Wir könnten auch ein paar spannende Fahrradtouren durch den Wald aufschreiben.«

»Du weißt mal wieder alles besser, was?« Basti schaute Judith provozierend an.

»Hey, jetzt fangt bloß nicht an zu streiten«, ermahnte ich die beiden.

Judith tat so, als ob sie Bastis Kommentar gar nicht gehört hätte, und Basti guckte beleidigt an die Decke. Na, das konnte ja heiter werden mit den beiden.

Karla kam wieder auf unser eigentliches Thema zurück. »Und wir sollten Fotos machen. Ich habe doch zu meinem Geburtstag eine Digitalkamera bekommen.«

Lilly balancierte auf der Rückenlehne des Stuhls. Es sah sehr wackelig aus, und ich hatte die ganze Zeit Angst, dass sie hinten runterfällt. Aber Lilly fällt, glaube ich, nie irgendwo runter. Sie blickte mit ihren großen Augen in die Runde und sagte: »Ich finde, dass wir auch etwas über diese alte Kirche erzählen sollten. Die mit der hohen Mauer um den Kirchhof herum.«

»Na klar, das ist Sankt Nikolaus. Die können wir von unserem Balkon aus sehen«, rief Tom stolz.

Basti legte seine Hand auf Toms Schulter. »Das stimmt. Und deshalb schlage ich vor, dass wir mit der Kirche anfangen. Kommt doch morgen alle zu uns. Da können wir aus dem Fenster auf Sankt Nikolaus schauen und im Trockenen und Warmen unseren ersten Text schreiben. Was haltet ihr davon?«

Das war eine gute Idee. Wir verabredeten uns für den nächsten Tag bei Basti und Tom. Auch wenn wir noch nicht so schrecklich weit gekommen waren: Der Anfang war gemacht.

3.

Projekt »Prämonster«

Am nächsten Nachmittag saßen wir also alle bei Basti und Tom im Wohnzimmer. Die beiden wohnen mit ihren Eltern in einer Wohnung direkt gegenüber von Sankt Nikolaus. Basti hatte übrigens nicht zu viel versprochen: Von dem großen Balkon aus hatten wir eine erstklassige Aussicht auf die alte Kirche.

»Die gefällt mir«, sagte Lilly verträumt. »Ich kann euch nicht sagen, warum, aber sie gefällt mir.«

»Das ist ja sehr schön, aber in unserem Führer müssen wir doch noch etwas mehr dazu schreiben«, gab Karla zu bedenken. Dabei sah sie ihre kleine Schwester etwas von oben herab an.

»Da hilft nichts! Da müssen wir ins Internet. Jungs, wo ist euer Computer?« Judith schaute Basti und Tom fragend an.

Tom drehte mit dem Daumen und dem Zeigefinger an seinem Ohrläppchen. Dann sagte er zögerlich: »Der Computer von unseren Eltern steht im Schlafzimmer. Aber ich weiß nicht, ob wir da randürfen.«

»Doch, ich darf da dran. Das hat mir Papa erlaubt«, sagte Basti entschieden und ging vor.

Was war denn mit dem los? Kein doofes Wort zu Judith!

Judith legte den Arm um Toms Schultern. »Mach dir keine Sorgen, Kleiner! Ich kann damit umgehen.«

Und schon folgte sie Basti ins Schlafzimmer. Sie kann es einfach nicht lassen.

Wir anderen gingen hinterher. Tom blieb beleidigt zurück.

Schnell hatte Judith den Namen und die Adresse der Kirche bei Google eingegeben und wartete auf die Antwort. Dann wählte sie eine der vorgeschlagenen Webseiten aus.

Treffer: »Die Kirche Sankt Nikolaus in Dünnwald wurde

in den Jahren 1117 und 1118 erstmals in einer Urkunde schriftlich erwähnt. Sankt Nikolaus war im Mittelalter die größte Kirche auf der rechten Rheinseite«, las uns Judith vor. »Hier steht noch ein merkwürdiges Wort: Prämonstratenser.«

»Was ist das denn?«, fragte Tom, der nun doch neugierig geworden und nachgekommen war.

»Na, Monster, die immer ›prä, prä‹ machen«, behauptete Basti mit einem Augenzwinkern.

Tom war skeptisch. »Ich weiß nicht, lass mich mal sehen!« Er las: »P r ä m o n s t r a t e n s e r.«

»Wartet mal!« Judith hatte eine neue Internetseite gefunden. »Hier steht, dass diese Prämonstratenser Mönche sind. Es gibt auch Prämonstratenser*innen*, also Nonnen. Sie leben in Klöstern, sind ganz arm und essen wenig. Sie beten oft und schweigen viel. Außerdem kümmern sie sich um Kranke und Alte und um Menschen, die allein sind oder einen Rat suchen.«

Ich fand die Sache mit den Prämonster-Dingsda ja ganz interessant, aber ich hatte nicht verstanden, was die mit der Kirche zu tun haben. Judith schaute mich so an, wie sie es immer macht, wenn sie nicht verstehen kann, dass die anderen etwas nicht verstehen.

»Mensch Charlie, bist du schwer von Begriff!«, pflaumte sie mich an. »Sankt Nikolaus war im Mittelalter ein Prämonstratenserinnenkloster, genauer gesagt ...« Judith prüfte noch einmal die Seite im Internet und fuhr dann fort: »... von 1143 bis 1643. Die Prämonstratenserinnen hatten hier ihr Kloster, die haben hier gelebt, das war ihre Kirche, capito?«

»Okay, okay. Ich habe es kapiert. Aber hilft uns das jetzt wirklich weiter?«, fragte ich die anderen.

Basti überlegte: »Wir könnten doch unser erstes Kapitel damit anfangen, dass wir den Besuch der Kirche Sankt Nikolaus empfehlen, wo vor knapp achthundertsiebzig Jahren die Prämonstratenserinnen gelebt haben. Und wer mehr darüber wissen will, dem geben wir den Tipp mit dem Internet.«

»Auf jeden Fall sollten wir uns die Kirche auch von innen anschauen. Vielleicht gibt es da noch was Spannendes zu sehen«, schlug Karla vor.

Judith verzog ihren Mund so komisch von links nach rechts, als ob sie gerade etwas kaute, von dem sie noch nicht weiß, ob es ihr schmeckt oder nicht. Den Gesichtsausdruck kannte ich bei ihr. Sie dachte nach. Und dann erfuhren wir auch, worüber sie gerade nachgedacht hatte: »Was haltet ihr davon, wenn wir unserem Projekt einen Namen geben?«

»›Projekt Stadtführer‹ klingt langweilig«, überlegte ich laut.

Da musste eine gute Idee her. Es vergingen bestimmt zehn Minuten, bis Tom plötzlich in die Stille rief: »Projekt Prämonster.«

Zuerst wussten wir nicht, was wir davon halten sollten. Aber dann mussten wir alle laut lachen. Schließlich sagte Karla: »Klar, das ist es! Da weiß keiner, wovon wir sprechen. Es gibt keinen besseren Namen.«

Auch Judith war begeistert. »Prämonster ist ein klasse Codewort. Doch nicht so dumm, der Kleine.« Dabei sah sie Tom grinsend an. Der wusste nicht so genau, wie er das verstehen sollte.

Aber Basti reagierte sofort: »Pass bloß auf, Judith, und lass meinen kleinen Bruder in Ruhe, verstanden?«

»Schon gut, schon gut.« Es schien fast, als ob Judith irgendwie ein bisschen Angst vor Basti hatte, zumindest Respekt.

Um die angespannte Stimmung zu durchbrechen, habe ich dann vorgeschlagen, dass wir uns am nächsten Tag vor der Kirche treffen könnten, um sie genauer anzuschauen. Für diesen Nachmittag reichte es mir. Und wenn ich mir die anderen so anschaute, hatte ich das Gefühl, dass die auch genug hatten. Hoffentlich würden sich Judith und Basti jetzt nicht die ganze Zeit zoffen.

4.

Sankt Nikolaus

So, und jetzt versteht ihr auch, warum ich heute, am Freitag, hier vor der Klostermauer stehe. Von den anderen fehlt noch jede Spur – und wie anfangs schon gesagt: Es regnet. Ich habe das Gefühl, dass es nur noch regnet. Dabei ist Juni. Da sollte es eigentlich schon ein wenig sommerlicher sein. Aber seit Tagen ziehen Wolken über Köln. Es ist so ungemütlich. Und jetzt stehe ich auch noch allein hier vor der alten Kirche im Regen! Ich frage mich, ob das mit dem Stadtteilführer so eine gute Idee war …

Na, ich kann ja schon einmal durch das Tor gehen und hinter der Mauer warten. Das ist also der Kirchhof. Irgendwie finde ich es hier ein wenig unheimlich. Mitten auf dem Rasen stehen ein paar Steinkreuze. Da, auf einem ist die Zahl 1572 eingemeißelt. Das heißt doch, dass hier jemand vor fast vierhundertfünfzig Jahren begraben wurde. Während ich noch darüber nachdenke, ob es vielleicht ein Schuster oder ein Bäcker war, fällt mir ein weißes Schild an der Kirchtür auf.

»Die Kirche wird zurzeit renoviert und bleibt deshalb für die nächste Zeit geschlossen!«

Na klasse! Und jetzt? Was sollen wir denn dann über Sankt Nikolaus schreiben? Und dabei hatte ich gerade überlegt, ob ich nicht schon mal in die Kirche hineingehen könnte, um dort auf die anderen zu warten. Drinnen ist es schließlich nicht so nass und kalt. Pech! Also bleibt mir nichts anderes übrig, als hier draußen rumzuhüpfen, um mich ein wenig aufzuwärmen.

Aber … ach, dahinten ist ja noch eine Tür. Mal schauen, ob die geöffnet ist. Glück gehabt. Die ist nicht abgeschlossen. Soll ich da reingehen, obwohl es verboten ist? Na ja, für unseren Stadtteilführer müssen wir doch schließlich auch die Kirche von innen sehen! Schnell schaue ich mich um und vergewissere mich, dass mich niemand sieht. Dann schlüpfe ich mit einem komischen Gefühl in der Magengegend in den Kirchenraum.

Was für ein Durcheinander! Hier wird wirklich gebaut. Überall sind Schaufeln, Bohrmaschinen, Bretter, Eimer und Schubkarren. Dafür fehlen die Sitzbänke. Es gibt keinen Altar. Auch Kerzen, Bilder und Blumen fehlen. Nein, wie in einer normalen Kirche sieht es hier nicht aus. Ich setze mich auf einen Steinblock und schaue mich um.

Obwohl hier drinnen eine Baustelle ist, ist es doch eine besondere Baustelle. Denn so ein Kirchenraum hat immer etwas Besonderes: ein bisschen kühl, ein bisschen groß, ein bisschen feierlich – ganz anders halt als ein Wohnhaus. Ich mag das.

Diese Kirche ist nicht sehr groß. Vorn ist eine kleine Rundung, wo normalerweise wohl der Altar steht. Hinten ist eine Empore. Da führt auch eine Treppe hoch. Ob ich da mal hochgehen soll? Ist ja keiner da, der es mir verbieten kann. Die Treppe ist nicht lang. Auf der Empore steht die Orgel. Alles ist eingepackt, wegen dem Staub. Von hier oben sieht die Kirche noch kleiner aus.

Plötzlich höre ich draußen Stimmen. Ich bin wie elektrisiert und höre fast auf zu atmen. Schnell gehe ich von der Empore runter. Wo soll ich mich verstecken? Wenn das jetzt Arbeiter sind, oder der Pfarrer? Dann bekomme ich sicher Ärger. Vorsichtig schleiche ich mich zur Tür hinüber und versuche, durch den kleinen Türspalt hinauszuschauen.

Entwarnung! Karla und die anderen sind angekommen. Sie stehen vor dem Schild, auf dem steht, dass die Kirche geschlossen ist. Sie sind genauso enttäuscht, wie ich es vor ein paar Minuten auch noch war. Den zweiten Eingang haben sie noch nicht entdeckt. Ich flüstere durch den Türspalt »Projekt Prämonster«. Die anderen drehen die Köpfe erschrocken um, wissen aber nicht, woher die Stimme kommt. Ich muss gestehen, dass ich die Situation genieße. Aber wir wollen ja schließlich was tun. Also öffne ich die Tür und winke den anderen zu. Kurze Zeit später sind auch sie in der Kirche.

»Ich finde es ziemlich unheimlich hier«, murmelt Tom.

Lilly stimmt ihm zu und schaut sich ängstlich um. »Außerdem ist es verboten, hier reinzugehen.«

»Wollen wir nun einen Stadtteilführer schreiben oder nicht?«, frage ich etwas genervt.

»Jetzt sind wir schon mal hier. Dann sollten wir uns auch umsehen und Fotos machen«, schlägt Karla vor. Sie nimmt ihre Kamera und sucht die passenden Motive. Basti hilft ihr dabei. Ihm gefallen besonders die vielen kaputten und verfallenen Mauerteile.

»Das ist doch viel spannender als eine normale Kirche«, findet er. »Da, seht mal, den aufgebrochenen Boden.« Basti ist vor einem großen Loch stehen geblieben. »Das haben die Bauarbeiter bestimmt in den Kirchenboden geschlagen, um festzustellen, wie sicher das Fundament noch ist«, vermutet er.

»Und hier ist der Putz von der Wand abgeschlagen. Dahinter kann man das alte Mauerwerk sehen«, ruft Tom begeistert.

Judith geht die Sache natürlich wieder »wissenschaftlich« an. »Wie alt sind die Steine wohl? Ob die tatsächlich aus dem Mittelalter stammen?«, fragt sie mehr sich selbst als uns. Dabei dreht sie ihren Kopf fast einmal um die eigene Achse, um sich den gesamten Kirchenraum anzuschauen. »Und wie die das damals ohne elektrische Geräte und Hilfsmittel alles gemacht haben«, staunt sie. Sie steht ganz still und fast andächtig da.

Ganz anders Lilly! Die ist mal wieder aufgeregt. Sie fuchtelt mit ihren Armen herum und hüpft auf einem Bein. Ich habe echt Angst, dass sie gleich die Schaufeln oder Schubkarren umwirft, es laut scheppert und donnert und der Lärm uns verrät.

Da passiert es! Es fällt zwar nichts um, aber Lilly bleibt mit ihrem selbst gemachten Perlenarmband an einem Nagel hängen, der aus der Wand ragt. Das Band reißt, und die Perlen kullern alle auf den Boden.

»So ein Mist«, flucht Lilly. Natürlich sind wir alle schnell bei ihr und helfen, die heruntergefallenen Perlen wieder einzusammeln.

Karla legt den Arm um Lilly und tröstet ihre kleine Schwester: »Sei nicht traurig. Ich mache dir aus den Perlen, die wir wiederfinden, ein neues Armband.«

»So, ich glaube, wir haben alle.« Ich zeige Lilly die Perlen, die wir aufgehoben haben.

Aber Lilly scheint irgendetwas in dem Perlenhaufen zu vermissen. Sie dreht und wendet jede einzelne Perle.

»Da fehlt noch so eine schimmernde blaue Perle. Die war besonders schön.«

In Lillys Augen stehen Tränen. Ich erinnere mich, wie sie mir mal erzählt hat, dass sie dieses Armband letztes Jahr mit ihrer Oma zusammen gemacht hat. Ihre Oma hatte ihr die blaue Perle gegeben und gesagt: »Diese Perle ist etwas ganz Besonderes. Sie wird dir immer Glück bringen und dich beschützen.« Wie stolz war Lilly, als sie mit dem neuen Armband kam. Und jetzt ist es kaputt, und die schönste, die ganz besondere Perle fehlt. Ich kann verstehen, dass Lilly weint.

Karla versucht, Lilly zu beruhigen: »Wir werden deine blaue Perle finden. Das verspreche ich dir!«

»Klar werden wir das«, stimme ich Karla zu.

Ich suche noch einmal den ganzen Boden ab. Da, das große Loch – vielleicht ist die Perle da hineingerollt?

»Basti, gib mir doch bitte dein Feuerzeug.« Ich weiß, dass Basti immer ein Feuerzeug in der Hosentasche hat. Nicht weil er rauchen würde. Das ginge gar nicht, auch weil er doch für seinen Sport immer fit sein möchte und dann keine Puste mehr hätte. Rauchen ist sowieso total uncool! Aber Basti liebt diese kleinen Knaller, die man das ganze Jahr am Kiosk kaufen kann. Feuerwerk und Knallen ist für ihn das Größte.

Basti gibt mir also sein Feuerzeug. Ich leuchte in den aufgerissenen Boden. Das Loch ist an einer Stelle ziemlich tief.

Da unten scheint etwas zu leuchten. Ich versuche, mit der rechten Hand heranzukommen. Aber mein Arm ist zu kurz. Also lege ich mich auf den Bauch, drehe den Kopf auf die Seite und versuche es noch einmal. Allerdings sehe ich jetzt nicht mehr, wohin ich greife. Die Erde ist kalt und nass, ein bisschen matschig und moderig. Die anderen stehen um mich herum und warten gespannt, ob ich die Perle finde.

Aber was ist das? Es fühlt sich ganz und gar nicht wie Erde an, aber auch nicht wie eine Perle. Was könnte das bloß sein? Es könnte Papier sein oder Wachs. Oder Stoff? Ich kann es nicht sicher sagen. Vorsichtig versuche ich es heraufzuheben. Als ich den geheimnisvollen Gegenstand hochgeholt habe, staunen wir alle nicht schlecht.

Es ist ein zusammengerolltes Schriftstück. Aber irgendwie fühlt es sich anders als Papier an. Judith prüft die Rolle vorsichtig. »Das ist eine Pergamentrolle«, sagt sie bedeutungsvoll, und wie immer mit einer gewissen Portion von Altklugheit und Besserwisserei.

»Was ist Pergament?«, will Lilly wissen.

Judith erklärt es ihr: »Pergament besteht aus glatt geschabter Tierhaut. Die Menschen in Pergamon, einer antiken Stadt in Kleinasien, haben es erfunden, um darauf zu schreiben. Wenn du so willst, ist Pergament der Opa vom Papier. Da wurden früher wichtige Urkunden draufgeschrieben.«

Eins muss man ihr lassen: Sie weiß wirklich verdammt viel!

Basti und Tom kann man allerdings deutlich ansehen, wie genervt sie sind, dass Judith mal wieder den Durchblick hat.

Judith rollt das Pergament vorsichtig auseinander. Und tatsächlich: Da ist etwas geschrieben. Aber wir können es nicht lesen. Irgendwie scheint das eine fremde Sprache zu sein. Was mag da bloß stehen?

Basti nimmt prüfend das Pergament in seine Hände. »Glaubt ihr, dass es alt ist?«

Tom ist ganz aufgeregt. »Vielleicht ist es ein Hinweis auf einen Schatz?«

»Wenn es wirklich eine alte Schatzkarte ist, dann können wir das Pergament auf gar keinen Fall einfach mitnehmen«, erklärt Basti.

Tom ist anderer Meinung: »Na klar dürfen wir! Die Arbeiter hätten das Loch doch sowieso wieder zugeschüttet.«

»Aber wir haben nun mal das Pergament gefunden. Da können wir doch nicht so tun, als ob nichts passiert wäre«, entgegnet Basti.

»Ich denke auch, dass wir unseren Fund nicht verheimlichen dürfen«, meint Karla.

Tom bleibt dabei: »Aber dann klaut uns noch irgendjemand anderes den Schatz.«

»Welchen Schatz? Wir wissen doch noch gar nicht, ob es überhaupt um einen Schatz geht. Es kann doch auch eine ganz langweilige alte Urkunde sein.« Es ist deutlich zu hören, dass Judith die Schatzphantasien von Tom albern findet.

Karla hat die rettende Idee. »Ich mache ein Foto von dem Pergament. Dann legen wir es wieder zurück in das Loch. Wir wissen jetzt ja, wo es ist. Das ist sicher das beste Versteck dafür. Und mit dem Foto können wir versuchen herauszufinden, um was es sich eigentlich handelt.«

Gute Idee, guter Vorschlag! So machen wir es. Alle sind einverstanden.

Bei der ganzen Diskussion hätte ich beinahe vergessen, dass ich eigentlich etwas ganz anderes in dem tiefen dunklen Loch gesucht habe. Und kaum zu glauben, wir haben Glück. In dem Loch ist Lillys Perle. Lilly ist überglücklich und umfasst die Perle fest mit ihrer Hand.

Ich greife noch einmal in das Loch. »Mal sehen, was wir noch so alles da unten finden.« Aber mehr bringe ich nicht zutage.

5.

Oma Luise

Judith zieht die Schultern hoch, Karla reibt sich die Arme, und Tom klopft auf seine Oberschenkel. Es ist echt kalt hier! Sogar Basti, der eigentlich nie friert, zieht sich die Jacke zu. In der Kirche gibt es im Moment nichts mehr zu tun. Außerdem müssen wir erst einmal unsere Entdeckung verkraften. Also gehen wir in Richtung Tür. Ganz vorsichtig öffnen wir sie einen Spalt und spinxen hinaus. Keiner da! Schnell sind wir alle draußen auf dem Kirchhof.

»Und nun?« Tom schaut fragend in die Runde.

»Na, da wird unser Stadtteilführer ja richtig spannend.« Bei diesen Worten stampft Basti fest mit den Füßen auf den Boden, um sie wenigstens etwas aufzuwärmen.

Karla wackelt mit ihrem Kopf hin und her. »Ich weiß nicht, ob es eine gute Idee ist, das, was wir da eben gefunden haben, in unserem Stadtteilführer zu erwähnen.«

Ich bin auch unsicher, was wir tun sollen. »Wir könnten ja …«

»Leute, bevor wir hier festfrieren«, unterbricht mich Judith, »lasst uns zu meiner Oma gehen.« Judith hat schon ganz blaue Lippen. Klar, sie hat auch nur eine dünne olle Jacke an.

»Die hat mir vorhin noch am Telefon erzählt, dass sie heute Vormittag frischen Streuselkuchen gebacken hat. Und einen heißen Kakao bekommen wir sicher auch. Na, was ist?«

Auf eine Antwort muss Judith nicht lange warten. Sie wählt die Nummer auf ihrem Handy und kündigt ihrer Oma an, dass wir in zehn Minuten bei ihr sind.

Oma Luise kennen wir alle, und Streuselkuchen haben wir auch schon oft bei ihr gegessen. Diese Oma ist echt toll! Sie ist schon ziemlich alt, hat graue Haare und viele Falten im Gesicht. Aber wenn sie lacht oder erzählt, sieht sie wie ein junges Mädchen aus. Sie ist nicht sehr groß und sehr schlank. Für ihr Alter ist sie unglaublich fit. Sie geht, glaube ich, in so ein Fitnesscenter für alte Leute. Das gibt's! Wenn ihr mal ein Löffel auf den Boden fällt, hat sie sich schneller gebückt, als wir ihr den Löffel aufgehoben haben. Sie kann nicht nur köstlichen Streuselkuchen backen, sondern auch tolle Geschichten erzählen, von früher und so. Außerdem hat sie immer Verständnis für uns, wenn wir mal mit unseren Eltern Stress haben. »Großeltern dürfen nachsichtig sein«, sagt sie immer. Wir alle mögen Oma Luise sehr gern.

Das Haus, in dem sie wohnt, ist nicht weit entfernt von Sankt Nikolaus. Wir müssen nur die Prämonstradingsdastraße entlanglaufen bis zur Berliner Straße. Aber dazwischen liegen die Bahnschienen, der Bahnübergang, die Schranke und das Schrankenhäuschen für den Schrankenwärter. Und diesen Schrankenwärter haben wir alle gefressen. Der lässt die Schranken immer viel zu früh runter und öffnet sie viel zu spät. Als ob er uns ärgern will. Wie oft haben wir uns schon an dieser blöden Schranke die Füße in den Bauch gestanden. Und, was habe ich gesagt: Gerade als wir auf die Schienen zukommen, lässt der verpeilte Schrankenwärter wieder die Schranke runter. Wir warten und warten, und eine Ewigkeit später kommt tatsächlich ein Güterzug.

Endlich an der Berliner Straße angekommen, biegen wir links ab, und ein paar Häuser weiter sind wir am Ziel. Lilly klingelt Sturm. In der Wohnung riecht es lecker nach frisch gebackenem Kuchen. Es ist keine große Wohnung, aber dafür ist sie sehr liebevoll eingerichtet. Überall stehen Pflanzen, große und kleine, blühende und nur grüne, mit großen und mit kleinen Blättern. Im Wohnzimmer ist eine gemütliche Sofaecke mit schon recht alten Ledersesseln und einem kleinen Tisch, auf dem eine Blumentischdecke liegt.

Nachdem wir uns die nassen Jacken und die dreckigen Schuhe ausgezogen haben, setzen wir uns aufs Sofa und die Sessel.

Strecken, Dehnen, Reiben – irgendwie versuchen wir, uns wieder aufzuwärmen. Glücklicherweise ist es in der Wohnung mollig warm, und so spüre ich langsam, wie es in mir drin auch wieder wärmer wird.

Der Streuselkuchen schmeckt prima, und der heiße Kakao ist jetzt genau das Richtige.

Bis eben war Oma Luise damit beschäftigt, an uns Kuchen und Kakao zu verteilen und zu schauen, dass es an nichts fehlt. Nun setzt sie sich zu uns aufs Sofa und fragt: »Was habt ihr denn so gemacht, als euch die Idee kam, die alte Oma mal wieder zu besuchen?«

Judith erzählt ihr, was wir gerade erlebt haben: von dem zerrissenen Armband, dem tiefen Loch in dem Boden und dem gefundenen Pergament.

»Darf ich euer Pergament mal sehen?«

»Oma Luise! Das Pergament haben wir doch wieder in das Loch zurückgelegt«, erklärt ihr Tom. »Aber wir haben ein Foto gemacht. Willst du es sehen?«

Oma Luise nickt.

Aber wie sich herausstellt, ist das Foto auf der Digitalkamera von Karla nur schlecht zu erkennen.

»Da hilft gar nichts. Einer muss noch mal raus und schnell das Foto im Drogeriemarkt drucken lassen«, stellt Karla nüchtern fest.

Keiner fühlt sich angesprochen. Die Blicke wandern vom Boden an den Wänden hoch bis zur Decke, bloß nicht zu Karla. Keiner will wieder raus in diese verdammte Juni-Kälte.

»Okay, ich gehe«, opfere ich mich schließlich.

Karla kommt auch mit. Also ziehen wir uns wieder an und ziehen Richtung Drogeriemarkt ab. Da angekommen laden wir das Foto in so einen Automaten, geben die Maße ein, und kurze Zeit später flutscht das Bild schon aus einem breiten Schlitz.

»Ja, was ist denn das?«

So ein Mist! Hinter mir steht Mike und schaut mir über die

Schulter, gerade in dem Augenblick, als ich mir das Foto anschaue. Schnell drehe ich es um. Er versucht, es mir aus der Hand zu reißen. Aber ich bin schneller. Zack, habe ich es in meiner inneren Jackentasche verschwinden lassen und hoffe nur, dass er nicht viel erkennen konnte.

»Da musst du schon früher aufstehen, wenn du mir ein Foto abnehmen willst, du lahmes Huhn!«

»Komm, lass mich mal sehen«, bettelt er.

»Oh nein, dann würdest du Alpträume bekommen, das kann ich nicht verantworten. Es ist nämlich ein Foto von deiner Englischlehrerin, die du sooo gerne magst.«

Mike zieht ab. Wo ist eigentlich Nils? Die hängen doch sonst immer zusammen rum. Komisch! Na egal. Es wird höchste Zeit. Karla hat den Abzug schon bezahlt. Schnell rennen wir zurück zu Oma Luise. Jetzt ist uns überhaupt nicht mehr kalt. Das Rennen hat gutgetan.

»Kann ich das Foto jetzt endlich einmal sehen?«, fragt Judith ungeduldig, nachdem wir wieder alle zusammen um den Wohnzimmertisch sitzen.

Ich ziehe es vorsichtig aus meiner Jackentasche und lege es auf den Tisch. Der Anblick der Fotografie jagt mir noch einmal einen Schauer über den Rücken. Ich denke an das dunkle Loch, das modrige Gefühl, als ich mit der Hand darin wühlte, und an das geheimnisvolle, circa dreißig mal zwanzig Zentimeter große gelblich-braune Pergament, von dem wir nicht wissen, was es bedeutet.

Auf dem Papier, nein Pergament, ist ein Text geschrieben. Die Buchstaben sind kunstvoll geschwungen. Sie könnten mit einer Feder geschrieben sein. Keine Ahnung, was das für eine Sprache sein soll.

Am unteren rechten Rand des Blattes ist ein merkwürdiges Gekrakel zu sehen. Leider kann man nicht erkennen, was es darstellen soll, weil genau hier eine Ecke abgerissen ist. Irgendeine Bedeutung müssen diese Zeichen doch haben. Judith holt aus der Kommode im Flur eine Lupe. Sie hält die Lupe dicht über die seltsamen Striche.

Ich glaube etwas zu erkennen: »Könnte das nicht die Schwanzfeder von einem Hahn sein?«

Es ist wirklich zu schade, dass das Blatt genau an dieser Stelle abgerissen ist. Aber was soll ein Hahn auf dem Papier?

Plötzlich nimmt Basti Judith die Lupe ziemlich unsanft aus der Hand. Er hält sie direkt über die kaputte Ecke.

»Hier, ich habe was entdeckt. Schaut mal! Ganz schwach verläuft eine Linie um diese merkwürdigen Buchstaben oder Zahlen oder Schwanzfedern oder was auch immer es ist herum. Da an der Feder bricht die Linie ab. Ich glaube, ich weiß jetzt, was das sein könnte.«

»Sag schon«, drängelt Judith. Unglaublich! Judith weiß mal etwas nicht als Erste.

Basti kostet die Situation genüsslich aus und lässt Judith zappeln. Er spielt mit der Lupe in seiner Hand und tut so, als ob wir gar nicht da wären. Lilly ist vor lauter Aufregung aufgesprungen und wippt von einem Bein auf das andere. Da erbarmt sich Basti.

Er nimmt ein leeres Blatt Papier und einen Stift. Dann malt er die Linie nach und ergänzt sie an der Stelle, die auf dem alten Pergament fehlt. Jetzt sehen wir auch, was Basti entdeckt hat.

»Ein Wappen! Das ist ein Wappen«, ruft Tom begeistert. »Wir müssen nur noch herausbekommen, wem dieses Wappen gehört. Dann wissen wir auch, wer dieses Pergament beschrieben hat.«

Karla beugt ihren Kopf weit über den Tisch und flüstert geheimnisvoll: »Vielleicht haben wir ein richtig altes und wertvolles Dokument gefunden.«

»Und vielleicht finden wir doch noch einen Schatz«, beharrt Tom auf seiner Theorie. Dabei stampft er mit dem Fuß auf den Boden und verschränkt die Arme.

Auch wenn ich noch nicht so recht an die Schatztheorie glauben kann, wird die Sache doch immer spannender. »Wir müssen unbedingt herausbekommen, was wir da gefunden haben. Das wird der absolute Knaller in unserem Stadtteilführer.«

»Meinst du wirklich, dass wir davon in dem Führer etwas schreiben sollten?« Basti schaut mich skeptisch an und rutscht von der Sofalehne, auf der er die ganze Zeit gesessen hat, auf das Sofa.

»Aber warum denn nicht?«

»Na ja, weil es doch unser Geheimnis ist und vielleicht etwas Verbotenes, was wir da gemacht haben.«

Bevor wir die Sache weiter diskutieren können, hat Karla mal wieder die richtige Ansage: »Das müssen wir doch jetzt noch nicht entscheiden. Lasst uns abwarten, was wir noch über das Pergament erfahren werden.«

»Genau!«, stimmt Judith ihr zu. »Jetzt sollten wir uns Gedanken machen, wie wir das Wappen und den Text entschlüsseln können.«

»Und wie können wir das machen?«, fragt Tom in die Runde.

»Wir gehen in eine Bibliothek«, schlägt Judith vor.

Basti blickt Judith halb erstaunt, halb provozierend an: »Wie, kein Internet? Was ist los mit dir?«

Judith fühlt sich sichtlich unwohl, so als ob man sie bei etwas Verbotenem ertappt hätte.

Auch wir anderen blicken erstaunt zu Judith. Solch einen Vorschlag hätten wir von ihr nicht erwartet. Nicht von ihr!

Leicht gekränkt gibt Judith zurück: »Ich glaube einfach, dass wir eine größere Chance haben, in einem Buch oder einem Atlas etwas über das Wappen zu erfahren.«

Oma Luise hat die ganze Zeit still zugehört. Sie sitzt in ihrem Lehnsessel, die Beine übereinandergeschlagen, eine Tasse Kaffee in den Händen, und hat unser Gespräch aufmerksam verfolgt. Jetzt nimmt sie die Fotografie in die Hände und dreht das Papier hin und her. Bisher kam sie noch gar nicht dazu, weil wir sechs uns sofort über das Foto gebeugt und dabei Oma

Luise fast vergessen hatten. Nun also schaut sie es sich konzentriert an. Wir beobachten sie und warten gespannt, was sie wohl zu all dem sagen wird.

»Also«, fängt sie langsam an, »das ist ja eine äußerst spannende Geschichte. Ich denke auch, dass ihr unbedingt mehr darüber in Erfahrung bringen müsstet. Wenn ihr mehr wisst, könnt ihr immer noch den Leuten von der Kirche davon erzählen.«

Sie legt ihre Hand auf die Knie von Judith, die auf der Lehne ihres Sessels sitzt, und fährt fort: »Und ich finde die Idee meiner fabelhaften Enkelin gut.« Dabei lächelt sie Judith sehr liebevoll an, die fast ein bisschen rot im Gesicht wird.

»Morgen ist Samstag«, überlegt Oma Luise laut. »Wenn ihr wollt, begleite ich euch morgen zur Stadtbibliothek in der Innenstadt. Da müssen wir allerdings mit der Straßenbahn hinfahren. Habt ihr denn morgen Zeit?«

Wir schauen uns alle gegenseitig an, prüfend, ob das morgen klappen könnte, und nicken dann Oma Luise zu.

»Klasse, Oma!« Judith fällt ihrer Oma um den Hals, die dabei fast mitsamt dem ganzen Sessel nach hinten umkippt.

Heute Abend ist mein Bett besonders gemütlich und kuschelig. Mir ist noch immer ein bisschen kalt. Also ziehe ich die Bettdecke bis über die Nasenspitze. Mann, war das ein Tag! Eigentlich wollten wir doch nur eine Kirchenbeschreibung für unseren Stadtteilführer machen. Und jetzt? Plötzlich haben wir es mit einem geheimnisvollen Pergament zu tun. Hoffentlich erfahren wir morgen in der Bibliothek, was es damit auf sich hat. Wie können wir das nur alles in unseren Stadtteilführer aufnehmen? Und hoffentlich gibt es keinen Ärger, weil wir verbotenerweise in der Kirche waren und nicht direkt unseren Fund im Pfarramt gemeldet haben.

6.

Die Zentralbibliothek

Samstagmorgen. Ich habe schlecht geschlafen. Mir ging zu viel durch den Kopf. Und dann kann ich immer schlecht einschlafen und wache öfter in der Nacht auf. Was für ein Glück, dass ich heute nicht um halb sieben aufstehen musste. Richtig ausschlafen konnte ich allerdings auch nicht. Schließlich haben wir noch was Wichtiges vor.

Nun sitzen wir in der Linie 4 und fahren Richtung Neumarkt. Oma Luise, Judith, Basti und Tom sind an der Leuchterstraße eingestiegen, Karla, Lilly und ich an der Haltestelle Am Emberg.

Und, wer sitzt da auch in der Bahn? Nils und Mike. Na super!

»Die haben uns gerade noch gefehlt!« Judith ist echt sauer. Kein Wunder. Die beiden ärgern sie besonders gern und bezeichnen sie als Streberin. Nun ja, zugegeben, Judith ist schon manchmal nervig und altklug. Vielleicht ist sie ja auch so 'ne »Hochbegabte«? Nils und Mike jedenfalls sind echte Hohlköpfe.

Es dauert nicht lange, da haben sie uns entdeckt und kommen auf uns zu. Oh, was ist das denn? Nils hat einen fetten Gipsarm.

»Och nee, du Armer! Was ist denn mit dir passiert?«, frage ich ihn übertrieben mitleidig.

»Bin vom Rad gefallen.«

Jetzt wird mir auch klar, warum Mike gestern allein unterwegs war, als wir ihn im Drogeriemarkt trafen. »Nee, nee, zu blöd, um Rad zu fahren.«

»Halt bloß die Fresse!« Nils ist echt wütend. Er kommt auf mich zu und sieht so aus, als ob er mich gleich schlagen wird. Seine gesunde linke Faust ist schon geballt. Und zuzutrauen ist ihm alles. Ich schrecke instinktiv zurück und drehe den Kopf zur Seite.

Aber in dem Moment, als Nils schon ausholt, ist Basti da und hält seinen Arm fest, sehr fest. Der feste Griff scheint Nils wehzutun.

»Pass ja auf!«, warnt ihn Basti.

»Dann pass du auf deine Supergirls auf! Wenn die«, dabei zeigt er mit dem Gipsarm auf mich, »noch einmal so ‘nen Quark erzählt, dann ist die dran!«

Nils windet sich aus Bastis Griff, dreht sich um und zieht ab. Mike hinterher.

Ich muss erst einmal tief Luft holen. Ehrlich gesagt, ich hatte gerade etwas Angst. Gut, dass Basti dabei war. Hoffentlich begegne ich denen in nächster Zeit nicht irgendwo alleine.

»Der ist ja wohl bekloppt«, schimpft Karla und legt beruhigend den Arm um mich.

Oma Luise ist schockiert von dem, was sie da gerade erlebt hat.

Zu Basti sagt sie: »Pass bitte auf die Mädels gut auf. Versprich mir das!«

»Klar, Oma Luise, mach ich.« Basti fühlt sich als Beschützer offensichtlich wohl.

Die zwei steigen am Wiener Platz aus, und erleichtert fahren wir weiter bis zum Neumarkt. Oma Luise führt uns zielsicher von der U-Bahn-Station zur Bibliothek. Es ist ein großer, gläserner grau-roter Bau. Durch die Fenster kann man schon die langen Regale sehen, auf denen Unmengen von Büchern stehen.

»Dann lass ich euch mal allein«, sagt Oma Luise und will schon gehen.

»Wieso willst du denn jetzt gehen? Möchtest du nicht mit reinkommen?«, fragt Judith ihre Oma leicht verwirrt.

Oma Luise steht wie immer etwas breitbeinig vor uns, blickt prüfend von einem zum anderen und sagt: »Das ist wohl eher euer Abenteuer.« Dabei zieht sie das Wort »Abenteuer« ganz lang. »Außerdem muss ich noch etwas besorgen. Ihr könnt doch nachher allein nach Hause fahren, oder?«

Und schon dreht sie sich schwungvoll um, sodass ihr grauer Trenchcoat hochflattert, und geht zackig in Richtung Schildergasse davon. Ohne sich noch einmal umzudrehen und uns anzuschauen, hebt sie ihre rechte Hand und winkt uns über die Schulter zu.

Etwas verdattert stehen wir da. Judith hebt die Schultern, als ob sie sagen wollte: »Ich kann nichts dafür – so ist sie halt.« Karla und ich müssen grinsen. Diese kleine alte Dame hat was! Währenddessen pfeift Basti Tom und Lilly zurück, die zwischen den Bäumen auf dem Platz vor der Bibliothek Nachlaufen spielen.

Wir gehen durch die große Glastür der Bibliothek und stehen glücklicherweise direkt vor der Information, die sich hinter dem Eingang befindet. Die Schlange ist nicht allzu lang. Als wir an der Reihe sind, nimmt Judith die Sache in die Hand.

»Wir hätten gerne ein Buch, in dem alle Wappen aufgeführt sind, die in Köln einmal eine Rolle gespielt haben. Gibt es so was? – Ach ja, und die rechtsrheinischen Wappen sollten auch dabei sein.«

Die Frau an der Information überlegt. »Da müsst ihr in den zweiten Stock gehen. Dort sind unsere Bücher zur Kölner Geschichte.«

Vorbei an Unmengen von Büchern bewegen wir uns in den zweiten Stock. So viele Bücher auf einem Haufen habe ich noch nie gesehen. Ob es Menschen gibt, die alle diese Bücher gelesen haben? Nee, das kann ich mir echt nicht vorstellen. Da reicht ja ein Leben gar nicht aus, um all das zu lesen.

Während mich immer noch diese Büchermassen faszinieren, sind wir an der Information im zweiten Stock angekommen. Da sitzt ein junger Typ, der sicher nicht viel älter als zwanzig ist. Judith erklärt ihm, was wir suchen.

»Da habt ihr aber Glück. Moment mal«, antwortet er uns

und verschwindet hinter einem Tisch, auf dem meterhohe Bücherstapel kunstvoll aufgebaut sind. Wir können ihn hinter den Büchern gar nicht mehr sehen, aber wir hören, wie er schnaufend aus dem einen Stapel etwas herauszieht. Das muss der schon öfter gemacht haben, so geschickt, wie er das tut. Mir wäre der ganze Stapel sicher zusammengekracht. Dann taucht er wieder auf, ohne dass auch nur ein Buch auf den Boden gefallen ist. In seinen Händen hält er ein großes, schweres Buch.

»Das hat gerade der Buchbinder zurückgebracht. Es war auseinandergegangen und musste neu gebunden werden. Ich hatte bloß noch keine Zeit, es wieder ins Regal zu räumen. Wenn ich mich nicht irre, dann ist es genau das, was ihr braucht. Aber dieses Buch darf nur hier eingesehen werden. Ihr könnt es nicht mit nach Hause nehmen.«

»Das ist gar kein Problem. Wir wollen nur schnell was nachschlagen«, antwortet ihm Judith und nimmt das schwere Buch entgegen.

An den Fenstern stehen Tische. Ein Tisch ist noch frei. Also steuern wir alle im Gänsemarsch hinter Judith, die das Buch wie ein Heiligtum vor sich herträgt, auf den freien Tisch zu.

Das Buch ist in Leder eingebunden. Auf dem vorderen Buchdeckel sind goldene Buchstaben eingestanzt. »Chronik der Kölner Wappen« steht da. Um die Buchstaben ranken sich grüne Pflanzen. Das Buch ist bestimmt sehr kostbar. Allerdings, auch wenn der Buchbinder es gerade frisch gebunden hat, sind die Ecken ganz schön ramponiert und die Seiten an einigen Stellen eingerissen. Wie es wohl ausgesehen hat, bevor es geflickt wurde?

»Wie alt ist das Buch?«, will Lilly wissen.

»Das haben wir gleich.« Judith schlägt die erste Seite auf. In kleinen Buchstaben steht unten links geschrieben: »1. Auflage 1928«.

»Ganz schön alt!«, flüstert Basti ehrfurchtsvoll.

Mann, das ist jetzt wirklich ein sehr aufregender Moment. Was werden wir in dem Buch finden? Werden wir dem Rätsel auf die Spur kommen, oder sind wir nachher genauso schlau wie vorher?

Basti schlägt den Lederband auf. Ein ganzes Buch voller Wappen! Auf jeder Seite sind Wappen aufgemalt. Daneben stehen die Namen der Familien, die diese Wappen getragen haben – zu manchen Familien gehören gleich mehrere. Einige der Wappen sind sehr merkwürdig. Auf einem ist ein Nashorn dargestellt und auf einem anderen ein Elefant.

Karla erinnert sich an eine Domführung, die sie einmal mit der Grundschule gemacht hat. In manchen Fenstern des Doms sind nämlich auch solche Wappen mit Nashörnern und Elefanten. Die Führerin hat ihnen erzählt, dass sich einige Familien im Mittelalter diese lustigen Wappen selbst ausgedacht haben. »Ganz schön verrückt, was sich Menschen so alles einfallen lassen, nur um wichtig zu erscheinen«, beendet Karla ihren kleinen Vortrag.

Wir blättern Seite um Seite in dem Buch rum.

»Stopp!«, ruft Karla auf einmal.

Wir zucken zusammen. Was hat sie denn? Karla blättert noch einmal zurück. Sie zeigt auf ein eher kleines Wappen auf der unteren Seitenhälfte.

Ja, tatsächlich, das könnte es sein.

»Moment, das haben wir gleich«, sagt Judith ernst und kramt in ihrer Beuteltasche, die sie immer dabeihat. Zum Vorschein kommt die Fotografie von dem Pergament. Gut, dass Judith daran gedacht hat, die mitzunehmen. Sie legt das Foto neben das Wappen in dem Buch. Die Striche auf dem Pergament stimmen mit dem Wappen im Buch überein.

Basti pfeift durch die Zähne. Er ist begeistert. »Wahnsinn, wir haben es gefunden. Ehrlich gesagt, hätte ich das nicht geglaubt.«

Auch Judith freut sich riesig. »Und schaut mal: Das scheinen tatsächlich die Federn von einem Hahn zu sein.«

Ich bin sprachlos. Und das passiert, zugegebenermaßen, eher selten.

Karla liest den Text, der neben dem Wappen steht: »Das ist das Wappen des Ritters Konstantin von Hane. Konstantin von Hane lebte im dreizehnten Jahrhundert auf einer Wasserburg im heutigen Köln-Höhenhaus. Teile der mittelalterlichen Wasserburg sind noch erhalten.«

Jetzt sind wir alle sprachlos. Wir schauen uns fassungslos an. Köln-Höhenhaus! Na, wenn das kein Zufall ist!

»Ritter, Mittelalter, Wasserburg – Leute, ich glaube, wir haben eine bedeutende Entdeckung gemacht.« Ich habe meine Sprache als Erste wiedergefunden.

Judith hat die Stirn in Falten gelegt. Sie denkt angestrengt nach. »Ich habe das unbestimmte Gefühl, dass ich den Namen schon einmal gehört habe.«

Sie wiederholt den Namen immer wieder: »Konstantin von Hane, Konstantin von Hane, von Hane ...« Dann, plötzlich, klärt sich ihr Gesicht auf, und sie strahlt uns an. »Na klar, ihr werdet es nicht glauben. Es ist total verrückt. Wisst ihr, wo unser Ritter gewohnt hat?«

»Nun sag es schon«, drängelt Tom, der vor lauter Aufregung die ganze Zeit um den Tisch herumläuft.

Aber Judith lässt sich Zeit. Jetzt ist sie es wieder, die uns einen Schritt voraus ist.

»Also«, beginnt sie langsam – viel zu langsam, finde ich –, »also, wir alle kennen die Burg beziehungsweise das, was von ihr übrig geblieben ist. Und wir kennen auch ein Burgfräulein, das heute dort wohnt.«

Nun wird es mir aber zu bunt. Ich zwicke Judith in die Schulter. »Wenn du uns jetzt nicht auf der Stelle sagst, was Sache ist, dann setzt's was.«

»Ich sage nur: Haus Haan!«

Judith beobachtet genau, wie wir reagieren. Sie kann sich das Lachen nicht verkneifen. Und vermutlich sieht es auch zu komisch aus, wie wir anderen aus der Wäsche gucken. Lilly und Tom stehen mit offenem Mund und aufgerissenen Augen da. Basti und Karla sehen so aus, als hätten sie gerade einen rosa gestreiften, fliegenden Elefanten gesehen, und ich sehe bestimmt ähnlich bescheuert aus. Das ist ja ein Ding. Na klar, Judith hat recht.

»Haus Haan« sind mehrere Wohnhäuser, die auf einem ehemaligen Burggelände gebaut sind. Das habe ich zumindest mal so gehört. Mehr weiß ich dazu auch nicht. Jedenfalls wohnen da heute ganz normale Familien.

»Und ich weiß auch, wer unser Burgfräulein ist.« Ich gucke fragend in die Runde, ob die anderen es auch kapiert haben. Karla nickt. Auch sie kennt die Burgbewohnerin.

Tom und Lilly können es nicht mehr länger aushalten.

»Wer ist es denn nun?«, fragt Lilly.

Karla erzählt es ihnen: »Lena Kühne. Sie ist in unserer Klasse, plappert ständig dummes Zeug und ist ziemlich nervig. Die wohnt mit ihrer Familie in Haus Haan. Ich war mal da, als ich sie zu einem Klassenausflug abgeholt habe.«

Basti hat die letzten Minuten ruhig zugehört. Jetzt aber wird er ungeduldig. »Schön und gut. Wir wissen jetzt, dass das Pergament vermutlich von Ritter Konstantin von Hane stammt. Aber worum geht es bei diesem Papier?«

Tom ist ganz aufgeregt. »Ich sage euch, der hat ein Geheimnis aufgeschrieben. Es geht bestimmt um einen Schatz.«

»Jetzt hör doch mal mit deinem Schatz auf!« Judith pflaumt Tom genervt an.

Basti nimmt ihn natürlich sofort in Schutz. »Und du, Frau Altklug, lass meinen Bruder in Ruhe. Wer sagt denn, dass es keinen Schatz gibt? Sag uns lieber, was da geschrieben steht.«

Da muss Judith passen. Etwas kleinlaut sagt sie: »Weiß ich doch auch nicht.«

Tom guckt sie triumphierend an.

Plötzlich hören wir direkt hinter uns ein lautes Niesen. Erschrocken drehen wir uns um. Ganz dicht hinter uns steht ein alter Mann. Er schaut uns freundlich an. Seine Augen sind groß und stehen etwas hervor. Die Nase ist dunkelrot. Er trägt ein kariertes Jackett mit Flicken an den Ellenbogen. Irgendwie erinnert er mich an einen Clown im Zirkus. Er muss alles mit angehört haben. Schnell legt Judith ihre Tasche auf das aufgeschlagene Buch, um das Wappen zu verdecken.

Der alte Mann lächelt uns an. »Keine Angst«, versucht er uns zu beruhigen. Ich glaube, er hat gemerkt, was wir befürchten.

»Es stimmt zwar, dass ich euch belauscht habe, aber ich habe nur Bruchstücke gehört und nicht alles verstanden. Ihr habt irgendeinen alten Text, den ihr nicht versteht, nicht? Wenn ihr wollt, kann ich euch helfen.«

Wieso soll er uns helfen? Er soll sich gefälligst um seine Sachen kümmern, denke ich bei mir. Aber das kann ich ihm nicht so ins Gesicht sagen. Ich werde mir gleich einfach einen Vorwand überlegen, unter dem wir ganz schnell weg müssen.

»Ich heiße Willi Schmitz und bin Historiker«, sagt er.

Er hat eigentlich eine ganz nette Stimme.

Lilly schaut ihn mit ihren großen Augen an. »Was ist ein Historiker?«

»Ein Historiker ist jemand, der sich mit Geschichte beschäftigt.«

»Ach so, ein Geschichtenerzähler.«

Der alte Mann lacht sie freundlich an. »Nein, so ist es nicht. Wir Historiker erforschen die Geschichte der Menschheit, das Leben und die Kultur unserer Vorfahren und Urahnen.«

Lilly nickt ihm zu, um ihm zu signalisieren, dass sie es verstanden hat.

Soso, ein Historiker, denke ich bei mir. Das ist aber ein komischer Zufall. Basti und Tom sitzen mit dem Rücken zu Herrn Schmitz und drehen sich demonstrativ nicht um. Auch Judith hat sich von dem Fremden abgewendet. Die ganze Situation ist irgendwie unangenehm, fast ein bisschen unheimlich.

Auf der anderen Seite … Vielleicht kann uns dieser komische Herr Schmitz tatsächlich helfen. Dasselbe scheint auch Karla gerade gedacht zu haben, denn sie fragt ihn: »Wenn Sie uns helfen wollen, können Sie uns dann sagen, was in diesem Pergament steht?«

Basti schaut sie vorwurfsvoll an. Wie kann sie bloß dem fremden Mann von unserer Entdeckung erzählen?

»Ich denke schon. Kann ich das Foto einmal sehen?«

Judith zögert noch, es ihm zu geben. Sie ist immer noch misstrauisch. Ich muss gestehen: ich auch. Schließlich schiebt Judith ihm dann doch die Fotografie zu. Basti und Tom drehen sich zwar etwas widerwillig, aber mindestens ebenso neugierig um, um zu erfahren, was Herr Schmitz zu dem geheimnisvollen Text auf dem Pergament sagen wird. Das wollen sie nicht verpassen.

Herr Schmitz schaut sich das Foto genau an. »Das ist ein alter deutscher Text. Soll ich ihn euch übersetzen?«

Es war vielleicht doch nicht so schlecht, dass wir den Kerl nicht direkt weggeschickt haben.

»Ja bitte«, sage ich mit etwas freundlicherer Stimme.

Willi Schmitz liest den alten Text stumm und bewegt dabei die Lippen. Manchmal stoppt er und überlegt, dann liest er weiter.

»Gut, ich bin so weit. Also, auf diesem alten Pergament steht Folgendes geschrieben:

›*Ich, Ritter Konstantin von Hane, schwöre im Jahre des Herrn 1156, dass ich ungewollt in den Besitz dieses unvorstellbaren Schatzes gekommen bin. Gott wird mich richten, wenn ich von dieser Erde Abschied nehmen werde. Solange werde ich diesen unvergleichlichen Schatz mit meiner ganzen Kraft behüten und schützen. Ich werde den Schatz an einem sicheren Ort für alle Zeit verstecken. Das Geheimnis um diesen Schatz werde ich mit ins Grab nehmen, damit meine missratenen Söhne niemals damit Unrechtes anstellen können.*‹«

Jetzt sind wir das zweite Mal an diesem Tag sprachlos. Aber diesmal richtig. Was haben wir da gerade gehört? Haben wir eben einen Hinweis auf einen Schatz bekommen? Das ist ja unglaublich. Lilly starrt vor sich hin, als ob sie gerade einen Traum hat. Karla legt den Arm um ihre Schwester, um sich irgendwo festzuhalten. Basti schaut mich ratlos an, und Judith holt erst einmal tief Luft. Tom strahlt über das ganze Gesicht. Er hatte recht gehabt. Man könnte meinen, er platzt gleich vor Stolz und Aufregung.

Judith schaut Herrn Schmitz prüfend an, der immer noch aufmerksam das Foto studiert.

»Was meinen Sie? Sie sind doch ein ›Historiker‹. Was halten Sie davon?«

Willi Schmitz überlegt: »Ich denke, dass ihr da was Interessantes gefunden habt. Ihr habt das doch gefunden, oder? Vielleicht ist alles aber auch nur ein Scherz. *Wo* habt ihr übrigens das Pergament gefunden?«

Wusste ich es doch. Der will uns aushorchen. Von wegen helfen – dass ich nicht lache!

»Das geht Sie gar nichts an!«, sage ich bestimmt und nehme ihm das Foto aus der Hand.

Erschrocken schauen mich die anderen an, und Herr Schmitz zieht seinen Kopf zwischen die Schultern wie eine Schildkröte.

»Entschuldigt bitte, ich wollte nicht …« Er bricht den Satz ab. Es ist ihm peinlich.

Karla versucht, die knisternde Situation zu entspannen. Sie wendet sich Herrn Schmitz zu. »Wir danken Ihnen für Ihre Hilfe. Jetzt müssen wir aber gehen.«

Sie schaut Lilly, Judith, Basti, Tom und mich eindringlich an und macht uns mit ihrem Kopf ein deutliches Zeichen, dass wir unsere Siebensachen nehmen und verschwinden sollen.

Wir greifen nach unseren Jacken und Taschen, Judith nimmt das dicke Buch, und los geht es in Richtung Treppe. Da hält mich Herr Schmitz am Ärmel zurück.

»Bitte, ich war nur neugierig. Wenn ihr Hilfe braucht, ruft mich an. Ich würde euch gerne helfen.«

Bevor ich mich wegdrehen und davongehen kann, drückt er mir noch einen Zettel mit seiner Telefonnummer in die Hand.

Ich nicke ihm nur stumm und ein wenig unfreundlich zu und verschwinde. Schnell verlassen wir die Bibliothek, natürlich erst, nachdem wir das Buch zurückgegeben haben.

Draußen weht ein frischer Wind. Das tut jetzt richtig gut. So wird der Kopf ein bisschen freigepustet. Wir stehen im Kreis vor der Bibliothek und müssen das, was wir gerade erfahren und erlebt habe, erst mal sacken lassen.

»Der war aber komisch«, findet Basti als Erster die Sprache wieder.

Lilly versucht gerade, auf ihren Zehenspitzen eine Pirouette zu drehen. Nach einer erfolgreichen Umdrehung bleibt sie zufrieden stehen und sagt: »Ich fand ihn ganz nett. Vergesst nicht, dass er uns den Text übersetzt hat.«

Basti lässt nicht locker: »Aber irgendwie finde ich es nicht gut, dass er jetzt von unserem Geheimnis weiß.«

»Der weiß doch eigentlich gar nichts«, versucht Lilly, ihn zu beruhigen.

Ich teile Bastis Befürchtungen. Der war schon sehr komisch, dieser Herr Schmitz. »Na immerhin kennt er den Inhalt des Textes. Was ist, wenn er uns verrät?«, frage ich sorgenvoll in die Runde.

»Ich finde, die ganze Sache ist ein bisschen heiß geworden«, sagt Basti. »Sollten wir das jetzt nicht doch dem Pfarrer von Sankt Nikolaus erzählen, oder der Polizei?«

Judith wippt mit ihrem Kopf hin und her. Dann fragt sie Basti vorsichtig: »Es wäre doch aber verdammt schade, wenn uns jemand unsere Entdeckung wegnimmt, oder?«

»Willst du denn als Dieb angeklagt werden?«, entgegnet Basti ihr ziemlich barsch. Man sieht ihm seine Sorgen deutlich an.

»Lasst uns doch mal kurz diesen Herrn Schmitz und die Polizei und das alles vergessen«, schlägt Karla vor. »Was wissen wir? Wir haben die Vermutung, dass wir ein Dokument von Ritter Konstantin gefunden haben, und wir glauben zu wissen, wo dieser Ritter Konstantin gelebt haben könnte. Das ist doch ein Anfang.«

»Also ich weiß nicht mehr, was ich denken soll. Ich brauche dringend einen *Break*!« Basti holt tief Luft und verschränkt dabei die Arme hinter dem Kopf. Dann schlägt er vor: »Jeder von uns kann sich ja mal Gedanken machen, wie es weitergehen soll. Aber jetzt fahren wir erst einmal nach Hause.«

Da wir im Moment alle nicht weiterwissen, folgen wir Basti zur U-Bahn-Station. Die Bahn kommt unerwartet schnell. Als wir ziemlich matt in der hinteren Ecke der 4 sitzen, beugt Karla sich mit ihrem Oberkörper in unsere Mitte vor und flüstert, damit die anderen Leute in der Bahn nichts verstehen können: »Ich sage euch, das Ganze wird ein richtiges Abenteuer!«

»Ist es das denn nicht schon?« Ich schaue Karla fragend an.

Basti beugt sich nun auch vor, hebt seinen rechten Zeigefinger und sagt leise: »Und Leute, vergesst bitte nicht, dass wir einen Stadtteilführer schreiben wollen!«

Wer hätte gedacht, dass die Sache mit dem Stadtteilführer so kompliziert werden würde. Ich schlage den anderen vor, dass wir uns am Montag in der Mittagspause auf dem Schulhof treffen könnten. »Morgen kann ich gar nicht, weil ich für Mathe üben muss. Wir schreiben doch am Montag die Arbeit. Danach kann ich dann wieder frei denken.«

»Als ob du überhaupt denken könntest«, provoziert mich Judith, nimmt mich aber sofort in den Arm, um mir zu zeigen, dass das nur ein Joke war.

7.

Die Beratung

Ich mag den Montagmorgen nicht. Ich glaube, kein Mensch mag Montagmorgen! Da hast du gerade zweimal ausschlafen können, und schon wieder musst du so wahnsinnig früh aus den Federn. Halb wach, schwirren mir heute lauter Pergamente, Wappen, Ritter und Bücher im Kopf herum. Dabei haben wir uns gestern gar nicht getroffen, und ich habe tagsüber kaum an unser Abenteuer und die vielen offenen Fragen gedacht. Ich musste doch Mathe pauken. Aber jetzt – das Projekt Prämonster fährt gerade Karussell in meinem Kopf. Und ich habe überhaupt keine Lust aufzustehen.

Irgendwie habe ich es doch geschafft, aus dem Bett zu kommen, und sitze jetzt neben Karla in der Schule. Wir haben gerade Mathe geschrieben, und ich bin fix und fertig. Karla ist total entspannt. Die schreibt Mathearbeiten wie nix, übt vorher nicht und hat nie Fehler. Das ist doch ungerecht.

Da Tom und Lilly seit diesem Jahr auch auf unsere Schule gehen, sind alle Mitglieder des Projekts Prämonster zusammen. Das ist sehr praktisch. Es gibt auf unserem Schulgelände eine alte Rotbuche. Die soll schon fast einhundert Jahre alt sein. Auf jeden Fall ist sie enorm groß. Der Stamm ist so dick, dass man ihn nur zu zweit umgreifen kann. Etwa einen Meter über dem Boden teilt sich der Stamm in zwei mächtige Äste auf. Ideal zum Klettern, oder auch nur zum Hinsetzen. Die Wurzeln sind sehr dick und kräftig und wachsen sogar aus dem angrenzenden Beton heraus. Da ist immer unser Treffpunkt.

So auch heute. Lilly und Tom sind schon da. Unsere Kleine ist natürlich direkt auf die obersten Äste geklettert. Lilly liegt da wie ein Leopard. Ihre Arme und Beine hängen seitlich runter, und man könnte denken, dass sie dort oben schläft. Tom sitzt entspannt auf einer Wurzel und betrachtet sie voller Bewunderung.

Nachdem wir es uns alle in dem Baum gemütlich gemacht haben, frage ich ungeduldig: »Wie machen wir jetzt weiter mit unserem Stadtteilführer?«

»Oh, die Supergirls sind unter die Stadtführer gegangen.«

Och nee, nicht schon wieder die! Ich bekomme sofort ein mulmiges Gefühl, wenn ich an letzten Samstag denke. Aber ich bin ja nicht allein. Basti zwinkert mir zu und zeigt mit dem Kopf zu Nils und Mike. Okay, zusammen sind wir stark. Basti und ich gehen also auf die beiden zu und stemmen die Hände in die Seiten. So nebeneinander wirken wir recht groß.

»Nun hört mal gut zu!«, fängt Basti ganz ruhig an. »Ihr seid hier einfach nicht willkommen. Verpisst euch!«

»Es ist schon tragisch, wenn man so bescheuert ist, dass man überall nur nervt, wo man hinkommt«, ergänze ich noch mit einem bittersüßen, ironischen Ton.

Nils schreit mit schriller Stimme: »Ihr könnt uns mal.«

Blitzschnell greift er nach Toms Jacke, die über einem Ast hängt, und rennt davon. Mike natürlich hinterher. Da hat er aber nicht mit Basti gerechnet. Der ist nicht nur superschnell, sondern auch richtig gefährlich, wenn jemand seinen Bruder ärgert. Basti verfolgt Nils und ist schon fast bei ihm.

Ich versuche, halbwegs Schritt zu halten, um zu verhindern, dass Basti Nils eine Tracht Prügel verabreicht. Zumal der Nils den Gipsarm hat. Ich habe wirklich Angst, dass Basti jetzt ausrastet. Aber glücklicherweise ist es nicht so. Basti nimmt Nils die Jacke weg und schubst ihn nach hinten. Nils fällt auf seinen Hintern. Er fasst sich an den Arm und stöhnt laut. Zu laut. Basti wendet sich nur ab und geht, ohne auch nur einen Blick auf den eingegipsten Arm zu richten.

Nils rappelt sich wieder auf und ruft Basti hinterher: »Wenn jetzt mein Gips kaputt ist, bist du es schuld.«

Ich klopfe Basti auf die Schulter. »Gut gemacht!«

»Entschuldigt die kleine Unterbrechung«, ruft Basti den anderen zu, zufrieden über seinen eben errungenen Sieg, und gibt seinem Bruder die Jacke zurück.

Es gibt jetzt wirklich Wichtigeres zu besprechen, als sich um die zwei Idioten zu kümmern.

»Was wird aus unserem Projekt Prämonster?«, stellt Karla die entscheidende Frage. »Schreiben wir den Stadtteilführer, gehen wir auf Entdeckungsreise in Sachen Konstantin, oder was sollen wir machen?«

Für Judith ist das ganz klar. »Das Projekt Prämonster bleibt. Es hat sich halt verändert. Wir sind nicht mehr *nur* Schriftsteller und Journalisten, sondern auch Detektive und Historiker.«

»Mal langsam!« Karla schüttelt den Kopf.

Ihr geht das alles zu schnell. Noch einmal fasst sie zusammen, was bisher passiert ist: »Wir haben ein Pergament gefunden, in dem von einem Schatz die Rede ist. Außerdem glauben wir zu wissen, wer dieses Pergament verfasst hat, und wir haben einen Verdacht, wo dieser Jemand gelebt haben könnte.« Sie schaut in die Runde.

Während Lilly noch immer auf ihrem Ast liegt, steht Judith etwas teilnahmslos an den Baumstamm gelehnt und spielt mit dem Reißverschluss ihrer Jacke. Sie schreibt gleich auch eine Arbeit, ich glaube, in Englisch. Sicher ist sie mit ihren Gedanken schon mittendrin. Basti und Tom tragen einen kleinen Spaß-Boxkampf aus.

»Hey, was ist mit euch los? Seid ihr noch dabei?« Karla ist genervt, dass ihr die anderen nicht hundertprozentig zuhören.

Basti versetzt Tom eine letzte angetäuschte Rechte, die natürlich kurz vor Toms Gesicht abbremst, worauf Tom theatralisch in die Knie sinkt. Dann dreht sich Basti zu Karla um, schaut ihr fest in die Augen und sagt: »Klar sind wir dabei, immer aufmerksam und voll engagiert.«

Er stemmt beide Hände in die Hüften. »Ich denke, wir brauchen noch mehr Informationen über Haus Haan und über Ritter Konstantin von Hane. Dann können wir feststellen, ob an der ganzen Sache was dran ist.«

Lilly ist langsam und fast lautlos wie eine Raubkatze vom Baum runtergeklettert. Sie hat unser Gespräch natürlich verfolgt. »Vielleicht können wir jemanden fragen«, schlägt sie vor.

Karla stimmt ihr zu. »Es muss doch jemanden geben, der sich mit Haus Haan gut auskennt.«

Da hat Judith eine gute Idee. »Oma hat einmal von einem alten Freund erzählt, der angeblich alle Geheimnisse dieser Gegend kennt. Ich rufe sie direkt nach der Schule an und frage sie nach dem Namen.«

Plötzlich springt Tom auf. »Mann, ich muss los. Ich habe Orchesterprobe.«

Erst jetzt sehe ich, dass Tom seinen Instrumentenkoffer mit der Trompete dabeihat. Er ist sehr stolz, denn er spielt seit einer Woche im Schulorchester mit. Zum Schuljahresende gibt es eine große Aufführung. Klar, dass wir dann alle kommen.

»Und wir?«, frage ich in die Runde.

»Wir gehen jetzt was Leckeres essen«, antwortet mir Basti.

»Du alter Optimist. Glaubst du wirklich, dass es was Leckeres in der Mensa gibt?«

Das Essen war heute wirklich gar nicht so schlecht. Jetzt sitzen wir in meinem Zimmer auf dem Boden und knacken fleißig die letzten Walnüsse vom vorigen Jahr. Dabei versuchen wir, die Schalen möglichst in der Mitte zu teilen, sodass die beiden Hälften als kleine Bötchen ganz bleiben.

Währenddessen erzählt uns Judith von ihrem Gespräch mit Oma Luise. Sie ist direkt nach der Schule bei ihr vorbeigefahren und hat nach dem Typen gefragt, der angeblich alles weiß.

»Also, der Mann, der sich so gut mit den alten Geschichten von Dünnwald und Höhenhaus auskennt«, fängt Judith an,

»der heißt Günther Rettich. Das soll ein richtig netter Kerl sein, sagt meine Oma. Die beiden sind zusammen zur Schule gegangen. Später wurde dieser Rettich dann selbst Lehrer und sogar Rektor an der Grundschule. Mittlerweile ist er natürlich längst in Pension. Der hat sich immer für die Geschichte von Dünnwald und Höhenhaus interessiert. ›Günther weiß fast alles über diese Gegend‹, sagt meine Oma.«

»Witziger Name!« Basti hat vor sich schon eine ganze Schiffsflotte aus Walnussbötchen aufgereiht.

»Wie können wir ihn erreichen, den Herrn Rettich?« Tom schaut gar nicht hoch, während er die Frage stellt. Er ist zu sehr damit beschäftigt, einen Turm aus Walnussschalen aufzubauen.

»Weißt du, wo er wohnt, oder hast du vielleicht seine Telefonnummer?«, ergänze ich Toms Frage.

»Na klar, was denkt ihr denn?« Judith ist fast beleidigt. Wie kann man nur denken, dass sie halbe Sachen macht!

»Der wohnt in dem alten Försterhaus auf der Kunstfelder Straße, und seine Telefonnummer habe ich auch.«

»Dann sollten wir doch jetzt gleich diesen Herrn Rettich anrufen«, schlägt Basti vor.

Gesagt, getan! Herr Rettich hat uns für den nächsten Nachmittag eingeladen. Schade, dass es nicht mehr heute klappt. Aber er muss noch irgendwas erledigen, hat er gesagt. Also verbringen wir den Nachmittag mit Nüsseknacken und wildem Spekulieren, was das für ein Schatz sein könnte, den Ritter Konstantin versteckt hat. Tom glaubt, dass es lauter Edelsteine und Goldmünzen sind. Lilly meint, es sind wertvolle Schmuckstücke.

»Ganz egal, was wir finden werden, eines ist hundertprozentig sicher: Wir werden etwas finden! Davon bin ich überzeugt«, sage ich in die Runde. Und da sind wir uns alle einig!

Bevor ich an diesem Abend ins Bett gehe, steige ich noch einmal auf den Dachboden. Dort ist mein Lieblingsplatz in unserem Haus. Er ist nicht ausgebaut und nur über eine Ziehleiter zu erreichen. Dort oben habe ich mir ein gemütliches Lager eingerichtet mit Decken und Kissen, Büchern und Malsachen. Manchmal schmuggel ich mir heimlich ein paar Knabbereien hoch.

Natürlich habe ich dort oben auch einen CD-Rekorder und meine Lieblings-CDs. Und damit ich nicht so allein bin, leisten mir einige alte Schmusetiere ein wenig Gesellschaft. Die müssen schließlich auch irgendwohin. In meinem Zimmer konnten sie nicht bleiben. Das ist peinlich, wenn meine Freundinnen kommen und die Tierchen sitzen alle auf dem Bett. Aber ganz wegtun kann ich sie auch noch nicht. Hier oben sind wir unter uns, meine Schmusetiere und ich. Außer meiner Familie kennt nur Karla das Lager. Schließlich ist sie meine beste Freundin.

Wie ich so dort oben liege und aus dem Dachfenster in den Himmel schaue, spüre ich, wie ich langsam etwas ruhiger werde. Die letzten Tage waren sehr aufregend. Es hat aufgehört zu regnen. Der Himmel ist ganz klar. Wie schön es ist, hier zu liegen und in die dunkle Nacht zu schauen. Über mir schweben tausend funkelnde Sterne. Mein Vater hat mir mal erklärt, dass all die Sterne, die man sehen kann, zu unserer Galaxie gehören. In unserer Galaxie befinden sich circa einhundert bis zweihundert Milliarden Sterne, und die nächste Galaxie ist ungefähr 2,5 Millionen Lichtjahre entfernt. Mit Lichtjahren, hatte Papa erklärt, werden extrem große Entfernungen gemessen. Der nächste Stern ist von der Erde so weit weg, dass sein Licht allein mindestens vier Jahre braucht, bis es auf der Erde ankommt.

Von solchen Zahlen wird mir ganz schwindelig. Das gesamte Universum mit all seinen Galaxien muss unvorstellbar groß sein. Und wer weiß schon, wie viele Galaxien es überhaupt gibt? Mein Vater hat damals versucht, es mir so zu erklären: »Stell dir vor, es gibt ein großes Schneetreiben in Höhenhaus und Dünnwald. Überall siehst du nur Schneeflocken. Das ist das Universum. Unsere Sonne könntest du dann gar nicht erkennen, weil sie viel zu klein wäre. Sie wäre dann gerade einmal so groß wie ein klitzekleiner Virus; einer von diesen doofen Viren, die man nicht sehen kann, die einem aber im Winter immer den Schnupfen bringen.«

Wenn ich so darüber nachdenke, frage ich mich, wie groß ich dann in diesem Schneetreiben wäre.

8.

Herr Rettich

Es ist Dienstag. Und, was soll ich euch sagen, es ist der erste Tag im Juni, an dem es nicht regnet. Deshalb haben wir in der Schule beschlossen, bevor wir zu Herrn Rettich gehen, noch mit den Rädern eine Runde durch den Wildpark zu fahren. Wir treffen uns alle vor Judiths Haus.

»Kommt jetzt, lasst uns endlich losfahren«, drängelt Basti. »Ich brauche dringend Bewegung.«

Das sieht man ihm wirklich an. Basti wippt, während er auf dem Sattel sitzt, von einem Bein auf das andere. Dabei lässt er immer den Lenker los und fängt ihn wieder auf. Dieses Regenwetter der letzten Tage war aber auch nervig. Die ganze Zeit drinnen hocken macht einen kirre. Also, los geht's Richtung Wildpark. Basti fährt vorneweg, ich versuche, mit ihm mitzuhalten, Karla und Judith sind dicht hinter uns, Lilly und Tom fahren hinterher und quatschen die ganze Zeit über den Schatz.

Der Wildpark ist richtig schön. Wir sind alle schon als kleine Kinder hier gewesen. Zum Beispiel auch an Weihnachten, bevor wir in die Kirche gingen und es die Bescherung gab. Dann waren wir so aufgeregt, dass wir noch mal an die frische Luft mussten, und alle Papas schnappten sich ihre Pänz und gingen in den Wildpark. Später haben wir dann oft mit der Klasse Ausflüge hierher gemacht oder mussten beim Sponsorenlauf so viele Runden wie möglich um das Wildgehege herumlaufen. Besonders beeindruckend finde ich die Bisons. Vor denen hatte ich früher immer ein wenig Angst. Vielleicht auch, weil die so ein dickes doppeltes Holzgatter haben. Dann müssen die ja gefährlich sein.

Wenn nicht so viele Leute im Wildpark unterwegs sind, kann man mit dem Fahrrad wunderbar über die Wege heizen.

Die Wildschweine laufen auf der anderen Seite des Zauns mit uns mit, in der Hoffnung, dass sie etwas zu fressen bekommen. Glücklicherweise sind diese Wildschweine hinter dem Zaun. Es gibt nämlich auch *wilde* Wildschweine, die hier frei rumlaufen. An ganz vielen Stellen im Wald und auf den Wiesen und vor allem in der Nähe der Seen kann man die Spuren von den wühlenden und grabenden Wildschweinen sehen. Denen würde ich nicht so gern begegnen.

Wir fahren entlang des Zauns, an der kleinen Brücke vorbei, die zum Waldbad führt, und zurück zum Hauptweg, der zwischen zwei Gehegen durchführt. Judith kommt nicht mehr mit. »Basti. Warte doch mal! Wir wissen ja, dass du der Schnellste bist«, japst sie laut.

Basti bleibt stehen, dreht sich um und schaut Judith lachend ins Gesicht. »Hast wohl nur was in der Birne und nichts in den Beinen, wie?«

»Schluss mit der Streiterei!« Das Gezicke zwischen den beiden kann ich nicht mehr hören. An der Holzhütte gegenüber von den Bisons machen wir einen kurzen Stopp.

Schließlich wird es Zeit: auf zum alten Försterhaus. Dazu müssen wir aus dem Wildpark hinaus, über die Leuchterstraße und die Berliner Straße bis hinten zur Kunstfelder Straße. Das Haus liegt direkt gegenüber dem Wald. Ich glaube, dass es wirklich schon sehr alt ist. Das Dach läuft spitz zu, wie bei einem Bilderbuchhaus. Schieferplatten decken den oberen Teil der Wand ab. Darunter war früher sicher mal Fachwerk. Links und rechts vom Eingang stehen große Bäume. Freundlich und einladend sieht es hier aus.

Judith klingelt. Es dauert ein bisschen, bis sich etwas rührt. Aber dann geht im Flur das Licht an, und ein fürchterliches Gekläffe schallt bis auf die Straße. Als die Tür aufgeht, schießt ein kleiner rothaariger Dackel auf uns zu.

»Platz!«, ruft der Mann, der wohl Herr Rettich sein muss. »Goethe, Platz! Gib endlich Ruhe!« Aber Goethe denkt gar nicht daran, Platz zu machen oder Ruhe zu geben. Herr Rettich schaut uns resigniert an. »Er hört einfach nicht.«

Aber das macht nichts. Mittlerweile hat Goethe alle von uns einmal angesprungen und angebellt, wurde von jedem von uns gestreichelt und ist nun zufrieden.

»Guten Tag, Herr Rettich«, begrüßt Judith den alten Mann. »Ich bin die Judith. Vielen Dank, dass Sie Zeit für uns haben.«

»Na, dann kommt erst einmal herein.« Herr Rettich hält die Tür weit auf, und wir gehen nacheinander ins Haus. Als Letzter kommt Goethe hinterher. An der alten geschwungenen Holztreppe ziehen wir uns die Schuhe aus und steigen hinter Herrn Rettich die Treppe hoch.

Günther Rettich ist ein netter weißhaariger Mann. Er ist nicht sehr groß und auch nicht sehr schlank. Mich erinnert er an eine große weiche Kugel. Und nachdem er vor uns die Treppe hochgekugelt ist, sitzt die Kugel nun auf dem weichen schokobraunen Sofa und wippt leicht hin und her.

Es ist ein urgemütliches Wohnzimmer. Die Balken vom alten Fachwerk ragen in den Raum. Ob ich mich wohl in die Balken setzen darf? Herr Rettich hat meine Gedanken erraten und nickt mir still zu. Einmal kurz mit den Armen hochgezogen, und schon sitze ich auf einem der Balken. Karla und Lilly machen es mir nach.

So lassen wir gemütlich unsere Beine baumeln und futtern Berliner und Amerikaner, die Herr Rettich extra für uns gekauft hat. Tom und Basti haben sich rechts und links neben Herrn Rettich auf das Sofa gesetzt, und Judith sitzt ihnen im Schneidersitz auf dem hellen Flokatiteppich gegenüber. Alle mampfen und schmatzen. Herr Rettich guckt von einem zum anderen und lächelt zufrieden. Ich habe das Gefühl, dass er sich über unseren Besuch freut.

Wir wissen nicht so recht, wie wir anfangen sollen. Warum lange drum herumreden, denke ich, und falle mit der Tür ins Haus.

»Können Sie uns etwas über Haus Haan, Ritter Konstantin, das Kloster von Sankt Nikolaus ...«

Günther Rettich schüttelt den Kopf. »Nun mal langsam mit den jungen Hunden. Eins nach dem anderen. Ich bin doch ein alter Mann.«

»Gut, dann noch einmal eins nach dem anderen«, fange ich von vorn an. »Wissen Sie, wer Ritter Konstantin war und ob seine Burg vielleicht etwas mit Haus Haan zu tun hat?«

»Oh ja, Ritter Konstantin hat tatsächlich gelebt. Und eine alte Wasserburg gab es auch. Auf der hat er gewohnt. Aber davon ist heute nicht mehr viel übrig.«

»Was ist mit der Burg passiert? Erzählen Sie uns bitte die Geschichte, Herr Rettich«, drängelt Tom.

Judith nickt kräftig mit ihrem Kopf. Auch sie will nun unbedingt mehr hören. Basti legt den Amerikaner, in den er gerade gebissen hat, auf seinen Teller zurück. Die Teilchen müssen jetzt warten. Es scheint spannend zu werden. Alle sind konzentriert und warten auf Herrn Rettichs Erzählung. Selbst Goethe, der es sich neben Judith bequem gemacht hat, ist ganz still und hebt neugierig seinen Kopf hoch.

Der runde alte Mann schwingt kunstvoll sein rechtes über das linke Bein, was trotz seines Gewichts ungewöhnlich elegant aussieht. Dann faltet er die Hände und legt sie auf seinen Kugelbauch. Mit einem kräftigen Räuspern beginnt er schließlich:

»Die Burg aus dem Mittelalter ist während des Dreißigjährigen Kriegs 1628 zerstört worden. Hundert Jahre später wurde eine neue Burg errichtet. Aber auch die verfiel mit der Zeit immer mehr und brannte schließlich 1896 bei einem großen Feuer bis auf das Herrschaftshaus völlig ab. Die Gebäude und Ställe wurden wieder aufgebaut. 1928 kaufte die Stadt Köln die Burg. Seitdem verfielen die Mauern von Jahr zu Jahr immer mehr. In den achtziger Jahren des letzten Jahrhunderts haben ein paar Leute beschlossen, die gesamte Burganlage im modernen Stil wieder aufzubauen. Heute leben dort ganz normale Menschen.«

Herr Rettich macht eine Pause und holt tief Luft. Beim Erzählen ist er ganz schön ins Schnaufen gekommen. Das liegt vermutlich daran, dass er so dick ist.

Basti nutzt die Pause und stöhnt: »Diese ganzen Zahlen kann ich mir bestimmt nicht merken.«

»Du vielleicht nicht, aber es gibt ja auch Leute, die was in der Birne haben und nicht nur in den Beinen.« Judith ist sichtlich zufrieden mit ihrer kleinen Rache für vorhin im Wildpark.

Karla kommentiert das kleine Wortgefecht zwischen Basti und Judith, indem sie übertrieben die Augen verdreht.

Herr Rettich fährt fort: »Meine Großmutter hat mir erzählt, dass sie als Kind mit ihren Freunden dort in den verfallenen Gemäuern noch gespielt hat. Manchmal haben sie sich sogar gegenseitig als Mutprobe in den unterirdischen Gang geschickt.«

Wie bitte? Verdutzt gucken wir Herrn Rettich an.

»Was haben Sie da gerade von einem unterirdischen Gang erzählt?«, fragt Basti total fasziniert nach. Dabei schiebt er sich den angebissenen Amerikaner nun doch in den Mund.

»Zwischen der Burg und dem Kloster der Prämonstratenserinnen gab es einen Geheimgang. Ihr kennt doch das ehemalige Kloster beziehungsweise die übrig gebliebene Kirche Sankt Nikolaus?«

Ich muss erst mal schlucken. Ist das wieder einer dieser Zufälle, oder was ist hier los? In Sankt Nikolaus haben wir das Pergament von Ritter Konstantin gefunden, und zwischen der Burg und der Kirche gab es einen Geheimgang. Unglaublich!

»Was wissen Sie über den Gang?«, platze ich heraus.

»Wer den Gang gebaut hat und wer ihn benutzt hat, ist unklar. Vielleicht war es ein Fluchtweg. Vielleicht gab es ihn schon bei der ersten Burg, vielleicht ließ ihn Ritter Konstantin anlegen?« Herr Rettich zieht die Schultern hoch, um zu unterstreichen, dass er auch nicht mehr darüber weiß.

Dann fährt er fort: »Entweder wurde der Gang von herabfallenden Steinen bei dem großen Feuer 1896 oder bei einem Erdbeben zugeschüttet. Seit man dann auch noch das, was man für den Eingang zu diesem Geheimgang hielt, zugemauert hat, kann keiner mehr sagen, wo genau dieser Gang sein soll.«

»Warum hat man das denn zugemauert?«, fragt Tom nach.

»Weil die Leute Angst hatten, dass sich Kinder dort verlaufen und ersticken könnten. Mehr kann ich euch dazu auch nicht erzählen.«

Judith streichelt wie automatisch Goethe, der mittlerweile auf ihre Beine gekrabbelt ist. Sie hat die ganze Geschichte mit immer größer werdenden Augen verfolgt. Man kann sehen, wie es in ihrem Gehirn arbeitet. Es sieht wirklich so aus, als ob Judith jeden Moment loslegen wird, all das, was wir bisher erfahren haben, genauestens zu analysieren.

Jetzt nur nichts von unserem Pergament verraten, denke ich ängstlich. Das ist doch unser Geheimnis.

Damit Judith erst gar nicht auf dumme Gedanken kommen kann, stelle ich schnell die nächste Frage an Herrn Rettich: »Und was wissen Sie über den Ritter?« Ich habe meine Beine angezogen und sitze nur noch mit einem kleinen Teil meines Pos auf dem Balken. Fast wäre ich runtergerutscht.

Herr Rettich holt tief Luft und kratzt sich am Hinterkopf. Dann fängt er an: »Viel weiß man nicht über den Ritter Konstantin. Aber über seine Söhne! Das müssen zwei Streithähne gewesen sein. Ständig haben sie sich untereinander gezankt. Auch mit dem Nonnenkloster hatten sie Streit. Da ging es wohl um die Nutzung des Wassers vom Mutzbach. Ob sie sich damals schon über den geheimnisvollen unterirdischen Gang gestritten haben, ist nie ganz geklärt worden.«

Nach einer kurzen Pause fügt er hinzu: »Ach, eins muss ich euch noch sagen: In Haus Haan, wie es heute heißt, gibt es noch einen alten Burgkeller. Der soll mindestens dreihundert Jahre alt sein.«

Nach Herrn Rettichs Erzählung sind wir nicht nur sprachlos, sondern auch erschöpft. Was sind das alles für spannende Neuigkeiten?

»Habt ihr von diesem Geheimgang gewusst?«, fragt Basti in die Runde. Nein, keiner von uns hatte jemals vorher etwas davon gehört.

»Warum interessiert euch das eigentlich?«, fragt Herr Rettich in die Stille. Keiner antwortet ihm.

Karla druckst herum »Wissen Sie, eigentlich, mm ...«

Judith springt ihr zur Seite: »Wir möchten einen Stadtteilführer schreiben. Und da wollen wir natürlich so viel wie möglich über die Geschichte von Dünnwald und Höhenhaus wissen.«

Puh, da hat Judith aber gut die Kurve gekriegt. Über das Pergament hat sie nichts gesagt, aber gelogen hat sie trotzdem nicht.

Alle sind erleichtert. Das kann ich deutlich auf ihren Gesichtern sehen. Was hätten wir ihm denn auch sagen sollen! Die ganze Geschichte erzählen, vom Pergament und dem Schatz? Nein, das sollte erst einmal unser Geheimnis bleiben. Zu viele Mitwisser sind nicht gut.

Herr Rettich bietet uns die restlichen Teilchen an. Wenn man kaut, muss man nicht reden. Und reden will jetzt keiner. Also lassen wir es uns schweigend schmecken. Basti wippt auf dem Sofa neben Herrn Rettich, was übrigens dazu führt, dass ebenfalls Herr Rettich immer ein bisschen hoch- und runterwippt. Dabei spielt er mehr mit seinem Amerikaner, als dass er ihn isst. Er hat noch etwas auf dem Herzen. Das sieht man ihm an.

»Herr Rettich, darf ich Sie noch etwas fragen?«

»Na, immer los, junger Mann!«

»Ich dachte, Sie waren Lehrer. Aber warum leben Sie dann im Försterhaus?«

»Das ist ganz einfach. Mitte des neunzehnten Jahrhunderts kaufte ein reicher Kleiderfabrikant mit Namen Freiherr von Diergardt die Grafschaft Morsbroich. Das Schloss Morsbroich in Leverkusen kennt ihr doch? Zu der Grafschaft gehörten auch das Kloster hier in Dünnwald, verschiedene Bauernhöfe, Wälder und Ländereien in der Umgebung. Der Förster, der all diese Wälder bewachen, kontrollieren und pflegen sollte, wohnte hier in diesem Haus. Und der letzte Förster war mein Vater.«

»Aber Sie sind doch kein Förster. Braucht der Graf keinen Förster mehr?«, will Basti wissen.

»Ach der! Der hat alle Besitztümer in Köln verkauft und lebt jetzt in Kanada. Und dieses schöne, hundert Jahre alte Försterhaus gehört jetzt mir.« Herr Rettich wirkt bei dieser Feststellung sehr zufrieden.

»Mannomann, das ist ja spannend.« Basti ist sichtlich beeindruckt. »Und wir wohnen in einem stinknormalen, langweiligen Haus.«

Es ist schon spät. Wir bedanken uns für den tollen Nachmittag und verabschieden uns ausführlich von Goethe, der sich bei jedem von uns noch eine Streicheleinheit abholt. Herr Rettich hat es geschafft, die Treppe wieder runterzukugeln, und versichert uns, dass es ihm eine Freude gewesen sei, uns zu bewirten, und dass wir jederzeit wiederkommen könnten.

Auf der Straße versammeln wir uns um unsere Fahrräder.

»Dieser Rettich ist echt in Ordnung«, stellt Judith zufrieden fest. »Und jetzt wissen wir, dass es unseren Ritter Konstantin wirklich gab.« Sie ist sichtlich stolz, dass sie den Kontakt zu dem kugeligen alten Mann hergestellt hat.

»Und wir wissen noch mehr«, sagt Karla geheimnisvoll.

Lilly will unbedingt wissen, was Karla durch den Kopf geht, und tippt ihrer Schwester den Zeigefinger in die Seite. »Was meinst du?«

»Überlegt doch einmal! Ein alter Gang, von dem keiner was Genaues weiß! Das könnte doch das Versteck für den geheimnisvollen Schatz gewesen sein, den Ritter Konstantin vor seinen Söhnen verbergen wollte.«

»Mensch, du hast recht«, rufen Basti und Tom gemeinsam.

Ich gucke die anderen der Reihe nach an und spreche das aus, was alle denken: »Eines ist jetzt auf jeden Fall klar: Wir müssen unbedingt zu Haus Haan und den alten Burgkeller sehen. Genau dort werden wir unsere Spurensuche beginnen.«

Judith bringt es, wie es ihre Art ist, auf den Punkt: »Ja, wir müssen herausbekommen, wie der Ritter, das Kloster, der Geheimgang und der Schatz zusammengehören. Wo ist der Zusammenhang zu unserem Pergament? Finden wir tatsächlich etwas, wenn wir den Geheimgang ausfindig machen?«

»Also Leute, jetzt sind wir als Detektive gefragt«, beschwöre ich die Runde. Ich hebe meine rechte Hand wie bei einem Schwur und flüstere: »Projekt Prämonster«.

Wir klatschen uns alle mit der flachen Hand ab, ohne dabei etwas zu sagen. In diesem Moment ist klar, dass wir diese Sache gemeinsam durchziehen. Stolz und voller Tatendrang besteigen wir unsere Fahrräder und fahren nach Hause.

Zu Hause angekommen, sitzen meine Eltern gerade beim Abendessen. Hunger habe ich nach all den Amerikanern und Berlinern nicht. Aber ich setze mich dazu.

»Wo warst du den ganzen Nachmittag?«, fragt Mama.

»Hab ich dir doch gesagt. Wir mussten für unseren Stadtteilführer etwas recherchieren.«

»Und sonst?«

»Wie sonst?«

»Sonst gibt es nichts?«

»Nein, nichts.«

»Na gut«, sagt Mama.

Ich wette, sie ahnt, dass da noch was ist. Aber wenn ich ihr das alles erzähle, wird sie bestimmt irgendwelche Einwände haben, dass wir das dem Pfarrer erzählen müssen und so weiter. Das haben wir aber jetzt schon alles durchgekaut. Und wir haben entschieden, erst einmal allein zu forschen. Also muss sich Mama damit zufriedengeben, dass wir an dem Stadtteilführer arbeiten. Hoffentlich wird alles gut gehen.

9.

Der Keller

Heute wird sicher ein spannender Tag werden. Es ist Mittwochnachmittag. Wir haben eine Verabredung mit Lena Kühne. Das ist die, die in Haus Haan wohnt. Sie wird uns die Reste der alten Burg zeigen. Vielleicht stoßen wir dort auf den Geheimgang oder zumindest auf einen Hinweis darauf. Lena haben wir allerdings nichts von dem Pergament erzählt, und auch nichts davon, dass wir den Geheimgang suchen. Nur von dem Stadtteilführer, den wir schreiben möchten, haben wir ihr erzählt. Das ist besser so, weil die doch immer so viel herumquatscht.

Wir haben uns an der Bushaltestelle gegenüber von Haus Haan verabredet. Alle sind pünktlich. Die Regenpause von gestern war nur kurz. Heute regnet es wieder. Immerhin haben die Wettervorhersagen für die nächsten Tage Besserung angekündigt. Ein sogenanntes Hoch namens Frida soll trockenes und wärmeres Wetter bringen. Noch merken wir nichts davon, und die Regenjacken gehören zu unserer Standardausrüstung. Ich möchte endlich wieder in T-Shirt und Jeansjacke rumlaufen können.

Karla hat auch keinen Bock mehr auf ihren »Nässeschutz«, wie sie ihre Regenjacke abfällig nennt. Heute hat sie ihre neue schwarze Fleecejacke an und ein lila-türkises Tuch schwungvoll um den Kopf gewickelt. Dagegen sehen Tom und Basti in ihren blaugrünen Regenjacken wie kleine Jungs aus. Aber den Vogel hat mal wieder Judith abgeschossen. Sie hat eine viel zu große gelbe Plastikjacke von ihrem Vater an. »Ostfriesennerz« heißt die, erklärt sie uns.

Das andere Problem bei diesem Wetter sind die Schuhe. Eigentlich laufe ich immer in meinen »All Stars« rum. Aber die sind definitiv nach einer halben Stunde im Regen durch und durch nass. Also entweder nasse Füße oder schreckliche Schuhe. Heute habe ich mich für die trockenen Füße und die klobigen Stiefel entschieden. Außerdem, sollten wir tatsächlich den Geheimgang finden, ist der vielleicht auch nass und dreckig.

Da stehen wir nun also alle in unseren Regenklamotten und sehen wie nasse Goldhamster aus, die mehr oder weniger bedröppelt aus der Wäsche gucken. Aber wir sind ja nicht hier, um wie bedröppelte Goldhamster auszusehen, sondern um einen geheimen Gang zu suchen.

Judith gibt den Startschuss für unsere Aktion, indem sie sich vor uns aufstellt wie ein General vor seinen Soldaten und die Hand mit der Innenfläche nach vorn an die Stirn legt. Dann zeigt sie mit dem Zeigefinger auf Basti und fragt mit zackigem Ton: »Basti, hast du dein Taschenmesser dabei?«

Basti steht ganz steif da, als ob er einen Besen verschluckt hätte, und nickt ihr mit übertrieben ernster Miene zu.

Judiths Finger wandert zu Tom. »Tom, wie ist es mit der Taschenlampe?«

Tom nickt ebenfalls.

Karla und Lilly müssen lachen. Es sieht aber auch sehr komisch aus, wie Judith da ihre Jungs trimmt. Und das Erstaunlichste an der Sache ist, dass die zwei mitspielen, ohne zu meckern.

Ich reihe mich neben Basti und Tom ein, lege ebenfalls meine Hand an die Stirn und sage: »Ich habe auch eine Taschenlampe mit, Sir«, und füge ganz langsam und gedehnt hinzu: »Man weiß ja nie.«

Judith dreht sich zackig um und ruft: »Los geht's!«, und wir setzen uns in Bewegung.

Die Spannung, die sie mit dem spielerischen Drill aufgebaut hat, ist echt. Wir haben einen Auftrag und stehen vielleicht vor einer großen Entdeckung.

Aufgeregt und voller Erwartungen überqueren wir die Straße und gehen durch das mächtige Tor. Dahinter befindet sich ein großer Innenhof, um den viele kleine Häuser gebaut sind. Am Ende des Hofes führt eine Brücke über ein Gewässer, und dahinter steht noch ein großes Haus. Das muss das alte Herrenhaus sein. Haus Haan ist tatsächlich nicht nur ein Haus, sondern viele Häuser.

»Hier wohnen bestimmt zwanzig Familien«, vermutet Basti.

»Aber wo wohnt Lena?«, fragt Tom.

Karla weiß es. Sie führt uns zu einem der kleinen Häuser auf der linken Seite.

Ich muss gestehen, dass ich mich nicht recht wohl in meiner Haut fühle. Da haben wir eine Verabredung mit jemandem, den wir nicht nett finden. So was mag ich gar nicht. Ich kann mich auch nicht gut verstellen. Andererseits brauchen wir diese Verabredung, um Haus Haan kennenlernen zu können. Ich schiebe die Gedanken weg.

Karla klingelt. Lena macht sofort nach dem ersten Klingeln auf und beginnt auch gleich zu reden. Eigentlich sieht sie ganz nett aus. Sie hat lustige Sommersprossen und zwei blonde lange Zöpfe. Ihre Augen sind sehr groß und leuchtend blau. Nun ja, sie ist ein wenig pummelig, aber das ist ja nicht so schlimm. Aber was wirklich schlimm ist und total nervt, ist, dass sie wie ein Wasserfall, auf den immer neues Wasser zufließt und den man nicht stoppen kann, andauernd plappert. Das ist der Grund, warum wir Lena aus dem Weg gehen. Sie redet zu viel, und dann auch noch oft von Dingen, die keinen interessieren.

Ich unterbreche Lena und erkläre ihr noch einmal, worum es genau geht: dass wir in unserem Stadtteilführer Haus Haan erwähnen wollen und dass wir deswegen gern Haus, Hof und Keller gezeigt bekämen. Lena ist begeistert. Sie ist jetzt sozusagen die Hauptperson und kann ganz viel reden, reden, reden.

Lena schnappt sich ihre Jacke und geht uns voraus in den Hof von Haus Haan. Sie zeigt uns den Gemeinschaftsgarten, den riesigen Sandkasten und den großen Teich. »Den Teich gibt es schon sehr, sehr lange«, erklärt sie uns. »Den haben die Ritter im Mittelalter angelegt, damit ihre Burg von Wasser umgeben war. Das war nämlich eine richtige Wasserburg. Da, wo heute die Steinbrücke ist, war eine Zugbrücke.«

Tom ist fasziniert. »Wie in alten Ritterfilmen.«

Lena freut sich über Toms Begeisterung. Ihre Wangen sind rot vor Aufregung und ihre Augen leuchten fröhlich. Sie erzählt weiter: »Unser Ritter Konstantin, der hier vor circa 850 Jahren lebte, hatte auch Knechte und Mägde und ganz bestimmt auch ein Burgfräulein.«

Bei dem Namen »Ritter Konstantin« durchfährt mich ein Schauer. Wegen dem sind wir doch hier. Aber wann gehen wir endlich in den Keller, von dem uns der alte Rettich erzählt hat? So spannend die Berichte von Lena auch sein mögen, im Moment interessieren sie mich nicht die Bohne. Ich sehe Karla an, dass es ihr genauso geht. Sie tritt von einem Bein auf das andere. Auch Judith ist offensichtlich ungeduldig. Sie zieht die Stirn in Falten und dreht ihre Daumen bei gefalteten Händen im Kreis.

Judith hält es nicht mehr aus. Sie holt tief Luft, um ihre Worte möglichst freundlich klingen zu lassen. »Können wir denn jetzt auch mal was von der alten Burg sehen, von der du uns so wundervoll erzählt hast?« Eine gewisse Ironie in Judiths Stimme ist nicht zu überhören.

Auch Lena hat das bemerkt. Sie blickt etwas beschämt auf den Boden. Hoffentlich ist sie jetzt nicht beleidigt.

»Also, ich fand das bisher alles sehr interessant. Hier soll es doch auch so einen alten Burgkeller geben. Dann lasst uns doch jetzt da mal hingehen.« Karla rettet mit ihrem Vorschlag die Situation.

Lena geht sofort darauf ein, dankbar, dass sie nicht direkt auf Judith antworten muss. Sie hebt ihren Kopf, spitzt die Lippen und sagt mit fester Stimme, ohne einen Funken von Beleidigtsein: »Okay, besichtigen wir den alten Keller dieser ehrwürdigen Ritterburg, den ältesten Teil der ganzen Anlage. Bitte folgen Sie mir.«

Dabei zwinkert sie lustig. Lena hat Humor. Sie gefällt mir immer besser. Wie sie das gerade weggesteckt hat – großartig.

Wir folgen Lena quer über den Innenhof bis zu einer alten Tür auf der anderen Seite. Die Tür ist nicht abgeschlossen. Lena öffnet sie, verbeugt sich vor uns und zeigt mit dem rechten Arm auf eine Steintreppe, die direkt hinter der Tür hinabführt. Sie steht da wie ein Butler, der den Gästen seiner Herrschaft die Tür öffnet und den Weg weist.

Am Fuße der Treppe stehen wir in einem kalten steinernen Keller. Rundherum schaut uns graues Mauerwerk entgegen. Die Steine und Fugen sind ungleichmäßig und unterschiedlich dick. Dabei sehen die einzelnen Steine glatt und speckig aus, so als ob sie schon tausendmal angefasst wurden. Die Decke wölbt sich wie eine Halbkugel über den Raum. Große Steinplatten decken den Boden ab. Dieser Raum hier erinnert unwillkürlich an eine alte Burg. Wer hätte gedacht, dass es so etwas mitten in Höhenhaus gibt?

Lilly streicht versonnen mit den Händen an dem Mauerwerk entlang. Judith steht tief beeindruckt in der Mitte des Raumes und blickt sich um, die Hände auf dem Rücken verschränkt. Überwältigt flüstert sie: »So einen alten Gewölbekeller sieht man nicht alle Tage.«

Es liegt eine gewisse Ehrfurcht in der Luft. Auch Basti und Tom staunen nicht schlecht. Das hatten wir nicht erwartet!

»Mann, hier fühlt man sich ja glatt ins Mittelalter zurückversetzt«, sage ich.

»Wie mit einer Zeitmaschine«, murmelt Tom in Gedanken vor sich hin.

Da wirkt es fast ein bisschen respektlos, dass überall an den Wänden und der Decke Girlanden und Luftballons aufgehängt sind. Lena erzählt uns, dass in diesem Gewölbekeller die Geburtstage von allen Mitbewohnern in Haus Haan gefeiert werden. Na, so einen Partyraum möchte ich auch mal haben.

»Geht es hier noch weiter?« Basti schaut fragend zu Lena, während er die Ecken des Kellers abschreitet. Es ist doch klar, was er sucht: natürlich den Eingang zum Geheimgang.

Da rutscht es Lilly raus: »Wir suchen nämlich den Geheimgang.«

Karla und ich gucken sie böse an. Wir wollten Lena doch nichts von unserer Vermutung erzählen!

Lilly schreckt zusammen und blickt schuldbewusst auf den Boden.

»Ach, der Geheimgang«, sagt Lena ohne jede Überraschung.

Wir schauen sie perplex an.

»Diese alten Geschichten. Keiner weiß, was da dran ist. Wenn ihr mich fragt, ist das alles Blödsinn.«

Lena schaut auf die Uhr. »Ich habe jetzt Flötenunterricht. Das habe ich Karla ja gesagt. Aber ihr könnt euch ruhig solange hier umsehen. Ist das okay? Wir treffen uns in einer Stunde bei uns im Haus.« Und schon ist sie verschwunden.

Basti ist total enttäuscht. »Habt ihr gehört, was Lena gesagt hat? Seht ihr hier vielleicht einen Geheimgang? Ich jedenfalls nicht. Dann können wir unseren Schatz wohl vergessen. Oder wo sollte der sonst versteckt sein?«

Tom will seinen Bruder trösten. »Komm, setz dich erst mal.«

Er schiebt einen Stapel altes Papier zur Seite, um auf einer Bierbank, die an der Wand steht, Platz für Basti zu machen. In Gedanken vertieft, faltet Tom ein verstaubtes Blatt auseinander, das beim Verschieben des Stapels auf der Bank liegen geblieben ist. Da sind Striche, Kästchen und einzelne Worte zu sehen.

Judith sieht das Papier und reißt es Tom energisch aus der Hand. »Mensch, das ist ein Bauplan von diesem Keller! Schaut doch!«

»Wo kommt denn plötzlich dieser Plan her?«, wundere ich mich.

Karla überlegt: »Der Rettich hat doch erzählt, dass die das hier alles vor nicht allzu langer Zeit saniert haben. Vielleicht ist der alte Plan damals einfach hier vergessen und seitdem immer wieder von einer Ecke in die andere gelegt worden, genauso wie es eben Tom gemacht hat.«

Das kann ich nicht glauben. »So ein Quatsch! Die Umbauarbeiten sind doch längst vorbei.«

»Vielleicht wollte hier jemand erst vor Kurzem etwas umbauen und hat dann den Plan hier unten vergessen.« Judiths Idee klingt schon viel wahrscheinlicher.

»Das ist doch auch egal.« Basti legt den Plan ausgebreitet auf den Boden. »Das ist eindeutig ein Plan von diesem Keller.« Er studiert die Zeichnung sehr konzentriert. »Schaut mal! Da ist eine Notiz, vielleicht vom Architekten.«

Basti entziffert das Gekrakel: »›Hier könnte der geheime Gang sein.‹« Dann zeigt er mit dem Finger auf ein schraffiertes längliches Feld. »Da!« Er holt tief Luft. »Da glaubt noch jemand an den Geheimgang, wer auch immer das hier geschrieben hat.«

Von Enttäuschung ist bei ihm nichts mehr zu spüren. Er steht mit dem Plan in der Hand mitten im Raum und wirkt hoch konzentriert. Seine Augen wandern alle vier Wände entlang. Dann geht er auf die Wand links neben der Treppe zu. Er sucht mit seinen Fingern die Mauer ab.

»Irgendwo hier muss eine Stelle sein, die erst später gemauert wurde, um den Eingang zum Gang zu verschließen. Davon bin ich fest überzeugt.« Basti hat seine Hand zu einer Faust geballt und boxt damit entschlossen in die Luft, so wie das Fußballer tun, wenn sie ein Tor geschossen haben. Er ist wohl sehr siegessicher.

Ich nehme ihm den Plan aus der Hand. Judith steht rechts von mir, Karla links. Beide blicken über meine Schultern.

»Ja, verdammt noch mal, er hat recht, hier muss was sein.« Judith geht zu der Stelle, wo Basti nun mit Toms Unterstützung noch einmal die ganze Wand abtastet.

»Vielleicht ist es doch die Wand dort«, überlegt Karla und zeigt auf die gegenüberliegende Wand.

Wir suchen gemeinsam den ganzen Keller ab, ob sich nicht irgendwo noch ein Anzeichen für diesen verfluchten Geheimgang finden lässt. Nichts. So ein Frust.

Ich muss mich erst mal hinsetzen. In einer hinteren Ecke sehe ich eine alte Steinbank. Sie besteht aus einem langen, leicht ausgehöhlten Stein, der auf vier kleinen Säulen ruht. Die ganze Bank wiederum steht auf einer einzigen großen Bodenplatte. Hinter der Bank lehnt ein olles Regal an der Wand. Das passt hier gar nicht hin. Wenn diese schöne Bank direkt vor der alten Mauer stünde, sähe das bestimmt viel besser aus. Also schiebe ich das Regal zur Seite. Und wirklich: Jetzt sieht die ganze Ecke hier im Keller richtig urig alt aus, wie in einem Märchen. Ich stelle mir vor, dass auf so einer Bank Dornröschen, Aschenputtel oder die Gänsemagd gesessen haben könnten. Hätten sie denn jemals wirklich gelebt, dann bestimmt im Mittelalter und in so einer Burg.

Plötzlich fallen mir zwei alte schwere Eisenringe auf, die in die Wand eingelassen sind und die eben noch von dem Regal verdeckt waren. Wofür die wohl gebraucht wurden? Vielleicht wurden da Gefangene festgebunden. Mich gruselt es, und ein kalter Schauer läuft mir bei dem Gedanken über den Rücken. Ich schüttle meine Schultern, um die Gedanken zu verdrängen.

Vielleicht lassen sich die Eisenringe noch bewegen? Ich versuche es. Der rechte Eisenring ist so groß wie meine Hand. Ich umfasse ihn und hebe ihn leicht an. Es geht zwar sehr schwer, aber er bewegt sich. Den hat sicher schon sehr lange keiner mehr angefasst. Ich klappe ihn senkrecht von der Wand weg.

Auweia, mein Sitz wackelt. Bilde ich mir das nur ein, oder gibt es in diesem Augenblick ein Erdbeben? Ich will gerade die anderen auffordern, mit mir ganz schnell den Keller zu verlassen, da sehe ich etwas, was ich nicht glauben kann: Die Steinplatte, auf der die Bank steht, bewegt sich. Mir bleibt der Atem weg. Instinktiv, fast wie im Traum, hebe ich den Ring vorsichtig noch weiter an. Ohne darüber nachzudenken. Und tatsächlich: Die Steinplatte bewegt sich weiter und gibt eine Öffnung im Boden frei. Darunter ist ein dunkles Loch mit Treppenstufen.

Die anderen haben sich, ohne dass ich es gemerkt habe, um mich herum versammelt. Fassungslos beobachten sie, was ich da gerade entdeckt habe.

»Da unten ist bestimmt der Geheimgang!«, ruft Tom begeistert. »Wir haben ihn gefunden!«

»Sei doch leise und brüll nicht so rum!«, faucht Judith ihn an.

Selbst Basti gibt Judith dieses Mal recht und legt seinen Zeigefinger auf die Lippen: »Psst!«

Es ist ganz still.

»Ob wir da runtergehen sollen«, flüstere ich und schaue die anderen verschwörerisch, aber auch ein wenig zweifelnd an.

Judith zögert nicht. »Na klar, nach allem, was wir bisher erlebt haben, müssen wir jetzt auch da runter.«

Karla ist noch unschlüssig. »Zwei von uns sollten hier oben bleiben und Wache halten«, schlägt sie vor.

Lilly meldet sich sofort freiwillig. Ich glaube, dass sie Angst hat. Ehrlich gesagt habe ich auch Muffensausen. Tom will mit Lilly Wache schieben. Er genießt es offensichtlich, mal nicht der kleine Bruder, sondern der Beschützer sein zu können.

Basti lässt sich von Tom die Taschenlampe geben, knipst sie an und geht als Erster die Stufen herunter. Ich schalte meine Lampe ebenfalls an und folge ihm. Judith und Karla kommen hinter uns her. Einer nach dem anderen steigen wir langsam die steile Steintreppe hinunter.

Unten angekommen, finden wir uns in einem erdigen Kellerraum wieder, der noch viel älter zu sein scheint als der steinerne Gewölbekeller über uns.

Da stehen wir nun in einem unterirdischen Raum, den vielleicht jahrhundertelang keiner mehr betreten hat und von dem keiner etwas weiß. Wenn das keine Entdeckung ist!

Schon jetzt wird unser Stadtteilführer eine Sensation werden – auch wenn wir keinen Schatz finden.

10.

Die Kiste

Wir schreiten den dunklen Raum ab. Es riecht muffig. Die Wände sind feucht. Elektrisches Licht gibt es natürlich nicht. Ein kleiner Lichtschimmer dringt durch die Öffnung aus dem oberen Keller zu uns durch. Viel ist es nicht. Glücklicherweise haben wir die beiden Taschenlampen dabei. Trotzdem können wir kaum etwas erkennen. Außer dem alten Mauerwerk, der Nässe, der Kälte und der Dunkelheit ist da nichts!

Von oben hören wir die Stimmen von Tom und Lilly. »Komm, lass uns Ritter spielen. Zuerst kommt der Schwertkampf«, schlägt Tom Lilly vor, die den Vorschlag aber ablehnt: »Nee, dazu bin ich viel zu aufgeregt, lass mal.«

Währenddessen geht Basti an den nassen, kalten Mauern entlang und leuchtet die Wände ab, ob nicht doch irgendetwas zu finden ist. Karla steht ganz still in der Mitte und dreht sich um die eigene Achse. Sie möchte nicht zu viele Schritte machen. Man weiß ja nicht, wo man da hineintreten könnte. So eine Dunkelheit ist komisch. Die Orientierung fehlt.

In den letzten Sommerferien waren wir in einer Höhle im Sauerland. Da roch es auch so, und ich habe mich genauso unwohl gefühlt wie jetzt. Ich wüsste gern, wie es den anderen geht.

Hinter mir knistert es. Judith zieht den Bauplan aus ihrer Hosentasche, den sie oben noch schnell eingesteckt hat. Ich leuchte ihr mit meiner Lampe. Sie dreht ihn und wendet ihn – immer wieder.

Dann sagt sie nachdenklich: »Wenn derjenige, der das da hingeschrieben hat, recht hat, müsste hinter dieser Mauer der Geheimgang liegen.« Sie zeigt auf die Notiz und das schraffierte Feld auf dem Plan.

Karla hat aufgehört, sich zu drehen, und blickt nun abwechselnd in den Plan und zu Judith. Auch Basti ist dazugekommen und hört interessiert zu.

»Wie kommst du darauf?«, fragt Karla.

»Also, wenn oben hinter der Wand, die Basti uns gezeigt hat, tatsächlich der Geheimgang ist, und er, wie hier auf dem Plan zu sehen ist, steil nach unten verläuft, dann müsste er hier hinter dieser Mauer sein.«

Wir sind etwas misstrauisch. Basti kratzt sich am Kopf und versucht, sich die mögliche Position des Geheimgangs vor Augen zu führen.

»Ich weiß nicht.« Er schüttelt den Kopf.

Dann schaut er sich noch einmal genau den Plan und den Raum an, in dem wir stehen. Er geht die Treppe hoch und untersucht den oberen Kellerraum. Schließlich kommt er wieder in den tieferen Keller zurück. Er ist ganz aufgeregt. Sein Gesicht ist nur zum Teil vom Lampenschein erhellt. Aber man kann deutlich erkennen, wie er strahlt.

»Judith könnte recht haben«, sagt er begeistert. »Wenn man bedenkt, dass der Geheimgang ziemlich steil nach unten gehen muss, um unter dem Burggraben hindurchzuführen, dann könnte er tatsächlich genau hinter dieser Mauer verlaufen.«

»Sag ich doch.« Judith ist sich ihrer Sache ganz sicher. »Wenn wir viel Glück haben, wurde damals nur ein Teil des Gangs verschüttet. Vielleicht können wir von hier aus in den Gang hineinstoßen.«

»Wie willst du das denn machen? Wir können doch nicht einfach die Mauer einreißen«, frage ich sie perplex.

Basti guckt mich mit großen Augen an. »Warum eigentlich nicht?«

Ist Basti jetzt total durchgeknallt? »Habt ihr sie noch alle?« Ich kann es nicht fassen.

Judith und Basti machen sich schon an der Wand zu schaffen und kratzen mit ihren Händen in den Fugen.

Karla schaut mich kopfschüttelnd an. »Die spinnen.«

Judith dreht sich zu uns um, steht breitbeinig vor uns und hat die Hände in die Seiten gestützt. Sie hat einen Ausdruck im Gesicht, wie ich ihn noch nie bei ihr gesehen habe: mutig, fest entschlossen und wohl auch ein bisschen sauer, dass wir so zögern. Sie sagt gar nichts. Aber das braucht sie auch nicht. Wir sehen genau, was sie sagen will.

Basti springt ihr zur Seite. Das gab es ja noch nie! Die beiden sind einer Meinung.

»Hört mal«, sagt Basti, »wir sind jetzt so weit gekommen – und da macht ihr einen Rückzieher? Wollt ihr nicht das Geheimnis lüften? Was soll denn schon passieren?«

»Na, da könnte ich dir so einiges nennen: Zum Beispiel könnte der Keller einstürzen, oder die Bewohner von Haus Haan könnten etwas hören und wir werden zur Polizei gebracht. Reicht das?« Karla ist ziemlich genervt, als sie das sagt.

Judith hat ihre Sprache wiedergefunden: »Dieser Keller stürzt nicht ein. Die Mauern sind viel zu dick und stabil und stehen schon viele hundert Jahre. Und die Leute hier können uns auch nicht hören, weil wir so tief unter der Erde sind.«

Judith und Basti haben recht. Mich haben die beiden überzeugt. Wir müssen jetzt weitermachen, sonst war alles umsonst.

»Ich bin dabei«, sage ich bestimmt.

Basti legt mir die Hand auf die Schulter. »Wird schon schiefgehen.«

»Na, dann los!« Karla beugt sich der Mehrheit, wenn sie auch nicht so ganz überzeugt ist.

»Wartet einen Augenblick!«, ruft Basti und rennt die Treppe hoch. Kurze Zeit später ist er wieder da.

»Ich habe vorhin einen Mann gesehen, der hiermit ein Beet beackert hat. Der Mann war weg, aber die Hacke lehnte glücklicherweise noch am Zaun.« Stolz zeigt er uns eine Spitzhacke. »Außerdem hab ich den noch gefunden.« In der anderen Hand hält er einen Hammer.

»Zuerst hauen wir nur ein kleines Loch in die Mauer. Dann

werden wir ja sehen, ob sich dahinter nur Erde oder doch der geheimnisvolle Gang befindet«, schlägt er vor.

Ich kann es immer noch nicht so richtig fassen. Aber jetzt gibt es kein Zurück mehr.

Ich nehme Basti den Hammer aus der Hand. Wenn schon, denn schon! Dann möchte ich auch selbst mitmachen! Basti nimmt die Spitzhacke. Und so bearbeiten wir die Wand. Stück für Stück. Die Mauer ist dick, und es dauert ein bisschen, bis wir eine erste Vertiefung ins Mauerwerk geschlagen haben.

Karla schaut auf ihre Uhr. »Mensch, so ein Mist. In einer halben Stunde müssen wir schon bei Lena sein. Beeilt euch!«

Und dann passiert es: Ich schlage gerade fest auf die Mauer, da rutscht mir der Hammer aus der Hand, durch ein Loch hindurch, hinter die Mauer. Wir haben es geschafft.

Alle halten die Luft an. Hinter der Mauer ist tatsächlich ein Hohlraum. Basti leuchtet durch das Loch. Viel kann er nicht erkennen, aber er sieht weitere Mauern. Wir vergrößern den Durchbruch. Das geht jetzt mit der Spitzhacke relativ einfach. Endlich können wir alle durch das Loch schauen.

Wir blicken in einen Gang!

Es ist nicht zu glauben!

Wir haben tatsächlich den Geheimgang gefunden. Mir läuft eine Gänsehaut den Rücken runter. Auch wenn wir es gehofft hatten, ich habe ehrlich gesagt nicht daran geglaubt. Das ist im wahrsten Sinn des Wortes: unglaublich!

Ich sehe vermutlich genauso überrascht aus wie Judith, Basti und Karla. Sprachlos stehen wir vor dem Loch in der Wand. Aber nur einen Augenblick. Da hat Basti schon die Spitzhacke in der Hand und schlägt das Loch noch größer.

»Psst!«, unterbreche ich ihn plötzlich. »Habt ihr das auch gehört?«

Die anderen schütteln den Kopf.

»Da waren eben so komische Schritte oben. Die waren nicht von Tom und Lilly.«

Basti schüttelt nun noch energischer seinen Kopf. »So ein Quatsch! Die beiden halten doch da oben Wache!«

»Ich bin mir ganz sicher, dass da oben etwas nicht stimmt. Ich muss nachgucken.« Mit diesen Worten renne ich die Treppe hoch.

Keiner da. Keiner! Wo sind Tom und Lilly? Das darf doch nicht wahr sein. Aber jetzt habe ich keine Zeit, die beiden zu suchen. Schnell stürze ich die Treppe wieder herunter und berichte den anderen vom Verschwinden der beiden »Kleinen«.

Karla beruhigt mich. »Die stehen bestimmt draußen vor der Außentür im Hof und halten an der frischen Luft ihre Wache.«

Judith drängelt: »Kommt jetzt! Weiter! Wir haben nicht mehr viel Zeit.«

»Okay, dann machen wir jetzt Nägel mit Köpfen! Schließlich müssen wir in den Gang hineinklettern können«, stöhnt Basti, während ihm der Schweiß das Gesicht hinunterläuft.

Noch zwei, drei Schläge, und das Loch ist groß genug.

Ich will mich schon mit dem linken Fuß durchzwängen, da hält mich Judith zurück. »Vorsicht, in solchen alten Gängen, die lange Zeit verschlossen waren, können giftige Gase sein.«

Ich schaue Judith einen kurzen Moment tief in die Augen. »Gut, dass wir dich haben. Und das meine ich ernst.«

Karla nickt uns zu, wie um mir zuzustimmen, und schlägt vor: »Wir ziehen uns die Halstücher vor den Mund.«

Mit unserem Mundschutz klettern Judith, Karla, Basti und ich durch das Loch. Im Schein der Taschenlampen können wir nun den Gang deutlicher sehen. Nach links steigt er steil nach oben an und biegt dann um die Ecke. Dahinter muss der zugeschüttete Teil liegen. Nach rechts verläuft er schnurgerade, soweit man ihn sehen kann.

Oh, Mist! Meine Lampe ist aus. Das müssen die Batterien sein. Hätten wir jetzt nicht noch Bastis Lampe, wäre es hier stockfinster. Unheimlich! Ich bekomme Angst, traue mich aber nicht, es den anderen zu sagen.

Aber Karla geht es genauso wie mir. »Wir sollten wieder

raus hier«, flüstert sie ängstlich. Sie ist schon am Durchbruch und will hindurchschlüpfen.

Doch gerade als ich mich umdrehen will, um auch den Gang schnell zu verlassen, entdecke ich etwas. Etwa zehn Meter von uns entfernt ist ein Schatten auf dem Boden.

»Da hinten steht was. Seht doch!«

Die Angst ist weg. Die Neugierde siegt. Was ist das bloß?

Judith dreht sich zu mir um und blickt in die Richtung, in die ich zeige. »Du hast recht.«

Nun sind auch Karla und Basti, der auch schon auf dem Rückzug war, zurückgekommen und sehen, was ich meine. Das Ding ist eckig, und irgendwie sieht es schwer aus.

Judith und ich bewegen uns ganz langsam in die Richtung des Schattens. Wir tasten uns vorsichtig an der Wand entlang. Das Licht von Bastis Lampe reicht kaum bis hierher. Mir ist ganz komisch! Noch ein paar Meter. Ich fasse mir ein Herz und strecke die Hand danach aus.

Eine Sekunde später ziehe ich die Hand erschrocken wieder zurück. Das Etwas ist ganz glitschig. Ich wage einen neuen Versuch und taste langsam und vorsichtig den eckigen, kantigen Gegenstand ab.

»Es ist eine Kiste, eine modrige und feuchte Holzkiste, so groß wie ein Schuhkarton«, flüstere ich zu Judith.

»Was meinst du, wie lange die hier schon steht?«, flüstert Judith zurück.

Ich schüttle den Kopf, was Judith bei dieser Dunkelheit vermutlich gar nicht sehen kann. Wenn wir mehr über die Kiste wissen wollen, müssen wir sie uns genauer anschauen, aber nicht hier.

»Komm Judith, wir versuchen, sie zum Durchbruch zu ziehen.«

Ganz vorsichtig ziehen und schieben wir die Kiste Stück für Stück in Richtung des Lichts, da wo Basti und Karla gespannt auf uns warten. Sie ist gar nicht so schwer und lässt sich sogar gut schieben. Das liegt auch an dem glitschigen Boden.

Schließlich haben wir es geschafft. Die Kiste steht vor dem Mauerloch.

Jetzt müssen wir sie nur noch durch das Loch heben. Basti und Karla gehen vor und nehmen die Kiste, die Judith und ich ihnen entgegenhalten, von der anderen Seite an. Schnell steigen auch wir in den alten Kellerraum auf der anderen Seite der Wand zurück. Erst einmal Luft holen. Dieser Geheimgang ist kein gemütlicher Ort. Ich hatte schon mächtig Angst da drin. Im Vergleich dazu ist dieser Raum, in dem wir jetzt wieder stehen, gar nicht mehr unheimlich, sondern fast schon vertraut.

Zwischen uns steht die rätselhafte Kiste. Das Licht von Bastis Taschenlampe ist genau auf sie gerichtet. Rund um uns herum ist es stockfinster. Es riecht erdig, und die Luft ist feucht. Unsere Hände und Füße frieren. Es ist verdammt kalt hier unten, so tief unter der Erde.

Keiner sagt etwas. Wir haben den Geheimgang gefunden – und diese Kiste da. Aber was ist da drin? Es ist ganz still, denn unsere Anspannung steigt.

Karla durchbricht die Stille und spricht aus, was uns allen durch den Kopf geht: »Was ist, wenn wir hier unseren Schatz gefunden haben?«

Darauf weiß keiner eine Antwort. Wir stehen wie versteinert im Kreis um die Kiste herum und haben keinen Schimmer, was wir tun sollen.

Karla blickt wieder auf die Uhr. »Nur noch zehn Minuten.«

»Wir öffnen die Kiste, hier und jetzt«, schlage ich vor.

Der Kistendeckel ist mit schweren Nägeln zugehämmert. Außerdem ist um die Kiste ein Eisenring herumgelegt, der vorn mit einem Vorhängeschloss zusammengehalten wird. Das Eisen ist total verrostet und fällt sofort ab, als Basti einmal mit dem Hammer dagegenschlägt. Gott sei Dank! Da haben wir schon mal ein Problem weniger.

Basti versucht jetzt, mit seinem Taschenmesser die Nägel zu lösen, die in dem Deckel stecken, Judith hebelt sie dann mit dem Hammer mühsam raus. Zehn Nägel müssen entfernt werden. Sie sind verrostet, verbogen, und manchmal ist auch der Nagelkopf abgebrochen. Die Zeit läuft uns davon. Endlich haben wir es geschafft. Es kommt mir wie eine Ewigkeit vor, auch wenn es nur wenige Minuten waren.

Karla und ich heben vorsichtig den Deckel hoch und legen ihn auf den Boden. Die Spannung steigt ins Unermessliche. Es herrscht Totenstille. Nur unser Atmen ist zu hören.

Basti leuchtet in die Kiste. Da ist tatsächlich etwas drin. Wir können nicht erkennen, was es ist. Es sind keine Goldstücke und keine Silbermünzen, auch keine Diamanten. Aber was ist es dann? Es sieht wie ein Kleiderbündel aus. Ja, in der Kiste liegt ein zusammengerollter Stoff. Der sieht alt, dreckig und muffig aus. Nur ein oller Stoff! Ich bin ein wenig enttäuscht.

Basti geht mit der Lampe noch etwas tiefer in die Kiste. Was wir jetzt sehen, verschlägt uns den Atem. Ein kleiner, schwacher Goldschimmer leuchtet uns entgegen. Ganz wenig – aber Gold! Von wegen: oller Stoff! Wir können ein paar goldene Fäden erkennen. Eine Stelle des Stoffs zeigt Reste von Rot. Dieser verschlissene, löchrige und abgewetzte Stoff könnte früher einmal kostbar und wertvoll gewesen sein, vielleicht ein roter Samtstoff. An den Rändern sind außerdem die Reste von feinen Stickereien auszumachen. Und tatsächlich glitzern noch zwei kleine Edelsteine zwischen den gestickten Mustern. Es ist nicht schwer, sich vorzustellen, wie prachtvoll dieses Gewand einmal gewesen sein muss.

Trotzdem bleibt die Frage, ob dieser Stoff da ein Schatz ist. Basti wirkt auch nicht gerade wie jemand, der soeben einen Schatz gefunden hat. Karla und Judith blicken sich ratlos an. Mein Blick fällt wieder auf den Stoff in der Kiste.

Da höre ich Karlas ruhige, aber entschiedene Stimme: »Irgendwie habe ich das Gefühl, dass in dem Stoff etwas eingewickelt ist.«

Judith gibt Karla recht. »Ich glaube auch, dass das, was wir da sehen, nur so eine Art Geschenkverpackung ist.«

»Worauf warten wir dann noch?«, frage ich die anderen.

Jetzt ist von Enttäuschung nichts mehr zu spüren. Neue Spannung und Neugierde liegen in diesem feuchten, dunklen Kellerraum. Aber keiner von uns traut sich so richtig, diesen uralten Stoff anzufassen. Wer weiß, was sich darin verbirgt. Vielleicht krabbeln da gleich Spinnen oder Asseln raus? Oder es fliegen plötzlich Motten durch die Dunkelheit.

Schließlich holt Judith einmal tief Luft und streckt ihre Hände in die Kiste. Kurz bevor sie den Stoff berührt, zuckt sie noch einmal zurück. Dann aber packt sie mit all ihrem Mut das Stoffpaket an. Sie hebt es vorsichtig aus der Kiste heraus und legt es auf den Kistendeckel, der auf dem Boden daneben liegt. Ganz langsam faltet sie den Stoff auseinander.

Was wir jetzt sehen, haben wir nun wirklich nicht erwartet: Auf dem auseinandergefalteten Stoff liegen drei Knochen. Unscheinbare, kalte, kleine Knochen. Schon wieder eine Enttäuschung! Basti stampft mit dem Fuß auf und wendet sich wütend ab. Mir geht es ebenso.

»Das also ist unser Schatz«, sage ich laut.

Die anderen zucken zusammen.

»Psst, Charlie, wenn uns jemand hört«, schimpft Karla.

Etwas leiser fahre ich fort: »Stimmt doch aber! Warum wollte Ritter Konstantin diese Knochen unbedingt verstecken?«

»Diese Frage ist allerdings echt spannend.« Judith wirkt bei diesen Worten hoch konzentriert. Sie spinnt den Faden weiter: »Auch wenn wir keinen richtigen Schatz mit viel Gold und Edelsteinen gefunden haben, so wird die ganze Sache doch immer interessanter und – zugegeben – sogar gruselig. Wer findet schon Knochen? Und von wem stammen die Knochen? Wie kommen sie in die Kiste?«

Ich muss Judith zustimmen. Was hatten wir denn erwartet? Diamanten und wertvolle Münzen? Das hier ist doch mindestens genauso spannend, und wir sollten versuchen herauszubekommen, was das alles zu bedeuten hat.

Judith bindet ihr Halstuch ab und legt einen Knochen darauf. Was hat sie vor?

»Den nehmen wir mit. Die anderen legen wir mit dem alten Stoff zurück in die Kiste. Und die Kiste verstecken wir wieder da, wo wir sie gefunden haben.«

Wenn Judith in ihrer bestimmenden Art so etwas sagt, dann ist das so. Im Moment hat aber auch kein anderer von uns eine bessere Idee.

»Ist da wer?« Von oben dringt eine raue und dunkle männliche Stimme in unser Kellerloch.

Mein Körper erstarrt vor Schreck. Wer ist das? Der Schrecken ist uns allen trotz der Dunkelheit anzusehen. Blitzschnell versuche ich zu orten, woher die Stimme kommt. Sie ist relativ weit weg. Es könnte sein, dass da jemand aus dem oberen Raum zu uns ruft. Ich lege meinen rechten Zeigefinger auf die Lippen. Vielleicht hat der Unbekannte uns ja noch gar nicht entdeckt und das Loch, durch das wir in den tiefen Keller gekommen sind, noch nicht gesehen.

Wir atmen kaum, bewegen uns nicht.

Dann: ein lauter Knall.

Wir alle wissen sofort, was das für ein Geräusch ist: Eine Tür ist zugeschlagen worden. Aber das Geräusch, das dann folgt, lässt uns endgültig erstarren. Angst breitet sich im dunklen Kellerloch aus, der kalte Schweiß steht mir auf der Stirn. Dieses zweite Geräusch hat ein Schlüssel verursacht, der in einem Schlüsselloch herumgedreht wurde. Wir sind eingesperrt. Jetzt ist die Angst im ganzen dunklen kalten Raum zu spüren, ja sogar zu riechen.

Wer hat uns eingeschlossen? Welche Tür ist verschlossen? Weiß derjenige, dass wir hier unten sind? Und wo zum Teufel stecken Tom und Lilly?

»Verdammt, was soll das denn?« Basti versucht, lässig zu klingen.

»Was sollen wir denn jetzt bloß machen?«, jammert Judith.

Ich denke, dass wir zuerst einmal die Lage checken müssen. Und so gehe ich vorsichtig die Treppe aus dem geheimen Kellerraum hoch in den Gewölbekeller. Vielleicht ist da noch jemand, der nur darauf wartet, dass wir aus unserem Versteck kommen. Aber die Luft ist rein.

Die anderen kommen mir nach. Ein erster Versuch, die alte schwere Holztür zu öffnen, die uns den Weg nach draußen ermöglichen würde, bleibt ohne Erfolg. Der Raum ist tatsächlich verschlossen, und zwar richtig. Da hilft kein Rütteln und kein Drücken. Die Tür bleibt zu.

»Na immerhin sind wir nicht in dem Kellerloch da unten eingeschlossen«, versuche ich die anderen etwas aufzumuntern.

Judith ist kurz davor, durchzudrehen. Das ist keine Situation für sie. Hier hat sie nichts mehr selbst in der Hand. Mit weinerlicher Stimme fragt sie: »Und wie sollen wir nun hier rauskommen?«

Karla möchte sie beruhigen. »Tom und Lilly werden uns doch sicher befreien.«

Mir fällt ein, dass ich vorhin diese komischen Schritte gehört habe und dass Tom und Lilly nicht mehr da waren. »Was ist, wenn denen was passiert ist und uns jemand mit Absicht eingeschlossen hat?« Meine Stimme klingt nun auch alles andere als sicher und zuversichtlich.

Es ist ganz still. Keiner von uns sagt etwas. Alle machen sich Sorgen und haben Angst.

Nach einer kleinen Ewigkeit holt Karla tief Luft und sagt: »Es wird bestimmt gleich jemand kommen.« Und nach einer kurzen Pause fährt sie fort: »Aber dann sollten wir die Kiste wieder versteckt haben, oder?«

Sie schaut einen nach dem anderen an. Klar, sie hat recht. Noch wissen wir ja überhaupt nicht, was das alles zu bedeuten hat. Also an die Arbeit!

»Wer hilft mir?«, fragt Basti in die Runde, froh, etwas tun zu können, und geht in Richtung der steinernen Treppe, die in den geheimen unteren Raum führt.

Judith folgt Basti. Sie wickeln den zerschlissenen alten Stoff mit den beiden übrig gebliebenen Knochen wieder zusammen und legen ihn in die Holzkiste zurück. Das Bündel mit dem einen Knochen versteckt Judith unter ihrer Jacke. Basti hebt die Kiste durch das Loch in den Geheimgang.

»Eigentlich könnten wir doch jetzt in aller Ruhe den Geheimgang erkunden«, schlägt Basti vor, als er wieder die Treppe hochkommt.

»Du spinnst wohl. Wenn ausgerechnet dann jemand kommt, um die Tür aufzuschließen und wir nicht da sind und die dann wieder weggehen und wir dann bis zum Nimmerleinstag hier unten bleiben müssen und ...« Judith bricht den Satz wütend schluchzend ab.

»Dann können wir jetzt nur noch warten«, sagt Basti, der merkt, dass das keine so gute Idee war.

Eine ganze Weile sitzen wir stumm da.

Plötzlich hören wir das erlösende Geräusch eines Schlüssels im Schloss. Egal wer da jetzt steht und was jetzt passiert, wir sind frei!

Der Schlüssel dreht sich im Schlüsselloch. Da fällt mein Blick auf die alte Steinbank. Oh Schande! Das Loch im Boden unter der Bank ist noch offen. Ich haste zu dem einen Eisenring und hebe ihn an. Die Steinplatte schiebt sich wieder in die alte Position. Aber sie schiebt sich so langsam. Schon höre ich, wie die Tür geöffnet wird. Ich stelle mich vor die Öffnung im Boden, damit sie möglichst keiner sieht.

Durch einen kleinen Spalt kann ich eine große Person erkennen. Kurze Zeit später steht ein älterer grauhaariger Mann mit Bart im Raum. Er trägt eine dunkle Cordhose und ein weites Sweatshirt. Seine Augen haben einen stechenden Blick. Er guckt mich an. Dann guckt er auf den Boden hinter mir. Das Loch muss eigentlich jetzt zu sein. Aber ich traue mich nicht, genauer hinzuschauen, um das zu überprüfen. Dann guckt er mich wieder an. Hat er etwas gesehen? Weiß er Bescheid?

Toms Stimme reißt mich aus meinen Gedanken. »Geht es euch gut?«

Doch bevor wir antworten können, schimpft der unbekannte Mann los: »Ich habe laut nachgefragt, ob hier jemand ist. Ihr seid es selbst schuld, dass ich euch eingeschlossen habe. Dieser Keller muss immer verschlossen sein. Sonst könnte hier ja jeder rein. Merkt euch das.«

Er zeigt auf Tom. »Ihr habt Glück, dass euch dieser Junge da vermisst hat.« Dann wendet er sich an Lena. »Sind das deine Freunde?« Lena nickt nur. »Du bist dafür verantwortlich, dass ihr euch jetzt hier alle vom Acker macht und dass der Keller abgeschlossen wird. Verstanden?« Mit diesen Worten verlässt der Mann mürrisch und meckernd den Keller.

Sobald er draußen ist, drehe ich mich zu dem Bodenloch um. Mist! Die Platte hat sich nicht richtig geschlossen. Er muss etwas gesehen haben. Ich betätige den Eisenring, aber leider in die falsche Richtung: Das Loch wird wieder größer statt kleiner.

Lena blickt erstaunt auf das Loch im Kellerboden. »Wwwas ist dddenn dddas dda?«, stottert sie und zeigt zu der Öffnung im Boden.

»Tja, das haben wir zufällig entdeckt«, erkläre ich ihr in einem möglichst harmlosen Tonfall.

Ich zeige ihr den Mechanismus mit den Eisenringen. Lenas Mund steht vor Staunen weit auf und ihre Augen blicken ungläubig zwischen mir und dem Loch hin und her.

»Kann ich da mal runtergehen?«, fragt sie vorsichtig.

»Klar«, sage ich.

Wir steigen langsam hinab.

Lena hat offensichtlich von diesem tiefen Kellerraum noch nichts gewusst. Sie ist sehr aufgeregt und, was sehr selten passiert, sprachlos. Das liegt aber nicht nur an der unerwarteten Überraschung, sondern auch an der Höhlenangst, von der sie uns erzählt. Sie fühlt sich hier unten sehr unwohl und fängt sogar an zu zittern. Dann rennt sie schnell die steile Steintreppe wieder nach oben.

Erleichtert, dass sie sich hier unten nicht genauer umgeschaut hat, steigen wir nun alle wieder nach oben.

»Geht es wieder?«, frage ich sie.

Lena nickt, ist aber noch ganz blass. »Ich bekomme immer Panik, wenn ich so tief unter der Erde bin. Sorry!«

Ich beruhige sie: »Ist doch nicht schlimm. Das kann jedem mal passieren. Am besten mache ich das Loch jetzt wieder zu.«

Dann drehe ich den Eisenring in die richtige Richtung, bis er wieder in seiner ursprünglichen Position ist, und tatsächlich, die Steinplatte rückt wieder an ihre alte Stelle.

Kein Loch mehr, keine Treppe mehr, nichts mehr!

Wir müssen Lena irgendwie dazu bringen, nichts und niemandem von unserer Entdeckung zu erzählen. Das ist uns allen klar, ohne dass wir darüber laut sprechen müssten. Karla hebt ihren Zeigefinger und nickt uns zu, als ob sie sagen wollte: »Ich habe eine Idee, wartet mal ab.«

Sie legt ihren Arm um Lena und sagt vertrauensvoll zu ihr: »Wir wollen über die geheime Treppe etwas in dem Stadtteilführer schreiben. Willst du da mitmachen?«

Ich funkle Karla böse an. Wie kann sie nur! Es ist unser Projekt Prämonster!

Als Karla dann aber weiterredet, verstehe ich sie.

»Lena, dann musst du aber versprechen, keinem was davon zu erzählen, okay?«

Lena verspricht es. Sie freut sich sehr, bei uns mitmachen zu dürfen, und ist sehr zufrieden.

Super Idee von Karla! Lena wird keinem etwas verraten, hat aber von unserem eigentlichen großen Geheimnis keine Ahnung. Und das ist gut so!

Nun aber an die frische Luft. Wir stürmen die Treppe aus dem Gewölbekeller hoch, nehmen zwei Stufen auf einmal und stehen endlich im Freien. Oben angekommen, atmen wir erst einmal tief ein. Der Atem geht richtig tief in den Bauch, und beim Ausatmen merke ich, wie sich mein Körper langsam etwas entspannt.

Ich stoße Karla meinen Ellenbogen leicht in die Seite und flüstere ihr zu: »Ich hatte eine Scheißangst.«

Karla legt mir ihren Arm um die Schultern und sagt ebenso leise: »Ich auch.«

Währenddessen hat Basti Tom fest an den Oberarmen gepackt und schüttelt ihn wütend. »Wo wart ihr zwei bloß? Wir hätten da unten verschimmeln können.«

»Wir waren doch nur kurz am See, und als wir zurückkamen, haben wir diesen Typen aus dem Keller kommen sehen.« Tom ist sehr verlegen. »Und dann haben wir festgestellt, dass die Tür verschlossen war.«

Lilly tritt ihm nun zur Seite. »Es hat eine Weile gedauert, bis wir Lena gefunden haben. Die war nämlich kurz etwas einkaufen gegangen – für die Pizza, die Lenas Mutter für uns gemacht hat.«

Bei dem Wort »Pizza« verfliegt Bastis Wut schnell.

Lena fragt laut in die Runde: »Und wie sieht es mit Pizza aus? Habt ihr Hunger?«

»Und wie!«, rufen wir alle im Chor.

Schon von draußen können wir die Pizza riechen. Die Tür zu Lenas Haus steht offen. Einladend! In der Küche steht eine gemütliche Eckbank und auf dem Tisch ein großes Blech mit Pizza. Lenas Mutter sagt, dass wir uns setzen sollen. Während sie uns jedem ein Stück in die Hand drückt, fragt sie, wie wir heißen und woher wir Lena kennen und was wir so machen. Sie hört gar nicht mehr auf zu fragen. Es nervt ein bisschen. Aber die Pizza ist köstlich, und wir kommen für kurze Zeit auf andere Gedanken. Das tut gut.

11.

Im Wäldchen

Schließlich verabschieden wir uns satt und erschöpft von Lena, nicht ohne ihr noch einmal das Versprechen abzunehmen, über den Stadtteilführer und den geheimen zweiten Keller zu keinem ein Sterbenswörtchen zu sagen. Wir vereinbaren, dass sie für den Wettbewerb einen Artikel über Haus Haan schreiben soll, und hoffen, dass sie damit zufrieden ist und den Mund hält.

Als wir endlich vor dem Tor von Haus Haan auf dem Zeisbuschweg stehen, bricht es aus Tom heraus: »Es tut mir wirklich sehr leid, dass ihr da eingeschlossen worden seid. Das muss ja schrecklich gewesen sein.« Man kann ihm richtig ansehen, wie er unter der Geschichte leidet.

»Für mich ist die Sache in Ordnung«, gebe ich ihm zu verstehen und ermuntere die anderen, mir zuzustimmen.

»Jaja, schon gut«, meldet sich Judith jetzt wieder deutlich selbstbewusster als noch vorhin in dem Keller zu Wort. »Was mir Sorgen macht, ist dieser Mann.«

Das geht mit ebenso. Aber Karla glaubt, dass der einfach nur so ein mürrischer Typ sei und sonst nichts. Viel interessanter sei doch schließlich unser »Schatz«.

Bei diesem Wort flippt Tom aus. »Schatz? Was für ein Schatz? Nun erzählt endlich.« Er ist ganz aufgeregt und kratzt sich mit beiden Händen hinter den Ohren.

So schnell und kurz es halt geht, erzählen wir Tom und Lilly unsere Erlebnisse aus dem tiefen Kellerraum: vom Gang, von der Kiste und den Knochen. Tom hat den Mund weit offen, und Lilly kaut die ganze Zeit auf ihrer Lippe rum. Die beiden können nicht fassen, was wir ihnen berichten.

Ich merke, wie ich müde werde. Die ganze Aufregung und Anspannung! Ich muss mich jetzt dringend irgendwo hinsetzen. Alle sind erschöpft. Kein Wunder! Wir gehen ein Stück in das Wäldchen hinein, das direkt neben Haus Haan beginnt. Der letzte Sturm hat hier ganz schön gewütet. Viele Bäume liegen quer übereinander. Dadurch ist es ziemlich wild und undurchschaubar geworden. Für uns, in diesem Moment, genau richtig. Wir setzen uns auf ein paar Baumstümpfe und herumliegende Stämme und strecken die Beine aus. Auf einem umgestürzten Stamm legt Judith das Bündel ab. Dann rollt sie es ganz sachte auf.

»Ein Knochen, einfach ein alter Knochen«, wundert sich Lilly.

Auch Tom ist verwirrt. »Was kann denn schon Besonderes an diesen alten Knochen sein? Sind die von einem Menschen oder von einem Tier?«

»Von einem Menschen können die doch nicht sein. Die legt man doch ins Grab. Hatten die kein Geld für ein ordentliches Grab?«, überlegt Lilly.

»Und warum soll das überhaupt ein Schatz sein?«, fragt Tom.

Tom und Lilly schauen uns fragend an.

»Es wäre toll, wenn wir eure Fragen beantworten könnten. Aber, ehrlich gesagt, sind wir genauso ratlos wie ihr«, erkläre ich den beiden.

Basti streckt sich mit einem tiefen Seufzer. »Judith, was hast du denn nun mit dem alten Knochen vor?«, fragt er.

»Also«, Judith überlegt und zieht sich das linke Ohrläppchen lang. »Also, ich habe mir gedacht, dass wir unser Päckchen am besten bei Oma Luise verstecken. Die hat auf dem Dachboden so einen alten Koffer mit allerhand Krimskrams stehen. Da guckt bestimmt keiner nach.«

»Was Oma Luise wohl dazu sagen wird.« Basti hat ein verschmitztes Lächeln auf seinem Gesicht. Ich glaube, er stellt sich gerade vor, wie Oma Luise den Koffer ahnungslos öffnet, den Knochen sieht und dann wie die Oma aus Räuber Hotzenplotz hintenüber in Ohnmacht fällt.

»Wir müssen sie doch gar nicht fragen. Ich sage einfach, dass ich mir aus dem Koffer etwas holen möchte, und dabei lege ich dann das Bündel hinein.«

Der Knochen liegt immer noch in unserer Mitte. Er hat etwas Merkwürdiges und Geheimnisvolles an sich. Ein einzelner Knochen bedeutet immer auch Tod. Von wem oder was auch immer dieser Knochen ist.

Der, die oder das lebt nicht mehr! Aber wessen Geschichte verbirgt sich hinter dem Stück Knochen, das da vor uns liegt? Es ist alles sehr rätselhaft.

»Wenn diese Knochen das sind, was Konstantin unbedingt verstecken wollte, dann stellt sich doch die Frage, *warum* diese alten Knochen so geheim und wertvoll sind.« Judith bringt die Sache mal wieder auf den Punkt.

Wie kann die jetzt noch so scharf denken? Ich bin einfach nur kaputt und fertig. Mehr als ein »Mann ist das alles kompliziert!« bringe ich nicht mehr heraus.

Basti sieht auch vollkommen erschlagen aus. Er gähnt und schlägt vor: »Jetzt müssen wir glücklicherweise nicht in dem ungemütlichen Keller übernachten, dann lasst uns jetzt aber auch aus diesem Wald hinausgehen und lieber alle zu Hause die Nacht verbringen. Wir können morgen weiterforschen.«

Ich wickle alles wieder sorgfältig zusammen und übergebe Judith das Bündel mit den theatralischen Worten: »So, ihr rätselhaften Überbleibsel von irgendeiner lebenden Kreatur. Wir werden schon noch herausfinden, was es mit euch auf sich hat!«

Judith verspricht, noch heute den Knochen bei Oma Luise auf dem Dachboden zu verstecken.

»Diesen Tag werde ich nicht so schnell vergessen! Wenn das so weitergeht, bekomme ich noch einen Herzinfarkt«, verkündet Basti.

Karla möchte noch etwas loswerden. Das sehe ich ihr an. Sie wackelt dann immer so komisch mit ihren Schultern und wippt sie abwechselnd hoch und runter. Ich kenne das bei ihr.

Und tatsächlich: »Leute«, fängt sie an, »ich hoffe, dass ihr das nicht kindisch findet, aber ich denke, wir sollten uns jetzt und hier alle versprechen, dass das, was wir heute erlebt haben, unser Geheimnis bleibt. Bevor wir nicht entschieden haben, was wir tun werden, sollte keiner mit einem anderen darüber reden.«

Sie guckt uns prüfend in die Augen, um zu sehen, wie wir darüber denken. Alle nicken.

»Dann streckt euren rechten Arm aus!«

Wir stellen uns in einen Kreis um den Baumstamm, auf dem eben noch der ausgepackte Knochen lag, und strecken den rechten Arm nach vorn.

»Nun legt eure Hände in der Mitte aufeinander!«

Karla hat die Augen geschlossen und murmelt langsam und leise: »Wir schwören, dass dies alles unser Geheimnis bleiben soll, bis wir mehr über unsere Entdeckung wissen werden.«

Wir schließen alle unsere Augen und sprechen ihr nach: »Wir schwören, dass dies alles unser Geheimnis bleiben soll, bis wir mehr über unsere Entdeckung wissen werden.«

»Was schwört ihr denn da?«

Hinter einem Baum kommen Nils und Mike hervor. So ein Mist! Die verfolgen uns! Seit wann sind die da?

Doch es stellt sich heraus, dass sie nicht viel gehört haben können. Die Fragen, die sie uns stellen, sind aber auch zu dämlich. Sie wissen nur, dass wir ein Geheimnis haben, mehr nicht.

Karla überlegt kurz und erzählt ihnen dann vom Stadtteilführer. Und genau wie sie es vorhergesehen hat, finden die beiden die Sache sehr langweilig. Ein Stadtführer, Geschichte, Schreiben oder Lesen, das ist nicht ihre Welt. Karla verspricht ihnen, dass sie ein Exemplar bekommen, sobald der Führer fertig ist.

»Nee danke, darauf können wir verzichten«, murmelt Nils. Die beiden sind ziemlich enttäuscht. Sie hatten etwas viel Spannenderes erwartet.

Es ist ja auch viel spannender. Nur, sie wissen nichts davon und werden es auch nie erfahren, zumindest nicht, wenn sie sich weiter so blöd anstellen. Wir sind froh, dass sie keinen Verdacht geschöpft haben und friedlich abgezogen sind.

Während wir sechs dann auch endlich aus dem Wald hinausgehen, flüstert Karla noch: »Projekt Prämonster«, und wir alle wissen, dass dieses Projekt ab heute eine ganz neue Dimension bekommen hat.

Basti und Tom verabschieden sich direkt hier von uns. Sie gehen den Zeisbuschweg Richtung Dünnwald runter. Wenn sie Glück haben, kommt ein Bus, der sie dann bis vor ihr Haus fährt. Wir Mädels überqueren die Straße und biegen in den Imbacher Weg ein.

Judith geht allein voran. Das macht sie öfter. Manchmal frage ich mich, ob sie nicht doch eine Einzelgängerin ist. Wenn mich etwas beschäftigt, muss ich immer alles direkt mit Karla besprechen. Judith macht das mit sich allein aus. Ich glaube, dass es sie von ihren Gedanken ablenkt, wenn andere dazwischenplappern. Sie muss zuerst für sich Klarheit haben. Dann kann sie es auch anderen mitteilen. Bei mir kommt die Klarheit dann, wenn ich darüber rede. Und mit Karla kann ich einfach am besten reden. Sie versteht immer genau, was ich meine.

Als ich abends im Bett liege, ist es wie so oft, wenn ich viel erlebt habe: Ich kann überhaupt nicht einschlafen. Alles dreht sich in meinem Kopf. Angst, Schauer, Zittern, alles kommt noch einmal hoch. Ich vergrabe meinen Kopf in meinem Kissen. Jetzt fühle ich mich etwas beschützter und sicherer.

Mannomann, mir fällt auf, dass wir heute ungemein viel Glück hatten. Was für ein glücklicher Zufall, dass Tom plötzlich den Bauplan in den Händen hielt. Was für ein Glück, dass ich an dem Eisenring gedreht habe. Wie gut, dass Lena noch Musikunterricht hatte und uns allein gelassen hat. Und was für ein Glück, dass Basti die Spitzhacke gesehen hat und wir schließlich im Dunkeln doch noch die Kiste entdeckt haben. Und dann noch das Glück im Unglück, dass der Mann uns, nachdem er uns eingeschlossen hatte, auch wieder freigelassen hat. Glück muss der Mensch haben!

Dass die Sache mit dem Stadtführer sich so entwickelt, habe ich echt nicht gedacht. Jetzt müssen wir nur noch hoffen, dass Lena dichthält und uns diese beiden Idioten in Zukunft in Ruhe lassen. Irgendwann müssen wir natürlich unseren Eltern von all dem erzählen. Aber Karla hat vermutlich recht damit, dass wir erst einmal selber wissen müssen, was wir jetzt machen wollen. Also müssen die sich noch etwas gedulden. Bis jetzt glauben sie, dass wir intensiv an unserem Stadtteilführer arbeiten. Ist ja auch nicht ganz falsch.

12.

Alles über Reliquien

Es ist Donnerstagmorgen. Ich ziehe die Decke über den Kopf, um noch nichts von der Welt zu hören. Kann ich nicht noch etwas schlafen? Ich fühle mich so erschöpft, als ob ich gestern einen Marathon gelaufen wäre. Und das Schlimmste: Da sind schon wieder diese nervenden, doofen Tropfgeräusche auf dem Fensterbrett. Es regnet, was sonst! Solange es irgendwie geht, bleibe ich in meiner Bettstarre und bilde mir ein, nie wieder aus der Bettdecke herauskriechen zu müssen. Dabei schwirren mir die Gedanken um Haus Haan und den Geheimgang im Kopf herum. Ich bin zu müde, um sie festzuhalten. Ich lasse sie ziehen, wie kurze Eindrücke, wie Erinnerungsfetzen. Dann klingelt der Wecker das zweite Mal, es hilft nichts, ich muss aufstehen.

Als ich später immer noch etwas verschlafen herunterkomme, sitzen meine Eltern schon am Tisch und lesen wie jeden Morgen interessiert ihre Zeitung. Viel geredet wird bei uns morgens nie. Aber wir sitzen zusammen, und jeder ist damit beschäftigt, irgendwie wach zu werden, ob er Zeitung liest oder einfach nur durch die Gegend starrt.

»Hört mal her! Was haltet ihr davon, wenn wir am Wochenende mal wieder gemeinsam etwas besichtigen?«, fragt Papa. »Hier in der Zeitung steht, dass die ›Goldene Kammer‹ wieder geöffnet ist. Die wurde in den letzten Jahren aufwendig restauriert.«

»Was heißt ›restauriert‹, und was ist die ›Goldene Kammer‹?«, frage ich gähnend.

Mama erklärt es mir: »In der ›Goldenen Kammer‹ in der Ursulakirche werden ganz viele Reliquien aufbewahrt. Du weißt doch, das sind Knochen von Heiligen. Und Restaurieren bedeutet, dass die Kammer renoviert und die Reliquien darin gereinigt, repariert und wieder neu aufgestellt und aufgehängt wurden.«

Moment mal! In meinem Kopf ist gerade die Hölle los: Knochen – Heilige – Reliquien! Was hat Mama da gerade erzählt? Unser Knochen! Ich kann es nicht fassen! Na klar kenn ich Reliquien. Wer in Köln hat noch nicht von den Reliquien der Heiligen Drei Könige gehört? Vielleicht ist unser Knochen ja auch eine Reliquie? Dann wäre auch klar, warum Ritter Konstantin von einem Schatz geschrieben hat. Reliquien sind schließlich sehr wertvoll. Warum bin ich da nicht schon früher drauf gekommen?

»Charlie, nun gib mir doch bitte eine Antwort!«, höre ich meine Mutter drängen. »Möchtest du am Sonntag mit uns die ›Goldene Kammer‹ besichtigen, ja oder nein?«

Na klar will ich.

»Können wir vielleicht auch noch meine Freunde mitnehmen?«

»Was heißt *Freunde*?«

»Na, Karla, Lilly, Basti, Tom und Judith.«

Papa überlegt. »Warum eigentlich nicht! Ins Auto passen wir allerdings nicht alle hinein. Dann fahren wir mit der Straßenbahn. Sag deinen Freunden, sie sollen am Sonntag um elf Uhr bei uns sein.«

In der ersten großen Pause treffen wir uns wieder an der alten Rotbuche. Endlich kann ich den anderen von dem spannenden Gespräch mit meinen Eltern über Sankt Ursula erzählen.

Durch den Regen, der jetzt aufgehört hat, sind riesengroße Pfützen rund um den Baum entstanden. Lilly, die immer bei Regenwetter ihre grellen Blumen-Gummistiefel anhat, springt von einer zur anderen. Natürlich spritzt das gewaltig, und wer daneben steht, hat Pech und bekommt einige Spritzer ab. Judith findet das gar nicht lustig und ärgert sich über Lilly. Sie findet dieses Rumhüpfen albern und überflüssig. Karla besänftigt sie ein wenig und guckt Lilly so an, wie es ältere Schwestern tun, wenn sie sagen wollen: »Komm, sei vernünftig und lass es.«

Ich will gerade loslegen, von meiner Vermutung zu erzählen, dass unser Knochen höchstwahrscheinlich eine Reliquie ist, da unterbricht mich Judith: »Warte mal, Charlie, ich habe echte Neuigkeiten für euch.«

Das sagt sie so überheblich, als ob das, was ich zu sagen habe, nicht wichtig ist. Wie kann sie nur? »Hör mal, Judith, ich finde es –«

Aber Judith lässt sich nicht beirren und wischt mit einer lässigen Handbewegung meine Worte einfach weg. »Ich konnte gestern Abend nicht einschlafen, und da habe ich noch ein bisschen im Internet recherchiert«, erzählt sie und tut dabei so, als ob ich gar nicht da wäre. »Dabei stieß ich auf Reliquien.« Sie wartet, wie wir reagieren.

»Mensch, das wollte ich euch doch auch erzählen«, rufe ich enttäuscht und ganz schön wütend dazwischen.

Die anderen nehmen den kleinen Konkurrenzkampf zwischen mir und Judith nicht wahr. Die sind einfach nur verwirrt und schauen ziemlich bedeppert durch die Gegend.

»Wusstet ihr eigentlich, dass Reliquien nicht nur Knochen sein müssen, sondern auch Haare, Stoffe oder irgendwelche Gegenstände sein können? Hauptsache, sie haben was mit einem oder einer Heiligen zu tun.« Judith nutzt die Wortlosigkeit und Verwirrtheit der anderen aus und lässt einen ihrer altklugen Sätze los. Basti verdreht genervt die Augen.

»Aber im Dreikönigenschrein liegen doch Knochen, oder?«, fragt Lilly nach.

»Ja klar. Die meisten Reliquien sind Knochen oder zumindest Knochenreste«, antwortet ihr Judith und freut sich, dass wenigstens eine von uns mal nachfragt und sie ernst nimmt.

Tom ist skeptisch. »Woher weiß man denn, dass irgendwelche Knochen von einem bestimmten Heiligen sind?«

»Nun ja, das weiß man eigentlich nie. Wichtig ist nur, dass die Menschen es glauben«, antwortet Judith etwas verlegen.

»So ein Quatsch«, empört sich Basti. »Nur weil irgend so ein Heiliger viel gebetet hat, soll ich seine Knochen toll finden?«

»Und nur weil du kein Gefühl für Geschichte und Religion hast, ist noch lange nicht alles Quatsch, was du nicht weißt.« Bums, das hat gesessen. Judith schaut Basti triumphierend in die Augen.

Der lässt sich natürlich nicht so schnell unterkriegen. »Und wenn diese Heiligen und Märtyrer für die Menschen im Mittelalter noch so wichtig und bedeutend waren, ich muss diesen ganzen Firlefanz nicht glauben. Ich bin ein freier Mensch.«

Ich schaue Basti respektvoll an. Diesen Konter hätte ich ihm nicht zugetraut.

Bevor Judith wieder antworten kann, fährt Tom dazwischen: »Was sind denn Märtyrer?«

Ich erkläre es Tom: »Märtyrer waren Menschen, die wegen ihrem Glauben grausam getötet wurden. Und für viele Menschen waren und sind Reliquien eben was ganz Besonderes. Auch wenn«, dabei sehe ich Basti verständnisvoll an, »das für uns irgendwie komisch ist.« Ich finde das mit den Reliquien nämlich auch ziemlich seltsam.

Plötzlich springt Lilly mit beiden Füßen in die größte von allen Pfützen und ruft dabei begeistert: »Aber das bedeutet ja, dass die Knochen aus dem alten Keller vielleicht auch Reliquien sind, oder?«

»Genau darüber reden wir doch die ganze Zeit«, stöhnt Judith. Sie schüttelt verständnislos ihren Kopf.

Lilly ist ein wenig überrascht, dass uns anderen das wohl schon längst klar war und dreht sich verlegen um.

Ich muss über die Situation laut lachen. Es ist zu komisch, wie Judith sich über die Dummheit der anderen aufregen kann und wie Lilly sie mit ihrer Ahnungslosigkeit auf die Palme bringen kann.

Nun hätte ich doch beinahe das Wichtigste vergessen: »Habt ihr Lust, am Sonntag mit mir und meinen Eltern die ›Goldene

Kammer‹ in der Kirche Sankt Ursula zu besichtigen? Da werden ganz viele Reliquien aufbewahrt.«

Klar haben die Lust!

13.

Recherche im Waldbad

Bis Sonntag sind es noch zwei ganze Tage. Erst dann werde ich die anderen vom Projekt Prämonster wiedertreffen. Heute, am Freitag, ist schulfrei wegen Zeugniskonferenz.

Karla und Lilly nutzen das aus und fahren bis morgen Abend zu ihrem Vater. Basti hat morgen ein wichtiges Hockeyspiel und wird heute mit seiner Mannschaft ein Sondertraining absolvieren, und Tom übt fleißig Trompete für das Konzert mit dem Schulorchester. Außerdem hat sich auch Judith gestern nach der Schule bis Sonntag verabschiedet, weil sie noch ein Referat für Politik schreiben muss.

Irgendwie muss ich mir die Zeit vertreiben. Ich könnte ja schon mal einen Artikel für unseren Stadtteilführer schreiben oder zumindest damit beginnen. Aber welches Thema soll ich nehmen?

Da es heute nicht regnet und sogar die Sonne scheint, kann ich direkt vor Ort recherchieren: im Waldbad. Mit Block, Stift und Fotoapparat bewaffnet mache ich mich mit dem Fahrrad auf den Weg. Mein Weg führt an Haus Haan vorbei. Ich werfe einen kurzen Blick durch das Tor in den Innenhof. Ach du Schreck! Da steht der komische Mann. Er arbeitet mit einer Spitzhacke. Was ist eigentlich mit der Spitzhacke passiert, die Basti sich »ausgeliehen« hatte? Die müsste doch eigentlich noch in dem Keller sein. Woher hat der Typ sie? Er sieht mich und schaut mich mit einem breiten Grinsen an. Mir ist ganz mulmig. Schnell wende ich mich ab und fahre weiter.

Leider muss ich, im Waldbad angekommen, feststellen, dass ich nicht die Einzige bin, die die Idee hatte, heute schwimmen zu gehen. Es ist rappelvoll.

Aber ich bin ja »beruflich« hier. Also zücke ich meinen

Block, nehme den Stift in die rechte Hand und steuere auf den Schwimmmeister Hans zu. Wir kennen uns ganz gut. Hans ist ein kleiner, kräftiger, rothaariger, lustiger und freundlicher Mann. Der ist schon immer hier. Hans hat immer seine weiße Shorts und ein weißes Trikot an und trägt blau-grüne Badelatschen. Er sieht alles. Und er ist echt nett. Ich erkläre ihm, dass ich ihn gern interviewen würde und lege direkt los.

Hans erzählt mir, wie lange es das Waldbad schon gibt, wie groß es ist, wer sich darum kümmert, wie es finanziert wird und was sonst so alles im Waldbad stattfindet: Flohmärkte, Tauchlehrgänge und Konzerte. Dabei erfahre ich, dass Hans auch in Höhenhaus aufgewachsen ist und selbst schon als Kind im Waldbad schwimmen war.

Zum Abschluss gibt er mit verschmitztem Blick und nachdem er sich kurz nach rechts und links umgeschaut hat, um zu überprüfen, dass uns keiner zuhört, eine Geschichte aus seiner Kindheit zum Besten. Als kleiner Junge habe er mal mit seinen Freunden im alten Burggemäuer von Haus Haan gespielt und dort nach dem angeblichen Geheimgang gesucht, den sie allerdings nicht gefunden hätten. Das sei wohl nur so 'ne alte Legende, das mit dem Geheimgang. Jedenfalls seien sie dann verstaubt und dreckig zum Waldbad gekommen und, verschmutzt wie sie waren, ins Wasser gesprungen. Das ginge heute natürlich nicht mehr.

»Hey, hinsetzen!« Hans dreht sich zur Wasserrutsche um, und seine ganze Aufmerksamkeit gilt ein paar Jungs, die stehend beziehungsweise gehend die Rutsche hinunterwollen. Dieser Mann hat wirklich immer alles im Blick.

»Okay, vielen Dank«, sage ich und reiche Hans die Hand.

»Schon gut, gern geschehen. Aber von unseren Streichen damals schreibst du bitte nichts.« Er schaut mich bittend an.

»Na klar, das bleibt unter uns.« Ich hebe meine Hand und strecke Zeige- und Mittelfinger in die Höhe, wie bei einem Schwur.

Ich wende mich ab und gehe in Richtung der Liegewiese.

Es ist doch echt nicht zu fassen, was Hans mir da gerade erzählt hat. Da fängt der doch glatt an, auch von dem Geheimgang zu sprechen. Zufälle gibt es, die gibt es gar nicht. Bis vor einer Woche hatte ich überhaupt noch nie gehört, dass es einen Geheimgang gibt. Und jetzt? Jetzt redet die ganze Welt davon. Merkwürdig! Und dann sagt Hans so mir nichts dir nichts, dass es den Geheimgang sowieso nicht gibt, und ich stehe ihm gegenüber und denke nur: Wenn du wüsstest!

Ich packe Block und Stift in meinen Rucksack und ziehe meine Klamotten aus. Den Badeanzug habe ich heute Morgen schon darunter angezogen.

Im Wasser schaue ich mich um, ob ich jemanden kenne. Allein macht Schwimmen einfach nicht so viel Spaß wie mit mehreren. Ich sehe keine Bekannten. Ach, dahinten spielen Mike und Nils mit einem Wasserball. Nee, auf die zwei habe ich echt keinen Bock. Dann bleibe ich lieber allein. Außerdem habe ich auch gar nicht so viel Zeit. Ich muss doch noch den Artikel über das Waldbad schreiben. Auch ohne das kleine Geheimnis von Hans habe ich genug Material zusammen. Die anderen werden sich freuen, dass der Anfang für unseren Stadtteilführer gemacht ist.

14.

Die heilige Ursula

Es ist Sonntagmorgen, elf Uhr.

Alle sind pünktlich. Mama kann leider nicht mitkommen. Sie will noch einen Text fertig schreiben, den sie morgen in den Verlag schicken muss. Das ist halt mit den Schriftstellern so. Wir verabschieden uns von ihr, und los geht's.

Mit der 4 fahren wir bis zum Wiener Platz. Dort steigen wir in die Linie 18 um. Basti stürmt direkt in eine der großen Sitzgruppen, die sich an den beiden Enden der Waggons befinden. Da passen wir alle hin.

Erst geht es über die Mülheimer Brücke. Unter uns fließt der Rhein. Momentan hat er ein wenig Hochwasser. Die Wiesen auf der linken Rheinseite stehen größtenteils unter Wasser. Dadurch wirkt der Fluss noch viel breiter, als er eh schon ist. Ein paar Ruderboote fahren Slalom zwischen den Bäumen, die im Wasser stehen. Am Ende der Brücke biegt die Bahn scharf links ab.

Als wir am Zoo vorbeifahren, versuchen wir zu erraten, wo welche Tierhäuser sind. Das Leopardengehege erkennen wir am hoch aufragenden kuppelartigen Zaun. Und die Zoodirektorvilla können wir auch sehen. Hinter dem Zoo geht es unter die Erde.

Und während wir durch den U-Bahn-Tunnel fahren, erzähle ich den anderen von meinem Artikel über das Waldbad, den ich tatsächlich gestern fertig geschrieben habe. Er ist nicht sehr lang, aber ganz witzig geworden. Wie erwartet, bekomme ich viel Lob für mein Engagement. Aber ich spüre auch, dass mein Waldbadartikel eigentlich im Moment keinen richtig interessiert. Okay, dann werde ich ihn später noch mal ins Gespräch bringen.

An der Haltestelle Breslauer Platz steigen wir aus. Als wir aus der U-Bahn mit der Rolltreppe nach oben fahren, zeigt Papa auf eine große goldene Krone, die über den Dächern hervorlugt.

»Das ist die Kirchturmspitze von Sankt Ursula. Da wollen wir hin.«

Erst gehen wir noch ein Stück am lauten Bahnhof entlang und biegen dann rechts ins Ursulaviertel. Hier ist es schön ruhig, ja fast verschlafen. Kaum ein Mensch ist auf der Straße. Von der goldenen Krone kann man in diesen engen Gassen nichts mehr sehen. Da, die Kirchenglocken läuten. Also orientieren wir uns an dem Läuten. Und tatsächlich, kurz darauf stehen wir auf einem kleinen Platz, direkt vor der Kirche. Die Türen gehen auf. Der Gottesdienst ist gerade zu Ende.

Die Sonne scheint genau auf den Platz vor der Kirchentür. Basti kramt in seiner Jackentasche und zieht eine nagelneue Sonnenbrille hervor.

»Die habe ich mir gestern gekauft«, sagt er stolz.

»Ich muss sagen, sie steht dir wirklich gut«, findet Karla.

Basti wirft den Kopf in den Nacken und geht ein paar Schritte wie ein Model über den Platz. Das sieht zum Schießen aus. Judith findet das eher albern und verzieht abfällig das Gesicht.

»Woher kommt eigentlich euer plötzliches Interesse an Reliquien?«, fragt Papa in die Runde.

Oh Mann, muss der das jetzt fragen! Unser Geheimnis geheim zu halten, wird immer komplizierter.

»Mmm, weißt du …«, stottere ich etwas verlegen.

»Also, das ist so«, hilft mir Karla. »Wir fangen demnächst in Geschichte mit dem Thema Mittelalter an. Da dachten wir uns, dass so ein Ausflug in eine mittelalterliche Kirche nicht schaden könnte.«

Judith ergänzt noch: »Und die Reliquien haben doch eine wichtige Rolle im Mittelalter gespielt, oder?«

»Gut! Dann wollen wir doch mal sehen, ob ihr heute was lernen könnt: Sankt Ursula gehört zu den zwölf romanischen Kirchen, die aus dem Mittelalter noch erhalten sind. Und wer, meint ihr, wird in Sankt Ursula besonders verehrt?«

Hoffentlich hält Papa jetzt keinen peinlichen Vortrag. »Die heilige Ursula natürlich! So 'ne blöde Frage«, antworte ich ihm genervt. Na, das kann ja heiter werden.

Papa lässt sich nicht beirren. »Statten wir ihr doch einen Besuch ab.« Mit diesen Worten treibt er uns in die Kirche hinein.

Zuerst führt er uns zum Chor, dort, wo der Altar steht. Er zeigt auf einen Stein in der Wand, in den eine Inschrift eingemeißelt ist. Judith versucht natürlich sofort, sie zu lesen.

»Das ist Latein. Ich kann zwar ein bisschen Latein, aber das hier kann ich nicht übersetzen«, stellt sie fest. Dabei verzieht sie ihr Gesicht zu ganz merkwürdigen Grimassen. Es ist ihr unangenehm und es ärgert sie. Das ist eindeutig zu sehen.

Basti grinst breit und zufrieden. Wie schön, dass Judith es nicht kann. Ganz offensichtlich findet er das sehr beruhigend.

»Keine Sorge«, sagt Papa stolz und holt aus seiner Jackettasche ein kleines Buch. »Hier steht alles drin. Das ist der sogenannte Clematiusstein. Ein gewisser Clematius hat nämlich um das Jahr 400 hier eine Kirche bauen lassen. Und auf dem Clematiusstein ist das alles aufgeschrieben.«

»Dann ist die Kirche aber verdammt alt«, staunt Tom.

»Nicht ganz. Denn die Kirche wurde immer wieder erneuert und umgebaut«, erklärt Papa.

Ich schaue in die Gesichter meiner Freunde, um festzustellen, ob sie schon gelangweilt sind und ob ich Papa eventuell vorsichtig versuchen sollte klarzumachen, dass er jetzt genug geredet hat.

Aber ich kann keine Spur von Langeweile entdecken. Sie hören alle interessiert zu. Also muss ich noch nicht eingreifen.

»Und was hat das Ganze mit der Ursula zu tun?«, will Lilly wissen.

»Die Legende erzählt«, beginnt Papa, »dass hier die heilige Ursula begraben war.«

»Bitte, kann mir mal einer erklären, wer diese Ursula überhaupt war?«, hakt Tom nach.

»Dann setzt euch mal.«

Wir nehmen in der ersten Bankreihe direkt vor dem Chor Platz. Alle nebeneinander.

»Ich erzähle euch die Geschichte.« Papa baut sich breitbeinig vor uns auf. »Die heilige Ursula soll eine Königstochter aus der Bretagne gewesen sein, deren Schönheit weithin gepriesen wurde. Der englische König hörte von der sagenhaften Schönheit der Ursula und wollte sie als Frau für seinen Sohn. Seine Bitte war nicht ungefährlich für Ursula und ihren Vater, denn der englische König drohte Gewalt an, falls Ursula sich weigerte. Ursula war Christin, der englische Prinz aber nicht. Ursula wollte keinen Mann heiraten, der kein Christ war. Außerdem hatten sie und ihr Vater Angst vor den Drohungen des englischen Königs.«

»Mann, waren das harte Sitten.« Basti schüttelt sich bei dem Gedanken an die Heiratspraktiken früherer Zeiten.

»Nun warte doch erst einmal ab«, drängt Papa Basti zum Zuhören. »Also, Ursula stellte eine Bedingung: Sie wolle den Prinzen heiraten, wenn dieser sich taufen ließe und wenn sie vorher noch drei Jahre Zeit bekäme, um mit elf Jungfrauen nach Rom zu reisen und sich dort vom Papst segnen zu lassen. Der Prinz willigte ein. Ursula zog mit den Jungfrauen und vielen anderen Leuten auf Schiffen den Rhein hinauf und weiter bis nach Rom. Immer mehr Menschen schlossen sich den Jungfrauen an und wurden auch zu Christen.«

Judith runzelt ihre Stirn. »Na, wenn das mal gut geht.«

»Du hast recht. Das wurde den römischen Herrschern bald zu viel. Als Ursula und die Jungfrauen auf ihrer Rückreise von Rom nach Köln kamen, wurde die ganze Gesellschaft von Hunnen ermordet, die von den Römern angestiftet worden waren. So starben Ursula und ihre Begleiterinnen in Köln den sogenannten Märtyrertod.«

»Ist das eine wahre Geschichte?«, fragt Lilly ganz gerührt und rutscht dabei auf der Bank hin und her.

»Ich hab gestern im Internet Informationen zur heiligen Ursula gefunden«, gibt Judith an. »Die heilige Ursula hat wohl gar nicht gelebt. Im Laufe der Zeit haben sich die Menschen die Legende zurechtgelegt. Und dann war sie plötzlich die wichtigste Heilige in ganz Köln. Tausende Menschen kamen nur nach Köln, um zur heiligen Ursula zu beten. Die Leute kauften kleine Andenken und Reliquien. Und das wurde dann ein riesiges Geschäft.«

Tom guckt Judith fragend an. »Also gab es sie nun oder gab es sie nicht?«

»Das ist eigentlich egal. Wichtig ist nur, dass die Menschen im Mittelalter sich ganz sicher waren, dass die Ursula gelebt hat, ermordet wurde und hier begraben war.« Judith antwortet ganz ruhig und sachlich. Das passt gar nicht zu ihr. Sonst ist sie immer so ungeduldig.

Papa legt Tom seine Hand auf die Schulter und sagt zu ihm: »So ist das mit Legenden nun einmal.«

Judith erklärt: »Dass die Menschen sich damals so sicher waren, hat auch damit zu tun, dass sie hier tatsächlich ganz viele Knochen gefunden haben. Also dachten sie, die sind alle von Ursula und ihrem Gefolge.«

Tom hat kein Interesse mehr an der Ursula-Geschichte. Die ist ihm zu kompliziert. Er hat sich abgewendet und schlendert durch die Kirche. Aber uns anderen lässt das Thema noch keine Ruhe.

»Woher kamen die ganzen Knochen, wenn es die Ursula nicht gab?«, möchte Karla nun wissen.

Judith lächelt zufrieden, als ob sie auf diese Frage gewartet hätte. »Früher war genau hier, wo heute die Kirche steht, ein römischer Friedhof.« Mal wieder genießt sie ihr »Besserwissen«.

Basti stand während des Gesprächs halb gelangweilt, halb abwesend, die Beine über Kreuz, die Hände in den Hosentaschen zwischen Judith und mir. So schien es jedenfalls. In Wirklichkeit hat er die ganze Zeit interessiert zugehört. Er will nur Judith nicht den Triumph gönnen, dass er das spannend findet, was sie erzählt. Jetzt schaltet er sich in die Diskussion ein.

»Wenn das so ist, dann haben die Menschen im Mittelalter vermutlich die Knochen von irgendeiner alten Römerin als die von der Ursula verehrt.« Kopfschüttelnd fügt er hinzu: »Sachen gibt's, die gibt's gar nicht!«

Tom ist mittlerweile an der nördlichen Seitenwand der Kirche angekommen. Er beugt sich über etwas, was ich von hier aus nicht erkennen kann. »Kommt mal her«, ruft er zu uns rüber.

Schnell sind wir bei ihm. Tom steht vor einem Schiffsmodell.

Papa liest in seinem kleinen Büchlein. Dann schaut er mit einem geheimnisvollen Blick über die Brillengläser. »Passt mal auf!«

Er zieht vorsichtig an einem dünnen Draht, der durch eine Öse an einer Klappe im Schiffsdeck führt und über dem Schiff verspannt ist. Die Klappe öffnet sich. Ich stelle mich auf die Zehenspitzen und gucke in die Öffnung. Was ich da sehe, haut mich glatt um. Ein kalter Schauer läuft mir über den Rücken.

»Hammer!« Damit habe ich nicht gerechnet.

Karla schiebt mich unsanft zur Seite, um auch in das geheimnisvolle Schiff hineingucken zu können. Sie schüttelt sich. Und so geht es auch den anderen. Im Schiffsbauch sind doch tatsächlich Schädel. Echte, richtige Menschenschädel. Gruselig!

»Hier seht ihr schon mal die ersten Reliquien«, sagt Papa. »Wartet ab, bis ihr erst in der ›Goldenen Kammer‹ seid.«

»Wo ist denn nun diese Kammer? Deshalb sind wir doch

hier, oder?«, fragt Tom. Jetzt ist er richtig neugierig geworden. Er schiebt seinen Bruder vom Schiff weg.

Ich zupfe Papa am Ärmel und schaue ihn fragend an. Tom hat recht. Wo ist die »Goldene Kammer«?

Papa zeigt auf eine schwere Holztür, die sich hinten unter der großen Empore befindet. Die Tür ist verschlossen. Papa schaut sich kurz um und geht dann auf eine Tür zu, die gegenüber liegt. Dort klopft er vorsichtig an. Kurze Zeit später öffnet sie sich, und ein netter mittelalter Mann mit einem dichten grauen Bart kommt zum Vorschein. Er sei der Küster, sagt er.

Papa erzählt ihm, dass wir extra zur Besichtigung der »Goldenen Kammer« heute hierhergekommen sind und dass nun die Tür leider verschlossen sei und ob wir nicht vielleicht einen kurzen Blick hineinwerfen dürften.

»Ihr könnt auch einen längeren Blick hineinwerfen«, sagt der Küster freundlich, kramt die Schlüssel aus der Hosentasche und schließt uns die »Goldene Kammer« auf.

Wir stehen mitten im ungewöhnlichsten Raum, den wir je gesehen haben, und sind sprachlos.

»Das ist ja unglaublich«, murmelt Basti tief beeindruckt.

»So was habe ich noch nie gesehen«, stimme ich ihm zu.

Karla lehnt sich bei mir an und lässt staunend ihren Blick über die Wände wandern. »Faszinierend und schaurig zugleich.« Sie trifft den Nagel auf den Kopf.

Diese Kammer ist einzigartig. Die oberen Wände sind mit einer Art Mosaik dekoriert. Die einzelnen Mosaikteile sind Knochen. Auch beim zweiten Hinsehen sind es immer noch Knochen. Unzählige und unterschiedlichste Knochen sind in sorgfältiger Art und Weise angeordnet.

»Schaut mal«, höre ich Karla, »da sind sogar Buchstaben aus Knochen geschrieben.«

»Und da, da sehe ich einen Kreis oder ein Rad!«, ruft Lilly begeistert.

»Auch wenn es kaum zu glauben ist, hier gibt es noch viel mehr Knochen als die, die ihr sehen könnt«, erzählt uns Papa.

»Und wo sollen die sein?«, fragt Basti etwas ungläubig.

»Seht ihr die halben Frauenkörper aus Gold? Da drin sind auch Knochen oder Knochenreste.«

Erst jetzt nehme ich die vielen Frauen und Mädchen wahr, die uns beobachten. Sie bestehen nur aus Brust, Schultern, Armen und Kopf. Sie lächeln uns zufrieden und freundlich zu. Alle bestehen aus Gold oder Silber.

»Das müssen die berühmten Ursula-Reliquiare sein. In jedem steckt eine Reliquie drin. Darüber habe ich auch etwas im Internet gelesen«, teilt Judith mit und lässt dabei staunend ihren Blick durch die Kammer schweifen.

»Was glaubt ihr?«, will Papa von uns wissen. »Was ist wertvoller: das kostbare Gold oder die alten Knochen?«

»Na wenn du schon so fragst, dann können es natürlich nur die alten Knochen sein«, antworte ich ihm. Manchmal behandelt er uns wie kleine Kinder. Das nervt!

Karla hat mich beobachtet und mir angesehen, was ich denke. Sie lächelt mir aufmunternd zu und flüstert mir ins Ohr: »Ist doch nicht so tragisch. *Be cool, Baby.*«

»Dann sind die goldenen Büsten nur so eine Art Verpackung, oder?«, fragt Karla nach, die die Ausführungen und Sprüche von Papa nicht zu nerven scheinen.

Papa nickt ihr zu.

»Und das Ganze hier ist eine superwertvolle Schatzkammer«, stellt Basti voller Bewunderung fest.

Eine Weile stehen wir staunend inmitten der goldenen Büsten und alten Knochen. Dann verlassen wir, immer noch tief beeindruckt, die Kirche.

15.

Der Neandertaler

Klar, dass wir nach dem, was wir da gerade alles gesehen haben, unbedingt noch über *unseren* Knochen reden müssen. Also geht keiner von uns direkt nach Hause. Stattdessen sitzen wir alle in meinem Zimmer. Jeder hat sich ein gemütliches Plätzchen gesucht und es sich bequem gemacht. Judith räkelt sich auf meinem Bett, Tom und Basti sitzen auf dem Boden und lehnen mit dem Rücken an der Wand, Lilly schaukelt auf der Turnstange, die mitten in meinem Zimmer von der Decke baumelt, Karla sitzt seitlich auf dem Schreibtischstuhl, und ich habe mich in meinen Sitzsack fallen lassen.

Karlas Kopf plumpst auf ihre linke Handfläche. Sie blickt uns forschend an. »Ich wette, ihr denkt dasselbe wie ich.«

»Na, da bin ich aber gespannt.« Basti erwidert ihren Blick.

»Wir alle fragen uns gerade, ob unsere Knochen tatsächlich echte Reliquien sind.«

So ist es. Genau das geht uns allen durch den Kopf.

»Wir müssen unbedingt herausfinden, wie *alt* unsere Knochen sind. Das würde uns sicher weiterhelfen«, überlegt Judith laut.

Karla schaut ungläubig. »Wie soll uns das denn weiterhelfen?«

»Zumindest wäre es ein Hinweis darauf, dass die Knochen Reliquien sein *könnten*«, erklärt ihr Judith.

Basti teilt Judiths Meinung: »Judith hat recht.«

Was ist denn mit Basti los? In dem Keller von Haus Haan war das auch schon so. Wenn es um unser Geheimnis und dessen Lösung geht, dann können die beiden richtig gut zusammenarbeiten. Warum nicht immer so?

»Ich denke auch, dass wir zuerst das Alter der Knochen kennen sollten. Dann sehen wir weiter«, fährt Basti fort.

Lilly hängt mittlerweile mit den Kniekehlen an der Stange. »Wie kann man das mit dem Alter denn feststellen?«, fragt sie kopfüber. Gute Frage!

»Wartet mal!« Judith hat wieder einmal einen ihrer Gedankenblitze. »Letzte Woche stand in der Zeitung ein Bericht über das Neanderthal Museum. Ihr wisst schon, wo der Neandertaler gefunden wurde.« Judith sagt das so selbstverständlich, als ob wir alle Experten für Neandertaler sein müssen.

»Nein, ich weiß nicht, wovon du redest«, gesteht Lilly vorsichtig ein.

Tom setzt sich kerzengerade hin. »Das kann ich dir erklären«, verkündet er selbstbewusst. »Im Neandertal bei Düsseldorf haben Arbeiter 1856 ein Skelett gefunden, das vierzigtausend Jahre alt ist.«

»Woher weißt du denn das?«, fragt Basti ganz erstaunt. Das hat er seinem kleinen Bruder offenbar nicht zugetraut.

»Aus einem Buch, das Papa mir geschenkt hat.«

»Na dann!«

»Nach dem Ort, wo sie damals die Knochen gefunden haben, wurde auch dieser Urmensch benannt: der Neandertaler«, ergänzt Tom sichtlich stolz seine Ausführungen.

Lilly sieht ihn mit ihren großen Augen bewundernd an.

»Ich verstehe.« Karla schaut Judith an. »Du meinst, wenn die wissen, dass die Knochen aus dem Neandertal vierzigtausend Jahre alt sind, dann muss es eine Methode geben, das Alter von Knochen herauszufinden.«

»Nicht nur das! Ich erinnere mich, dass in der Zeitung davon berichtet wurde, wie man das macht.«

»Nun sag schon«, drängelt Basti ungeduldig.

»Also, einfach ist das nicht. So ganz habe ich das auch nicht verstanden«, gibt Judith zu.

Tom kichert: »Mensch, dass Judith das nicht weiß!«

Judith tut so, als ob sie Toms Bemerkung nicht gehört hat. »Man nennt das – glaube ich – ›Radiokohlenstoffdatierung‹

oder so ähnlich. Es hat irgendetwas mit dem Zerfall von Kohlenstoff zu tun und mit Radioaktivität.«

»Das ist doch saugefährlich!«, werfe ich aufgeregt dazwischen. Es schüttelt mich. »Dann ist unser Knochen danach noch verstrahlt. Und was dann?«

Judith schüttelt den Kopf. »Nein, so ist das nicht. Diese Radiokohlenstoffdatierung ist nicht gefährlich.«

»Aber«, fragt Basti mit gerunzelter Stirn skeptisch nach, »wie sollen wir bitte die alten Knochen nach Kohlenstoff oder Radioaktivität untersuchen?«

»Wir nicht, aber Wissenschaftler«, gibt Judith ein wenig trotzig zur Antwort. »An der Universität gibt es bestimmt ein Institut für die Erforschung alter Fundstücke oder so.«

Judith schaut in unsere etwas ratlosen Gesichter. »Okay, okay, ich habe verstanden. Ich werde mich informieren und schauen, was ich herausbekommen kann. Ihr habt ja sowieso keine Ahnung davon.«

Auf ihrem Gesicht ist so eine Mischung aus Stöhnen und Schmunzeln zu sehen. Sie weiß halt, dass sie solche Recherchen am besten von uns allen machen kann.

Da fällt mir ein, dass ich den anderen unbedingt noch von dem Mann in Haus Haan erzählen muss. »Als ich am Freitag zum Waldbad gefahren bin, habe ich im Vorbeifahren im Innenhof von Haus Haan den Mann gesehen, der uns eingeschlossen hatte. Der hat mich ganz komisch angeguckt und dabei so komisch gelacht. Als ob er alles weiß.«

Basti glaubt das nicht. »Der kann doch gar nichts wissen.«

»Aber das Merkwürdigste war, dass er die Spitzhacke in der Hand hatte«, ergänze ich noch.

»Wieso ist das merkwürdig?«, fragt Basti nach.

»Weil wir die Spitzhacke, wenn ich mich richtig erinnere, bei der ganzen Aufregung unten im Kellerloch zurückgelassen haben, oder etwa nicht?« Ich schaue fragend in die Runde.

Judith, Karla und Basti nicken mir nachdenklich zu. Auch

sie können sich nicht daran erinnern, diese verdammte Spitzhacke wieder mit nach oben genommen zu haben.

Karla hat noch eine Idee: »Vielleicht gibt es mehrere Spitzhacken in Haus Haan?«

»Und wenn nicht?« Meine Frage bleibt unbeantwortet im Raum stehen. Aber alle wissen, was das bedeuten würde.

Basti verschränkt seine Arme und sagt trotzig: »Nee, das glaube ich nicht. Das ist doch ganz allein unser Geheimnis!«

»Wir müssen wachsam bleiben und den Typen im Auge behalten«, schlägt Karla vor.

Ich bin todmüde. »Und jetzt schmeiß ich euch alle raus. Ich brauche dringend Ruhe.« Ich scheuche mit meinen Händen, gespielt ernst, alle von ihren Sitzen hoch. »Los, los!«

»Oh, die gnädige Frau muss sich erholen«, lästert Basti.

Aber das ärgert mich gar nicht. Ich bin echt k.o. Und die anderen, wenn sie ehrlich sind, bestimmt auch. Ich jedenfalls möchte jetzt einfach nur allein sein.

Schließlich sind alle weg. Ich liege auf, nein besser: in meinem Sitzsack und lasse mir noch einmal die Geschichten von der heiligen Ursula durch den Kopf gehen. Die Sache mit den Heiligen ist schon komisch. Dass die Menschen im Mittelalter das alles geglaubt haben, mit den Reliquien, Himmel und Hölle und so. Obwohl, wenn ich so darüber nachdenke, meine Uroma glaubte auch an einen besonderen Heiligen. Der hieß, glaube ich, Judas Thaddäus. Immer wenn sie große Sorgen hatte, wandte sie sich an den. Und sie war überzeugt davon, dass er ihr helfen würde. Eigentlich ganz schön, so einen Helfer für alle Probleme zu haben. Aber ehrlich gesagt: So richtig daran glauben kann ich nicht.

16.

Das Physikalische Institut

Es ist Dienstagnachmittag, und wir sind auf dem Weg nach Köln-Sülz. Gestern um die gleiche Zeit saßen wir alle in meinem Zimmer, alle, außer Judith. Die Stimmung war angespannt. Nicht weil wir Krach mit Judith hatten. Nein, wir warteten auf einen Anruf von ihr. Sie wollte nämlich mit dem Physikalischen Institut telefonieren. Die würden alte Knochen untersuchen, hatte sie uns in der großen Pause erzählt. Und sie wollte das lieber von zu Hause aus machen, in aller Ruhe. Dann endlich klingelte das Telefon. Ich drückte die grüne Taste und stellte den Lautsprecher an.

»Charlie hier, bist du es, Judith?«

»Na wer denn sonst?«

»Nun erzähl schon!«

»Es hat eine ganze Weile gedauert, bis ich den Richtigen an der Strippe hatte, besser gesagt die Richtige. Stefanie Kurz heißt sie und ist noch ziemlich jung, glaube ich. Sie ist Physikerin und arbeitet am Physikalischen Institut. Die ist echt nett.«

»Hör mal, wir wollen jetzt keine Lebensgeschichte von der hören, sondern wissen, was du in Sachen alte Knochen erfahren hast! Was hast du ihr erzählt?«

»Nur so viel, dass wir einen alten Knochen gefunden haben und gerne wüssten, wie alt der wirklich ist, und ob es möglich ist, dass das unter uns bleibt.«

»Und, was hat sie darauf gesagt?«

»Sie fand die Sache, glaube ich, ganz spannend. Was Festes konnte sie mir nicht zusagen, aber wir sollen morgen Nachmittag gegen fünf zu ihr ins Institut kommen. Dann will sie sich das gute Stück anschauen. Ich hole jetzt gleich noch das Päckchen von Oma Luises Dachboden. Na, was sagt ihr?«

»Judith, du bist einmalig! Klasse gemacht! Du bekommst den Projekt-Prämonster-Orden!«

»Seit wann gibt es den denn?«

»Seit eben! Den habe ich gerade extra für dich erfunden!«

»Na denn, bis morgen, tschö.«

»Tschö, bis morgen.«

Na, und jetzt ist es so weit. Wir fahren nach Sülz, wo sich ganz viele Institute und Abteilungen von der Universität befinden. Das hat mir zumindest Mama so erklärt. Und weil sie eine echt coole Mama ist, hat sie sich heute Zeit genommen, um uns zu fahren. Das heißt, nur Judith, Karla, Basti und ich sind mitgefahren. Mehr hätten nicht ins Auto gepasst. Ich habe ihr etwas von einem Referat für die Schule erzählt und dass wir in dem Institut Material bekommen und so weiter. Sie hat nicht genauer nachgefragt. Ich glaube, sie hat mir die Geschichte nicht wirklich abgekauft. Auf jeden Fall hat sie nichts gesagt.

Mir wird das langsam immer unangenehmer, dass sie nichts weiß. Ich habe ein richtig schlechtes Gewissen und außerdem auch echt Sorge, dass wir mit der Polizei Ärger kriegen könnten. Aber wir haben uns geschworen, noch nichts von unserem Geheimnis weiterzuerzählen! Daran werde ich mich halten, auch wenn es mir schwerfällt.

Nun sind wir also in Sülz. Es sieht hier ganz anders aus als bei uns in Höhenhaus. Die Straßen sind viel breiter und die Häuser viel höher. Da wohnen natürlich auch immer mehrere Familien in einem Haus. Bei uns gibt es viele Einfamilienhäuser, und überall sind Gärten und manchmal fehlen sogar die Bürgersteige. Da gehen und fahren einfach alle auf der Straße: Inlinefahrer, Rollerfahrer, Radfahrer, Rollstuhlfahrer und natürlich auch die Autos. Und hier? Da musst du schon ganz schön aufpassen, dass du nicht aus Versehen auf die Straße kommst. Die ist wirklich nur für die Autos reserviert. Selbst die Fahrradfahrer haben es schwer, sich neben den Autofahrern durchzusetzen.

Eins steht fest: Sülz ist viel hektischer und lauter als Höhenhaus oder Dünnwald. Aber es ist auch spannender und aufregender. In Sülz ist einfach viel mehr los. Wir gehen gerade über die Zülpicher Straße. Ein Geschäft neben dem anderen, und überall sind Cafés und Kneipen. Wir haben lange gesucht, bis wir einen Parkplatz gefunden haben. Nun müssen wir die Zülpicher Straße ein langes Stück zurückgehen, bis wir zur Universitätsstraße kommen.

»Moment mal«, rufe ich den anderen zu.

Ich bin vor einem Jeansladen stehen geblieben. Da hängt doch im Schaufenster genau die gleiche Latzhose wie die, die ich anhabe. Kaum zu glauben! Bisher habe ich immer gedacht, dass meine Hose einzigartig ist. Na ja, mittlerweile ist sie es auch. Mit all den Flicken und Krakeleien, Flecken und Rissen ist sie wirklich einmalig auf der Welt. Die anderen kommen zurück und sehen sofort, was ich entdeckt habe.

»Und, mein Schatz ...«, fängt Mama an.

Ich hasse es, wenn sie mich vor den anderen Schatz nennt. Das ist echt peinlich. Fehlt nur noch, dass sie mich gleich in den Arm nimmt und an sich drückt. Es ist okay, wenn sie das zu Hause macht. Aber bitte nicht hier vor allen Leuten, und dann auch noch auf der Straße!

»Sollen wir dir diese Latzhose kaufen? Dann hättest du endlich einen Ersatz, falls deine doch irgendwann unerwartet auseinanderfallen sollte.«

Den letzten Satz hat sie mit viel Ironie gesprochen. Mama ist nämlich nicht davon begeistert, dauernd meine alte Latzhose zu flicken. Nun, die Idee ist nicht schlecht. Wer weiß, ob ich sonst jemals wieder so eine Hose finden werde.

Ich schaue Judith fragend an. »Haben wir denn dafür Zeit?«

Man merkt Judith sofort an, dass sie eigentlich gern Nein sagen würde. Erstens sind ihr Klamotten total egal, und zweitens möchte sie so schnell wie möglich in das Institut. Aber, vielleicht weil meine Mutter dabei ist, sagt sie schließlich, dass wir die Zeit haben und wir ruhig in den Laden gehen sollen. Sie selbst möchte allerdings draußen bleiben und warten.

Die anderen kommen mit ins Geschäft. Basti stöbert direkt die Shirts durch, und Karla hält sich einen Minirock vor. Ansonsten geht alles sehr schnell. Ich probiere die Latzhose an, sie passt, Mama bezahlt, und wir sind schnell wieder draußen. So, für mich hat sich der Ausflug nach Sülz schon gelohnt. Aber natürlich haben wir noch Wichtigeres vor.

Mama hat sich eben von uns verabschiedet und sich in ein gemütliches Straßencafé gesetzt. Dort will sie auf uns warten. Sie hat sich ein dickes Buch mitgenommen. Es ist ein schöner Tag. Es regnet nicht und ist richtig warm. Das wurde aber auch Zeit. Der Sommer hat lange genug auf sich warten lassen.

»So kann man es aushalten«, hat sie eben noch gesagt. Jetzt sitzt sie schon bei einem Cappuccino und mit ihrer Sonnenbrille bewaffnet in der Sonne und liest.

Wir gehen weiter. Allen voran marschiert Judith mit dem Stadtplan. Heute sieht sie wirklich zum Schießen aus. Ihre grüne Cordhose ist ein Stück zu kurz. Dazu hat sie einen orangefarbenen Kapuzennicki angezogen, der auch nicht mehr richtig passt. Typisch Judith. Vermutlich hat sie sich überhaupt keine Gedanken gemacht und einfach das aus dem Schrank gezogen, was oben lag. Dahinter wirkt Karla mit ihrer engen schwarzen Hose, den braunen langen Stiefeln und dem schwarz-weiß gestreiften Shirt richtig elegant.

An der Ecke Kerpener Straße bleibt Judith kurz stehen. Sie schaut auf den Stadtplan. »Hier links geht es zum Archäologischen Institut.« Sie zeigt mit der Hand in die Richtung. »Aber wo verdammt ist denn nun das Physikalische Institut?«

Karla und ich schauen mit auf den Plan. Karla entdeckt es als Erste.

»Da, ich habe es gefunden. Wir müssen einfach die Zülpicher Straße weitergehen.«

Basti steht etwas unschlüssig an der Straßenecke und schaut noch immer in die Kerpener Straße. Dann sagt er nachdenklich: »Das möchte ich gerne später einmal studieren: Archäologie!«

»Was machen denn eigentlich Archäologen so genau?« Ich muss gestehen, dass ich es nicht weiß.

Bastis Augen strahlen. »Die graben nach alten Schätzen.« Basti ist ganz fasziniert von dem Gedanken.

Judith wippt von einem Bein auf das andere. »Ich denke, du willst Hockeyspieler werden?«, stichelt sie.

»Na und, kann man denn nicht beides machen?« Bastis Stimme ist trotzig. »Stellt euch doch nur einmal vor, wie es sein muss, wenn man einen alten Goldschatz findet.«

»Das können wir uns wohl ganz gut vorstellen, nach all dem, was wir erlebt haben«, sage ich und stelle mir dabei vor, wie es gewesen wäre, wenn in der alten Kiste im Keller tatsächlich Goldmünzen gelegen hätten.

Jetzt reicht es Judith. Sie wird ganz unruhig. Ihr ganzer Körper ist hibbelig. »Also zuerst einmal: Archäologen graben nicht nur einfach so nach alten Schätzen. Und zweitens wollen wir doch etwas ganz anderes hier machen, oder?«

»Spielverderberin«, murmelt Basti.

Aber Judith hat natürlich recht. Also geht's weiter.

Wir überqueren die Universitätsstraße, biegen rechts ab, laufen ein Stückchen über einen Parkplatz und stehen schließlich vor dem Eingang des weißen Gebäudes. Das ist also das Physikalische Institut der Universität Köln. Ich war noch nie in so einem geheimnisvollen Institut. Und ich muss zugeben, dass ich keinen blassen Schimmer davon habe, was die dort überhaupt so machen. Aufregend ist es auf jeden Fall!

Neben der Tür ist eine Sprechanlage. Judith holt einen Zettel aus ihrer Hosentasche. Darauf steht die Nummer, die Frau Kurz ihr gestern am Telefon mitgeteilt hat. Auf diese Weise können wir sie direkt von hier draußen aus anrufen. Einfach so hineingehen können wir nicht. Die Türen sind geschlossen.

Judith wählt die Nummer und wartet. Kurze Zeit später hören wir aus dem Lautsprecher eine Frauenstimme: »Hallo, wer ist da?«

»Judith Wagner. Wir haben gestern miteinander telefoniert.«

»Ja klar, ich komme. Einen Moment bitte.« Es dauert nicht lange, bis uns eine junge Frau die Tür öffnet.

»Ich habe euch schon erwartet. Hallo, ich bin Stefanie Kurz.«

Frau Kurz ist ziemlich groß und dabei sehr schlank. Lange, glatte rote Haare fallen auf ihre Schultern. Die sieht echt gut aus. Ich weiß nicht warum, aber ich hatte eine kleine, dicke Frau in einem weißen Kittel erwartet. Vielleicht wegen dem Namen: Kurz. Und von Kittel keine Spur. Dafür trägt sie eine Jeans mit einem roten Top. Die anderen sind genauso überrascht wie ich.

Selbst Judith braucht einen Augenblick, um zu antworten. »Hallo, ich bin Judith. Und das sind meine Freunde.«

Judith stellt uns der Reihe nach vor.

»Na, dann kommt mal rein.«

Wir stehen in einem langen Gang. Rechts und links sind viele weiße Türen. Neben den Türen hängen kleine Schilder mit Namen. Irgendwie erinnert mich das hier an ein Krankenhaus. Vor zwei Monaten habe ich meine Tante im Holweider Krankenhaus besucht. Die hatte sich das Bein gebrochen. Und da sah es ganz ähnlich aus, alles weiß und ein bisschen kühl.

Frau Kurz geht voran. Der Boden ist glatt und grau. Meine Turnschuhe quietschen bei jedem Schritt. Ich versuche, möglichst mit dem ganzen Fuß aufzutreten und nicht abzurollen. Aber es quietscht immer wieder. Ich höre fast nichts mehr außer diesem peinlichen Quietschen. Ich bin so mit meinen quietschenden Schuhen beschäftigt, dass ich erst in allerletzter Sekunde merke, dass die anderen stehen geblieben sind. Fast hätte ich noch Basti umgerannt.

Frau Kurz öffnet eine Tür und fordert uns auf, in das Zimmer hinter der Tür zu gehen. Das verbirgt sich also hinter den vielen Türen: Das sind Büros, stinknormale Büros mit Schränken, einem Schreibtisch und natürlich einem Computer. Ich weiß mal wieder nicht, was ich hier eigentlich erwartet habe, aber auf keinen Fall so normale Büros.

»So arbeiten Physiker?«, platzt es aus mir heraus. Ich glaube, man sieht mir an, dass ich enttäuscht bin.

Frau Kurz schaut mich an. »Du vermisst wohl unsere technischen Geräte und alles, was man für Experimente braucht?«

»Ja, wenn ich ehrlich bin, finde ich das hier etwas langweilig.«

Karla schaut mich vorwurfsvoll an. Hätte ich das so nicht sagen dürfen? Aber Frau Kurz hat mich doch gefragt.

»Das kann ich gut verstehen«, antwortet Frau Kurz mir.

Ich blicke triumphierend zu Karla rüber. Ätsch, war doch nicht falsch, was ich gesagt habe.

»Das hier ist nur mein Arbeitszimmer, in dem ich alles aufschreibe und berechne, was ich bei den Experimenten herausfinde. Die Räume für die Experimente gibt es hier natürlich auch. Aber nun setzt euch erst einmal hin und erzählt mir von eurem Problem!«

Karla holt tief Luft. »Wir haben einen Knochen, von dem wir gern wüssten, wie alt er ist.«

Judith legt das Päckchen mit dem Knochen vorsichtig auf den Tisch. Ich packe es langsam aus.

»Woher habt ihr den Knochen?«, will Frau Kurz wissen.

Nun ist Basti an der Reihe. »Das können wir nicht sagen. Aber wir vermuten, dass er wirklich sehr alt sein könnte.«

Karla und ich nicken, um Bastis Aussage zu bestätigen.

Judith ergänzt: »Wir haben den Knochen nicht geklaut. Und wir geben ihn bestimmt auch der Polizei oder einem Museum oder so, wenn er echt alt ist.«

Judith zögert einen Moment und dreht an ihren Haaren. »Aber zuerst müssen wir wissen, *wie* alt er ist!«

Frau Kurz schaut uns prüfend an. »Gut, ich werde den Knochen untersuchen. Aber ihr müsst mir versprechen, dass ihr mir, sagen wir in spätestens zehn Tagen, erzählt, was es mit dem Knochen auf sich hat und was ihr damit gemacht habt. Einverstanden?«

Wir atmen tief durch. »Einverstanden«, sagen wir im Chor.

17.

Die C14-Methode

»Dann kann es jetzt ja losgehen«, sage ich etwas ungeduldig.

Das wird doch hoffentlich nicht so lange dauern. Rein mit dem Knochen in irgendeine Maschine, kurz warten und irgendwo ablesen, wie alt er ist. Fertig!

Ich nehme den Knochen in die Hand und zeige ihn Frau Kurz. »Ich finde es echt klasse, dass Sie uns sagen können, wie alt der Knochen da ist.«

»Ja, das kann ich«, sagt Frau Kurz. Dabei strahlt sie und wirkt fast ein wenig stolz. »Das können wir mit Hilfe der C14-Methode herausfinden.«

Judith ist etwas verwirrt. »Ich dachte, das heißt Radiokohlenstoffdatierung?«

»Das sind zwei Namen für ein und dieselbe Sache«, antwortet Frau Kurz und staunt über Judiths Wissen. »Woher weißt du das?«

Und wieder antworten wir alle wie aus einem Mund: »Aus dem Internet!«

Frau Kurz muss lachen.

Judith ist fast ein bisschen verlegen.

Mir fällt dazu nur ein: »Ich bin froh, dass das ›C14-Methode‹ heißt. Das ist viel leichter auszusprechen als Radiokohlendingsdabumsda.«

Judith sieht mich mit ihrem etwas überheblichen Lächeln an und schüttelt dabei verständnislos den Kopf über so viel Dummheit.

Karla ist es ganz egal, wie die Methode heißt und wer hier dumm oder schlau ist. Sie will endlich wissen, was nun passieren wird.

»Okay. Dazu gehen wir jetzt in einen anderen Raum, der

hoffentlich nicht mehr so langweilig ist wie dieser.« Dabei schaut mich Frau Kurz lächelnd an.

Das ist mir jetzt echt peinlich. Ich blicke auf den Boden. Basti klopft mir auf die Schulter, als ob er mir sagen wollte: »Ist doch halb so schlimm. Blamiert haben wir uns alle schon einmal.«

Im Gänsemarsch gehen wir alle hinter Frau Kurz her, den langen Flur entlang. Am Ende des Gangs öffnet sie eine Tür.

Wir sind in einem kühlen weißen Raum gelandet, in dem ein langer weißer Tisch steht und ein Regal mit Tausenden von kleinen braunen Flaschen. Frau Kurz holt ein paar dieser Flaschen aus dem Regal. Dann öffnet sie einen Schrank, nimmt verschiedene Geräte heraus und stellt alles auf den Tisch. Schließlich zieht sie sich dünne Plastikhandschuhe an und nimmt den Knochen vorsichtig in die Hand. Mit einem kleinen scharfen Messer schneidet sie ein klitzekleines Stück vom Knochen ab.

»So, das müsste reichen«, sagt sie. »Also, passt auf. Ich werde es euch erklären. Aber es ist ziemlich kompliziert. Dieses kleine Stück muss ich zuerst reinigen. Nein, sagen wir, ich muss es in seine einzelnen Bestandteile zerlegen. Am Ende brauche ich nur den reinen Kohlenstoff, der da drin ist.«

Wie lange das bloß dauern wird. Hoffentlich sitzen wir nicht morgen früh noch hier rum. So spannend finde ich es hier nun auch nicht. Aber ich sage jetzt besser nichts. Sonst blamiere ich mich noch einmal.

Frau Kurz nimmt eine der braunen Flaschen aus dem Regal. Auf der Flasche steht »Salzsäure«.

»Ist Salzsäure nicht supergefährlich?«, fragt Basti. »Wir haben im Chemieunterricht einmal darüber gesprochen.«

»Ja, das stimmt«, bestätigt Frau Kurz Bastis Vermutung.

Ich kann mich nicht erinnern, jemals schon etwas von Salzsäure gehört zu haben, schon gar nicht im Chemieunterricht. »War ich da krank?«, frage ich die anderen.

»Oder du hast wie so oft in Chemie gequatscht oder geträumt«, gibt mir Judith abfällig zur Antwort.

Frau Kurz nimmt aus einer Schublade Atemmasken. »Und weil die Salzsäure so gefährlich ist, müsst ihr euch diese Masken anziehen.« Sie bindet sich selbst auch eine Maske vor den Mund. »Bitte geht ein Stück zurück.«

Sie gießt ein wenig von der Salzsäure in das Reagenzglas, legt das Knochenstück, das sie vorher abgeschnitten hat, in die Salzsäure und steckt einen Korken auf das Reagenzglas. »Das muss jetzt eine Weile darin liegen. Anschließend kommt es in Natronlauge.«

Na, das kann ja dauern!

»Das sind doch alles Chemikalien, oder? Was hat das mit Physik zu tun?«, fragt Judith.

»Ja, ich bin Physikerin. Aber für unsere Untersuchung muss man eben auch etwas von Chemie verstehen. Also, ich werde dieses Knochenstück mit ein paar weiteren Methoden bis morgen so weit behandeln, dass ich nur noch Kohlenstoff übrig behalte. Und dann kommt die Physik ins Spiel.«

»Sollen wir etwa bis morgen hier im Institut warten?« Jetzt kann ich nicht mehr ruhig bleiben.

Frau Kurz schaut mich verständnisvoll an. »Nein, natürlich nicht. Ich werde euch nur noch erzählen, was ich mit eurem Knochen so alles machen werde.« Sie schaut prüfend in unsere Gesichter. »Interessiert euch das überhaupt?«

»Na klar!«, ruft Basti ziemlich laut in den Raum. Er ist total fasziniert von diesem Institut, von den Versuchen, den Chemikalien und dem ganzen physikalischen Schnickschnack.

Frau Kurz sitzt auf einem Drehstuhl, mit dem Rücken zu dem großen weißen Tisch. Ganz offensichtlich freut sie sich über Bastis Begeisterung. Judith steht ihr gegenüber und nickt ihr zu, um zu zeigen, dass auch sie neugierig ist, mehr zu erfahren.

Karla hat sich auf den einzigen anderen Stuhl gesetzt, und ich habe es mir auf dem Tisch bequem gemacht. Natürlich hat Karla mich erst einmal streng angeguckt, als ich mich auf den Tisch geschoben habe. Aber als Frau Kurz mir freundlich zugenickt hat, hat Karla nur mit den Schultern gezuckt und mir zugelächelt.

Basti steht, die Hände auf die Oberschenkel gepresst, leicht nach vorn gebeugt und schaut konzentriert auf das klitzekleine Stückchen Knochen im Reagenzglas, als ob es jederzeit dort rausspringen oder explodieren könnte.

Judith stößt Basti leicht an und klärt ihn auf ihre neunmalkluge Art auf: »Das dauert. Du brauchst jetzt nicht die ganze Zeit auf das Reagenzglas zu starren!«

Dann schaut sie zu Frau Kurz und fragt: »Was passiert denn dann, wenn Sie den Kohlenstoff haben?«

»Okay, weiter geht's in der Sonderstunde Physik.« Frau Kurz trommelt mit ihren Fingern auf ihrer Oberlippe und überlegt offensichtlich, wie sie uns nun die Sache mit der Physik erklären soll.

»Kennt ihr euch mit Kohlenstoff aus?«, fragt sie in die Runde.

Wir schütteln den Kopf. Sogar Judith!

»Also«, fängt Frau Kurz an, »ihr müsst wissen, dass in allen lebenden Dingen Kohlenstoff enthalten ist, in den Pflanzen, den Menschen und den Tieren. Und dieser Kohlenstoff wird ständig zwischen den Lebewesen und der Atmosphäre ausgetauscht. Das nennen wir den ›Kohlenstoffkreislauf‹.«

Karla und ich schauen uns etwas ratlos an. Ich jedenfalls habe das jetzt noch nicht so richtig verstanden. Ich kann es nicht ändern, aber von Chemie und Physik habe ich keinen Schimmer.

Frau Kurz erklärt weiter: »Kohlenstoff besteht aus drei unterschiedlichen Arten, die man auch ›Isotope‹ nennt, C12, C13 und C14. Und jetzt wird es spannend.«

Sie schaut uns mit großen Augen an. »C12 und C13 sind stabil und zerfallen nicht. C14 zerfällt. Man nennt das den ›radioaktiven Zerfall‹.«

»Das habe ich schon mal gehört«, sagt Basti. »Aber wenn ich ehrlich bin, weiß ich nicht, was es bedeuten soll.«

Frau Kurz nickt ihm zu. »Damit bist du nicht allein. Lasst es mich mal so erklären: Wenn der ganze Kohlenstoff, aus dem die Lebewesen bestehen, zerfallen würde, dann würden auch wir Menschen und alle Pflanzen und Tiere zerfallen und irgendwann total verschwinden. Daher ist es schon ganz gut, dass C12 und C13 nicht zerfallen.«

»Hey, das ist echt spannend. Ohne das komische C12 würden wir also alle auseinanderfallen?« Langsam fängt die komische Physik an, mich zu interessieren.

»Nicht direkt«, antwortet mir Frau Kurz, »erst dann, und nur ganz langsam, wenn wir aufhören zu leben. Das würde aber auch bedeuten, dass es beispielsweise keine Kohle gäbe. Kohle entsteht ja nach langer, langer Zeit aus abgestorbenen Bäumen. Wenn von den Bäumen aber gar nichts mehr übrig geblieben wäre, dann gäbe es natürlich auch keine Kohle.«

Jetzt ist auch Karla neugierig geworden. »Und von uns Menschen bliebe auch gar nichts übrig?«

»Ja, so ist es. Ohne den stabilen Kohlenstoff gäbe es nach einer Weile noch nicht einmal ein paar lausige Knochen.«

»Da haben wir aber echt Glück gehabt, dass das nicht so ist«, sagt Basti erleichtert und setzt sich nun im Schneidersitz auf den Boden.

Frau Kurz erklärt weiter: »Unser C14 aber, die dritte Art von Kohlenstoff, zerfällt, sobald die Lebewesen aufhören zu leben. Auch schon vorher verschwinden C14-Teilchen, aber es werden immer neue produziert. Ab dem Moment aber, wo kein Luftaustausch, kein Leben mehr da ist, produziert C14 keine neuen Teilchen mehr. So werden es immer weniger.«

Judith hebt die Hand wie in der Schule, wenn man sich meldet. Frau Kurz nickt ihr zu, um zu hören, was sie sagen möchte.

»Ich glaube, ich weiß jetzt, wie man das Alter von Knochen feststellen kann.« Judith redet ganz langsam. »Wenn das C14 immer weniger wird, kann man am Verhältnis zu den anderen Kohlenstoffteilchen doch erkennen, wie lange es schon keine neuen Teilchen mehr produziert hat. Wenn man nun feststellen kann, wie wenig C14-Teilchen in dem Knochenmaterial sind, dann wissen wir auch, wie lange der Mensch, von dem der Knochen stammt, schon tot sein muss.«

Frau Kurz ist beeindruckt. »Du hast eben das zusammengefasst, was andere jahrelang studieren.«

Mensch Meier, Judith ist echt nicht auf den Kopf gefallen. Wie wir sie nun alle voller Bewunderung anblicken, scheint ihr das fast ein wenig peinlich zu sein. Sie zieht ihre Schultern hoch und lässt sie wieder fallen. Für Judith ist das eben normal.

Allerdings hat Frau Kurz das auch toll erklärt. Mann, die ist wirklich nett, die Frau Kurz. Ich dachte immer, dass die Leute, die Ahnung von Chemie und Physik haben, irgendwie komisch sind. Aber Frau Kurz ist so lustig und freundlich. Sie sagt all diese komplizierten Sachen mit einem Lächeln auf den Lippen. Dabei hält sie den Kopf ein wenig schief und schaut uns fast spitzbübisch an.

Langweilig ist mir jetzt auch nicht mehr. Der Raum, in dem wir sitzen, hat etwas Magisches bekommen. Die Chemikalien und die Sache mit dem Kohlenstoff, unser Knochen, der immer noch auf dem Tisch liegt, all das ist Teil einer großen Zauberei geworden. Ist es etwa keine Zauberei, dass wir mit unvorstellbaren, phantastischen Methoden herausfinden können, wie alt irgendein mysteriöser Knochen ist? Ich fühle mich jedenfalls wie eine Hexe in einem Hexenlabor.

Basti geht das Ganze, was er gerade gehört hat, weiter durch den Kopf. Man kann ihm immer deutlich ansehen, wenn er nachdenkt. Er hat dann ein lustiges Grübchen am Kinn und guckt so angespannt. Es dauert nicht lang, dann hören wir, was ihn beschäftigt.

»Was ist das für ein Gerät, mit dem Sie diesen radioaktiven Zerfall messen können?«

Jetzt will Basti es aber ganz genau wissen.

Frau Kurz freut sich über das Interesse von Basti und strahlt von einem Ohr zum anderen. Mit diesem Lachen kann sie einen echt umwerfen.

»So, dann passt mal auf! Wollt ihr die ›Unterwelt‹ des Physikalischen Instituts kennenlernen?«

Uns bleibt die Spucke weg. Was hat sie da gesagt? »Die Unterwelt«? Was soll das denn heißen? Wie versteinert sehen wir sie an.

»Ist das gefährlich?«, will Karla wissen. Ihre Stimme klingt ängstlich.

»Nein, im Moment nicht. Nur wenn Experimente stattfinden, dann kann es radioaktive Strahlung da unten geben. Davon habt ihr sicher schon einmal gehört. Die ist für den Menschen nicht ungefährlich. Aber dann dürftet ihr da sowieso nicht hin. Dann sind alle Türen hermetisch abgeschlossen. Das heißt, da kann noch nicht einmal ein Lufthauch durch.«

Mir wird ganz mulmig. »Sind Sie sicher, dass da gerade keine radiokaktiven Strahlen sind?«

»Das heißt radioaktiv!«, verbessert mich Judith, die gerade auch etwas unsicher wirkt. Von ihrer gewohnten Selbstsicherheit ist in diesem Moment nichts zu spüren.

Frau Kurz zeigt aus dem Fenster. Vor dem Institut ist eine große Wiese mit einem Hügel. »Unter diesem Hügel befindet sich der Kern des Forschungsinstituts. Das wissen nur die wenigsten, die sich im Sommer da gemütlich zum Sonnen hinlegen.«

Bei diesen Sätzen muss sie lachen. Sie hat ganz offensichtlich Spaß bei der Vorstellung, wie schnell die Leutchen, die da in der Sonne liegen, wohl wegrennen würden, wenn sie wüssten, dass unter ihrem Popo gerade gefährliche radioaktive Strahlen entstehen.

Frau Kurz steht auf und öffnet die Tür. Wir zögern noch ein wenig. Aber sie lächelt uns freundlich an und macht uns ein Zeichen, dass wir ihr folgen sollen. Wir gehen wieder einen Gang entlang, bis wir zu einer Treppe kommen. Die steigen wir hinab. Unten ist eine Tür. Keine normale Tür! So eine

Tür habe ich noch nie gesehen. Die Wände sind bestimmt einen halben Meter dick. Kein Wunder, dass da nichts rauskommt, wenn die zu ist. Vor der Tür ist eine Lampe angebracht.

»Ihr habt wirklich Glück. Heute findet kein Experiment statt. Sonst würde diese Lampe hier leuchten.«

Wir folgen Frau Kurz durch die Tür. Basti als Erster, dann Judith, dahinter ich und zum Schluss Karla, die immer noch skeptisch ist, ob das alles wirklich so ungefährlich ist, wie Frau Kurz sagt.

Dann stehen wir in einer riesigen Halle. Die ist bestimmt doppelt so lang wie unsere Turnhalle in der Schule. Automatisch lassen wir alle die Köpfe in den Nacken fallen und gucken zur Decke. Über uns ist also die idyllische grüne Wiese, wo gerade irgendwelche Studenten ein Sonnenbad nehmen.

Aber, hallo, was ist denn das? Vor uns steht ein riesiges gelbes U-Boot. Ehrlich, kein Quatsch. Ich schätze, es ist zwanzig Meter lang und circa vier Meter hoch. Ein gelbes Monstrum. Total perplex schauen wir uns an.

»Was ist das denn?«, rutscht es mir ziemlich vorlaut heraus.

Basti geht einen Schritt auf das U-Boot zu. Sein Mund steht offen und sein Blick springt ständig hin und her. Karla steht ganz dicht bei mir. Ich glaube, sie sucht ein bisschen Sicherheit in meiner Nähe. Es ist aber auch unheimlich hier. Tief unter der Erde steht da auf einmal so ein quietschgelbes, riesiges U-Boot rum. Mich würde es nicht wundern, wenn jetzt plötzlich eine Luke aufgeht und da ein paar grüne Männlein rauskommen. Oder wenn sich plötzlich die Decke über uns öffnet und das U-Boot nach oben in den Himmel schwebt.

Frau Kurz sieht uns erwartungsvoll an. Sie sieht, wie überrascht, verwirrt und gleichzeitig auch fasziniert wir sind.

»Spannen Sie uns bitte nicht länger auf die Folter. Was ist das hier?«, fragt Judith voller Ungeduld.

»Das ist unser Beschleuniger. Den brauchen wir für viele

Experimente in der Physik. Auch für die sogenannte Massenspektronomie, die wir machen werden, um das Alter eures Knochens zu bestimmen.«

Sie sieht unsere fragenden Gesichter. Schon wieder so ein komisches Wort.

»Ich will es euch zeigen.«

Frau Kurz geht zu dem einen Ende des gelben Dingsda. Sie zeigt auf ein kleines Ventil. »Hier sprühe ich morgen unseren Kohlenstoff rein.«

Sie geht mit uns um den Beschleuniger herum. Am Ende befindet sich ein Würfel, der vielleicht zwei mal zwei Meter groß ist.

»Und hier«, sie zeigt auf den Würfel, »hier drin ist ein Magnet. Unsere Kohlenstoffteilchen werden im Beschleuniger, wie der Name schon sagt, beschleunigt. Dann fliegen sie in einer rasenden Geschwindigkeit zum Magneten. Und der Magnet lenkt die Teilchen ab. Weil sie nun aber unterschiedlich schwer sind, fliegen sie auch in unterschiedlichen Bahnen. So können wir die C12- von den C14-Teilchen trennen.«

Judith unterbricht Frau Kurz. »Und schon können wir feststellen, wie viele C14-Teilchen im Vergleich zu den anderen noch vorhanden sind, und wir wissen, wie alt unser Knochen ist.«

»Woher weißt du das? Hast du heimlich Physik studiert?«, fragt Basti Judith. Dabei wirkt er keineswegs neidisch oder ironisch oder verärgert. Er ist echt beeindruckt von Judiths Wissen. Kein Streit – keine Konkurrenz!

»Nein, das ist doch logisch«, will Judith uns erklären.

Aber da muss ich ihr widersprechen: »Was für dich logisch ist, ist für mich chinesisch.«

»Machen Sie das alles alleine?«, fragt nun Karla, die etwas sicherer und ruhiger geworden ist.

»Nein, da helfen mir ein paar Kollegen. Der ganze Vorgang muss überwacht werden, und messen müssen wir es dann ja auch noch.«

»Ich finde das superspannend. Und eins ist klar: Ich werde später auf jeden Fall Physiker!« Basti steht entschlossen vor dem U-Boot, äh, nein, dem Beschleuniger, wie ein großer Kapitän.

»Vorhin wolltest du noch Archäologe werden«, frotzelt Judith ihn und ist wieder in ihrer Schlaumeierrolle drin.

»Also, wenn ich das alles hier nur bröckchenweise richtig verstanden habe«, unterstütze ich Basti, »dann passen Archäologie und Physik doch ganz gut zusammen. Die einen finden was in der Erde, und die anderen sagen dann, wie alt es ist. Das ist doch die perfekte Kombination.«

»So, ihr Lieben, ich muss euch jetzt leider verabschieden, weil ich noch einen Termin habe.« Frau Kurz schaut uns bedauernd an.

Ich für meinen Teil habe nun aber auch genug von Unterwelt und Teilchenbeschleuniger. Ich muss mal wieder an die frische Luft und in die normale Welt.

Schnell sind wir aus der unterirdischen Halle, durch die dicke Tür und die Treppe hinaufgegangen und stehen an der Eingangstür des Instituts.

»Frau Kurz, vielen Dank für alles!« Karla drückt Frau Kurz die Hand.

»Hey, das macht mir doch auch Spaß. Ich bin gespannt, was bei unserer Messung morgen rauskommt.«

Und schon dreht sie sich mit einem kurzen »Tschö« um und geht zurück zu ihrem Zimmer.

»Würden Sie mich dann bitte anrufen, wenn Sie was Genaues wissen?«, ruft Judith ihr noch hinterher.

Frau Kurz dreht den Kopf über die Schulter zu uns um und sagt nur: »Klar« und ist endgültig in diesem geheimnisvollen Institut verschwunden.

Karla öffnet die Tür, und wir gehen nach draußen. Die Sonne scheint immer noch, und es ist schön warm.

»Na, da seid ihr ja endlich! Ich wollte schon eine Suchmeldung rausgeben.« Mama wirkt etwas genervt.

Karla schaut auf die Uhr. »Mann, wir waren zwei Stunden weg. Mir kam es viel kürzer vor. Entschuldigung, Eva.« (So heißt meine Mutter.)

»Ist schon gut, aber nun los!« Mama hat sich schon wieder beruhigt. Das geht bei ihr immer ziemlich schnell. Zum Glück!

Kurze Zeit später sitzen wir alle im Auto. Ich sitze vorn. Eigentlich sitze ich gern vorn, aber wenn meine Freunde alle hinten zusammen auf der Rückbank sind, dann würde ich viel lieber mitten zwischen ihnen sitzen. So muss ich dauernd den Kopf nach hinten drehen, um mitreden zu können.

Wir erzählen Mama von Frau Kurz und dem U-Boot und den spannenden Kohlenstoffmessmethoden. Den Knochen erwähnen wir natürlich mit keinem Sterbenswörtchen. Mama denkt vermutlich, dass wir in Naturwissenschaften gerade Kohlenstoff durchnehmen. Sie fragt nicht nach. Das kann allerdings auch bedeuten, dass sie viel mehr weiß, als wir ahnen.

Als wir die anderen abgesetzt haben und selbst zu Hause sind, ist es schon ganz schön spät. Nach dem Essen und Duschen liege ich endlich im Bett. Endlich habe ich Zeit, die Erlebnisse und Eindrücke von heute noch mal durchzugehen. Dazu muss ich erst einmal alles sortieren. Kein Wunder, bei all dem, was mir durch den Kopf spukt: mysteriöse Ritter, geheimnisvolle Pergamente, dunkle Kellerlöcher, alte Knochen und jetzt auch noch die Sache mit dem unglaublichen Kohlenstoff.

Das war heute echt spannend, aber auch superkompliziert. Ich könnte das jetzt keinem erklären. So gut habe ich es noch nicht verstanden. Aber ich habe eine Ahnung davon, wie es funktioniert. Es ist das erste Mal, dass ich eine Vorstellung davon habe, was Physik eigentlich ist und was man mit ihr machen kann. Irgendwie cool.

Ich finde aber auch, dass Physik etwas mit Magie und Zauberei zu tun hat. Dass man irgendwelche Dinge einfach so in unsichtbare Gase zerlegen kann, ist doch nicht normal. Wenn

Frau Kurz einen Hexenhut und ein weites schwarzes Kleid angehabt hätte, hätte mich das auch nicht gewundert. Und wenn sie ein paar unverständliche Sprüche aufgesagt hätte, wäre das gar nicht so abwegig gewesen.

Meine Güte, wir wollten doch nur einen Stadtteilführer schreiben. Und jetzt? Jetzt sind wir schon in tiefen Kellern von alten Burgen und Physikinstituten gewesen. Wo werden wir wohl noch überall landen?

18.

Das Messergebnis

Wenn ich etwas gar nicht kann, dann ist es zu warten. Heute, an diesem Mittwochnachmittag, bin ich sehr ungeduldig. Ich warte darauf, dass Judith anruft. Sie hat versprochen, dass sie sich sofort bei mir meldet, sobald sie etwas von Frau Kurz gehört hat. Und ich rufe dann Karla an, und die ruft Basti an.

Irgendwie muss ich mir die Zeit vertreiben. Ich denke, ich teste die neue Hängematte aus, die Papa gestern im Garten zwischen den Walnussbäumen aufgehängt hat. Und – kaum zu glauben – die Sonne scheint! Also ab in die Hängematte.

Mit unserem Stadtteilführer sind wir noch nicht sehr weit gekommen. Mein Artikel zum Waldbad ist der einzige bisher. Und die anderen haben ihn noch nicht mal gelesen!

Vielleicht hat Lena schon etwas über Haus Haan verfasst? Jedenfalls wird es verdammt knapp, wenn wir den Stadtteilführer bis zum Einsendetermin fertig haben wollen. Aber was soll man machen, wenn einem dauernd so spannende Dinge dazwischenkommen! Wenn ich an den Mann aus Haus Haan denke, bekomme ich ein ungutes Gefühl. Vielleicht hat er uns sogar mit Absicht eingeschlossen? Wir müssen dringend herausbekommen, ob es dort wirklich nur diese eine Spitzhacke gibt.

Jetzt könnte Judith aber endlich mal anrufen!

Ich hole meine Gitarre, lege mich wieder in die Hängematte und zupfe mit geschlossenen Augen die Saiten. Das ist ziemlich gemütlich, auch wenn ich mich im Moment nicht so richtig entspannen kann. Wir müssen unbedingt unsere Band gründen, Karla und ich. Wir reden schon so lange davon.

Drrrrr! Das Telefon. Endlich!

»Judith, bist du's?«, rufe ich ins Telefon hinein, ohne darüber nachzudenken, ob es vielleicht jemand anderes sein könnte. Aber ich habe Glück. Es ist Judith.

»Sag schon, was hat sie gesagt?«, drängle ich sie.

Ich könnte platzen vor Aufregung und Ungeduld. An Liegen ist nicht mehr zu denken. Ich sitze kerzengerade in der Matte. Judith spürt meine Anspannung und genießt es, mich zappeln zu lassen. Das macht sie immer in solchen Situationen. Dann könnte ich sie auf den Mond schießen! Schließlich hat sie doch Erbarmen mit mir.

»Beruhige dich, Charlie, alles in Butter. Frau Kurz hat mich gerade angerufen. Das ist doch klasse, dass sie ihr Versprechen gehalten hat und wirklich heute bei mir angerufen hat, oder?«

Jetzt reicht es mir aber. »Judith, wenn du mir nicht sofort sagst, wie alt unser verfluchter Knochen ist, dann komme ich auf der Stelle rüber zu dir und, und … dann geht es dir an den Kragen!«

Ich kann richtig sehen, wie Judith sich über meine Ungeduld freut, obwohl sie ja nur am Telefon ist.

»Halt dich fest! Unser Knochen ist circa tausendsechshundert Jahre alt!«

Ich kann es nicht fassen. »Hat sie das wirklich gesagt? Ist sie ganz sicher?«

»Ja, gaaanz sicher!« Judith dehnt die letzten Worte ganz lang.

»Und jetzt, was machen wir jetzt?«, frage ich ins Telefon.

»Na, zuerst rufst du jetzt mal Karla an. Und dann schlage ich vor, dass wir uns alle in einer halben Stunde bei mir treffen und die Sache besprechen.«

»Okay, bis gleich.«

Vor Judiths Haus treffe ich Basti und Tom. Tom hat einen puterroten Kopf und ist ganz außer Atem. Die beiden sind mit dem Fahrrad gekommen. Wie ich Basti kenne, ist er vorangeflitzt, und Tom musste gucken, wie er hinterherkommt. Basti ist der beste große Bruder, den man sich vorstellen kann. Aber wenn es um Geschwindigkeit geht, dann hat er kein Gefühl für die anderen. Dann will er immer der Schnellste sein.

Das kann einem manchmal schon ganz schön auf die Nerven gehen.

Judith hat uns schon gesehen und die Tür aufgemacht. Karla und Lilly sind bereits da.

»Geht schon mal in den Garten«, ruft sie uns zu, während sie in der Küche Gläser und Wasser holt.

»Garten« ist nicht das richtige Wort für diese Wasserlandschaft hinter dem Haus. Judiths Eltern haben aus dem Garten einen riesigen Teich und zwei kleine Wasserläufe gemacht. Unmengen von Kröten und Fröschen hüpfen da rum. Auf dem letzten kleinen Fleck Rasen lassen wir uns nieder. Alle im Schneidersitz, sitzen wir im Kreis. Wir schauen Judith erwartungsvoll an. Sie soll uns noch mal ganz genau erzählen, was Frau Kurz gesagt hat.

»Also wissen wir jetzt«, beendet Judith ihren kleinen Bericht über das Telefonat, »dass unser Knochen ganz schön alt ist, um es genau zu sagen: tausendsechshundert Jahre alt.«

Lilly rechnet schnell nach. »Er stammt also aus dem Jahr 410.«

»Na ja, sagen wir aus der Zeit um 400«, ergänzt Karla. Dabei muss sie ein wenig über die präzise Rechnung ihrer kleinen Schwester lächeln.

Zufrieden stelle ich fest: »Dann ist unser Knochen bestimmt von einem Heiligen.«

»Das würde bedeuten, dass wir wirklich eine Reliquie gefunden hätten«, sagt Karla fast erschrocken. Dabei kneift sie ihre Augen fest zusammen. Als sie sie wieder öffnet, schüttelt sie heftig den Kopf. Es sieht so aus, als ob sie ein unscharfes Bild vor ihren Augen wegmachen möchte, um klar sehen zu können.

»Was soll denn *hätten* heißen? Wir *haben* eine Reliquie gefunden!«, entgegne ich ihr siegessicher.

Bums! Ich habe es ausgesprochen. Es ist fast wie ein Schock!

Basti lässt sich wie von einem Schuss getroffen nach hinten auf den Rücken fallen. Tom macht es ihm nach. Und dann lassen wir uns alle nach hinten fallen.

»Das ist umwerfend«, sage ich, und in demselben Moment fangen wir an zu lachen.

Basti rollt vor Lachen hin und her, Judith schüttelt sich, Karla quiekt laut, und ich habe Tränen in den Augen. Auch Tom und Lilly lachen mit. Wir alle lachen und können gar nicht mehr damit aufhören. Wenn wir uns gerade beruhigt und tief Luft geholt haben, guckt einer einen anderen an, und es geht wieder los. Es dauert eine ganze Weile, bis wir uns nicht mehr schütteln, krümmen und keine Tränen mehr in den Augen haben.

Lange habe ich nicht mehr so gelacht. Lilly und Tom kichern immer noch. Tat das gut! Die ganze Anspannung und Aufregung der letzten Tage haben sich da eben aus uns rausgelacht.

Aber dann ist die Reliquie wieder in unseren Köpfen. Die Gesichter werden ernst. Wenn ich mir die anderen so ansehe, dann ist ihnen genau so mulmig zumute wie mir.

»Wie können wir denn nun herausfinden, ob unser Knochen wirklich von einem Heiligen ist?«, stöhnt Karla. Sie hat die Beine angezogen und die Arme darum geschlagen. Nachdenklich schaut sie uns an.

»Vergesst nicht das kostbare Tuch, in dem der Knochen eingewickelt war«, erinnert uns Basti. Mensch, die Kiste! schießt es mir plötzlich durch den Kopf.

»Vielleicht gibt es einen Hinweis in der alten Holzkiste?«

Judith ist sofort bei der Sache. Sie zieht ihre Augenbrauen hoch und sieht mich mit großen Augen an. »Klasse, Charlie, das ist eine richtig gute Idee. Dass wir da nicht früher dran gedacht haben!« Judith betont das so, als ob außer ihr kein anderer gute Ideen haben könnte.

»Na klar ist das ein gute Idee, und die ist von mir!«, entgegne ich ihr trocken.

Basti rauft sich die Haare. »Leute, habt ihr vergessen, dass die Kiste immer noch, oder besser: wieder in dem Gang steht. Da können wir nicht einfach vorbeispazieren und noch mal unbemerkt im Keller verschwinden.«

Karla stimmt Basti zu. »Wenn ich an den schrecklichen Typen denke, wird mir immer noch ganz übel vor Angst. Wenn der uns da wieder sieht, sperrt der uns noch mit Absicht ein. Und dann: Prost Mahlzeit!« Karla schüttelt es bei dem entsetzlichen Gedanken.

»Ach ja«, mischt sich Judith zögerlich ein. »Ich habe Lena noch einmal zu der Spitzhacke befragt. Na ja, was soll ich euch sagen? Sie kennt nur die eine und weiß nichts von einer zweiten Spitzhacke.«

»Oh, mein Gott!« Karla ist ganz blass im Gesicht. »Das heißt doch, dass der in unserem geheimen Keller gewesen sein muss.«

»Ich gehe da auch nicht noch mal hin«, sagt Lilly leise, der die Kellerräume sowieso nicht geheuer waren, obwohl sie selbst gar nicht im tieferen Keller war. Sie schüttelt sich bei der Erinnerung an den kalten, dunklen Raum, den sie von oben nur erahnen konnte.

Ich stelle mich vor die anderen hin, die Beine breit und die Hände in die Seiten gestützt. »Leute, damit wir sicher wissen, ob der Typ die Spitzhacke tatsächlich aus unserem Keller hat, müssen wir noch mal dahin, um das zu überprüfen. Da bleibt uns gar keine andere Möglichkeit. Und wir müssen uns die Kiste noch mal genau angucken.«

Ich muss die anderen motivieren, noch einmal in den geheimen Keller hinabzusteigen. Wenn ich ehrlich bin, muss ich zugeben, dass ich mir bei der Sache auch nicht ganz sicher bin. Aber jetzt sind wir schon so weit gekommen. Da können wir doch nicht einfach den Kopf in den Sand stecken und aufgeben.

Basti sagt zwar nichts, scheint aber skeptisch. Er will aber auch kein Spielverderber sein. Alle wirken gerade etwas mutlos. Karla hat den Kopf auf die Knie gelegt und schaut nach unten, Lilly liegt mit geschlossenen Augen auf dem Rücken, und Judith, die gerade meine Idee mit der Kiste noch so gut fand, starrt ins Leere. Da muss doch wenigstens einer optimistisch bleiben, oder? Ich versuche, die anderen aus ihrer miesen Stimmung rauszuholen.

»Was ist los mit euch? Gerade haben wir uns noch fast totgelacht. Und jetzt sitzt ihr da wie ein Häuflein Elend. Hallo!«

»Ach, weißt du«, antwortet Karla, »im Moment ist einfach die Luft raus. Das kommt vor.«

»Okay, dann lassen wir die Luft wieder rein.«

Ich puste Karla mit aller Kraft ins Gesicht. Offensichtlich sehe ich mit meinen aufgeblasenen Backen ziemlich dämlich aus. Auf jeden Fall muss Karla über mich lachen.

»Gut«, sagt sie, »dann lasst uns mal überlegen, wie wir es anstellen.«

»Das ist meine alte Karla«, freue ich mich.

Lilly runzelt die Stirn und zieht die Nasenspitze hoch. Sie sieht echt süß aus, wenn sie so nachdenkt. Aber das darf man ihr natürlich nicht sagen. Dann ist sie beleidigt. Wer will schon *süß* sein? Sie ist nicht begeistert, versucht aber irgendwie, sich Mut zu machen. Mit einem tiefen Seufzer sagt sie: »Dann müssen wir wohl doch noch mal in den dunklen, unheimlichen Keller.«

Karla nickt ihrer Schwester zu und versucht, sie aufzumuntern.

»Es müssen doch nicht alle ganz nach unten. Du bleibst wieder oben und passt auf.«

»Von wegen ›aufpassen‹«, lästert Basti.

»Meinst du etwa, dass das weniger spannend ist! Die ständige Sorge, dass jemand kommt und so … Ich wäre beim letzten Mal fast gestorben vor Aufregung.«

»Zu Recht. Schließlich ist ja jemand gekommen. Und der hat uns eingesperrt. Schon vergessen?«, legt Basti noch nach. Dabei schaut er Lilly vorwurfsvoll an. Der Schrecken steckt auch ihm noch in den Knochen.

»Jetzt lasst doch mal die alten Kamellen. Wir brauchen jetzt eine gute Idee, wie wir noch einmal in den Keller kommen können, möglichst ohne dass jemand etwas merkt oder uns einsperrt«, stellt Judith nüchtern fest, die jetzt auch wieder bei der Sache ist.

»Da führt kein Weg an Lena vorbei«, gibt Basti zu bedenken. Dabei zuckt er mit seinen Schultern und breitet seine Arme weit aus, mit den Handflächen nach oben.

Die Sache mit Lena ist genauso kompliziert wie die mit unseren Eltern. Es ist zu doof, dass die alle nichts wissen dürfen. Ich frage mich, ob die anderen das genauso sehen.

Da höre ich hinter mir Karlas Stimme: »Sollen wir Lena einweihen?«

Karla hat sich auf den einzigen Gartenstuhl gesetzt, der hier zu finden war. Und der steht etwas abseits auf einem kleinen Platz, der mit roten Steinen gepflastert ist. Wir drehen uns zu ihr um.

Judith schüttelt den Kopf. »Nein, das finde ich nicht. Die würde das Geheimnis um die Knochen sofort ausplaudern.«

»Aber sie gehört doch schon zu unserem Team. Warum können wir sie nicht einfach fragen, ob wir noch mal in den Keller dürfen?« Karla versucht es noch einmal.

Aber Judith bleibt ablehnend. »Weil sie nichts von der Kiste weiß, deshalb. Sie gehört doch nur zum Schein dazu.«

»Hört mal!«, schaltet Basti sich ein. »Wir brauchen Lena doch nichts von der Kiste zu erzählen, sondern nur davon, dass wir den geheimen Keller, von dem sie eh schon weiß, noch mal besichtigen wollen, um etwas darüber schreiben zu können.«

»Mann, was meinst du, was ich die ganze Zeit meine«, beschwert sich Karla bei Basti genervt. Warum hat sie denn keiner verstanden? Genau das wollte sie auch sagen.

Basti schaut Karla mit leicht geneigtem Kopf und einem breiten Lächeln an. »Dann ist doch alles in Butter. Wir sind uns einig.«

Bevor Judith, die schon ihren Mund geöffnet hat, protestieren kann, ergänzt Basti: »Und Judith ist überstimmt! Noch Fragen?« Er schaut selbstbewusst in die Runde, sicher, dass sich alle außer Judith seiner Meinung anschließen werden.

Ich bin gespannt, wie Judith diese Niederlage wegstecken wird. Sie steht auf. Ich wusste es: Sie wird jetzt irgendeine Besserwisserei oder Gemeinheit gegen Basti loslassen. Sie schaut uns der Reihe nach an. Sie lässt sich Zeit, weil sie genau weiß, dass wir warten, was sie zu sagen hat. Und dann … von wegen Beleidigtsein!

Judith strahlt uns an. »Leute, ich finde, dass wir richtig tolle Detektive sind.«

Was ist denn mit der los? Bei Judith weiß man nie genau, wo man dran ist. Na, jedenfalls hat sie damit recht, dass wir die tollsten Detektive auf der Welt sind.

Dann fährt sie fort: »Und damit die Detektive des Prämonster-Projekts nicht verhungern oder sonst wie ihre Kräfte verlieren, gibt es jetzt bei Oma Luise Käsekuchen. Was haltet ihr davon?« Dabei schaut sie Basti triumphierend an, nach dem Motto: Ich lass mich doch von dir nicht provozieren!

Na, und die Idee mit dem Käsekuchen ist natürlich super. Und ich sage euch, der Käsekuchen von Oma Luise ist ein Traum.

Wir gehen zu Fuß. Der Weg ist nicht lang. Quer durch die Siedlung, an der Grundschule und der Haltestelle Leuchterstraße vorbei, und schon sind wir auf der Berliner Straße. Judith klingelt Sturm bei ihrer Oma. Ein Summen sagt uns: Die Haustür ist jetzt offen. Ihr müsst nur noch drücken.

Oma Luise freut sich sehr, uns wiederzusehen. Wie sich herausstellt, war es ihre Idee, uns zum Käsekuchen einzuladen, um endlich zu erfahren, was aus unseren Recherchen geworden ist. Zugegeben: Wir haben uns seit dem Besuch in der Bibliothek nicht mehr bei Oma Luise gemeldet. Sie ist schließlich die Einzige, die bisher von dem Pergament weiß (den komischen Herrn Schmitz mal ausgenommen). Wir hätten ihr schon mal ein paar Neuigkeiten erzählen sollen. Aber dann kam ja noch der Knochen dazwischen, von dem sie nichts weiß, und, nun ja, wie das so ist …

Während wir uns den leckeren Kuchen schmecken lassen, erzählt Judith ihrer Oma von unserem Besuch bei Herrn Rettich. Dann stockt sie und schaut uns fragend an. Sie weiß nicht, ob sie ihrer Oma auch von dem Keller und dem Knochen erzählen soll.

Karla, die gerade ihren Kuchen aufgegessen hat, übrigens ohne irgendwelche Krümel zu hinterlassen – wie macht die das nur? –, entscheidet die Sache einfach über unsere Köpfe hinweg und sagt entschlossen zu Judith: »Erzähl deiner Oma die ganze Geschichte.«

Basti und ich gucken uns an, überlegen kurz, nicken dann aber Judith auch zu.

Während ich mir nun noch ein drittes Stück von diesem köstlichen Käsekuchen nehme, erzählt Judith die ganze Geschichte, von A bis Z.

Das dauert eine Weile. Aber schließlich ist sie an dem Punkt angekommen, dass wir noch einmal in den Keller wollen, um ein zweites Mal einen Blick in die geheimnisvolle Kiste zu werfen und herauszufinden, was der seltsame Mann aus Haan weiß. Oma Luise stöhnt erschöpft auf. Die spannende Erzählung hat sie ganz schön mitgenommen.

Sie schlägt die Hände über ihrem Kopf zusammen und fragt ein bisschen fassungslos: »War das jetzt alles?«

»Mm, um ehrlich zu sein, noch nicht ganz.« Judith druckst ein wenig rum. Dann lässt sie die Katze aus dem Sack: »Der alte Knochen, den wir mitgenommen haben, liegt bei dir oben auf dem Dachboden.«

»Das ist doch nicht zu fassen!«

»Entschuldigung, Oma, ich wusste kein besseres Versteck.«

Oma Luise setzt sich kerzengerade in ihrem Sessel auf, trommelt mit den Fingern auf die Lehne und sagt mit einer sehr ernsten Stimme, wie wir sie von ihr gar nicht gewohnt sind: »Also, erstens erwarte ich von euch, dass ihr mich ab sofort über jeden Schritt und jede neue Entdeckung informiert, und zweitens versprecht ihr mir, vorsichtig und nochmals vorsichtig zu sein.«

Mit strengem Blick schaut sie uns der Reihe nach an und fordert uns allen ein zustimmendes Nicken ab. Dann huscht ein Lächeln auf ihr Gesicht. »Und drittens ist das eine ganz schön faszinierende Geschichte. Ich bin stolz auf euch!«

Puh! Gut, dass jetzt wenigstens eine die ganze Geschichte kennt. Ich bin sehr erleichtert.

Mit dem festen Versprechen, sie auf dem Laufenden zu halten, verabschieden wir uns von Oma Luise. Auf der Straße besprechen wir, was wir am nächsten Tag Lena erzählen wollen und wie wir es am geschicktesten anfangen. Hoffen wir, dass sie das auch so schluckt!

19.

Erneute Spurensuche

Es ist Donnerstag, die zweite große Pause hat soeben begonnen. Wir warten an der Rotbuche auf Lena, die sich jetzt hier mit uns treffen will. Als ich sie sehe, gehe ich auf sie zu und klatsche sie ab. Die letzten Schritte gehen wir gemeinsam zu den anderen, die Lena herzlich begrüßen. Karla drückt sie sogar, Küsschen links, Küsschen rechts.

Lena wirkt fast etwas verlegen. Sie hält ihren Kopf ganz schief und blinzelt mit ihren Augen gegen die Sonne. Karla hat sich auf eine der großen Wurzeln gesetzt, die wie Sitzbänke aus dem Boden herauswachsen, schaut Lena freundlich an und zeigt auf den Platz neben sich. Lena setzt sich zu ihr. Ich lehne an dem dicken Baumstamm und fange ganz locker das Gespräch an.

»Hey, Lena, schön, dass du da bist. Wir wollten mal über unseren Stadtteilführer sprechen. Und du gehörst ja zum Team.«

Lena freut sich sehr über so viel Aufmerksamkeit. Ihre Sommersprossen strahlen mit ihren Augen um die Wette.

»Wie weit bist du denn mit deinem Artikel über Haus Haan?«, frage ich sie, so ganz nebenbei.

»Fast fertig!«, antwortet sie stolz.

»Kann ich den mal lesen?«

»Klar, dann komm doch heute Nachmittag mal vorbei.«

Das läuft ja prima!

»Ach, da fällt mir ein, du könntest doch auch was über den geheimen Keller schreiben, du weißt schon, von dem keiner was weiß. Was meinst du?«

Karla schaut mich verwundert an, und Judith verdreht total die Augen, um mir zu signalisieren, dass ich wohl total übergeschnappt bin. Wartet nur mal ab, ihr zwei! Ihr werdet schon sehen!

Und da kommt auch schon Lenas Antwort. »Das kannst du ja machen. Ich gehe da nicht mehr runter.« Lena schüttelt sich vor lauter Angst und Beklemmung allein bei dem Gedanken an den Keller.

»Okay, wenn du meinst. Dann schreibst du über das oberirdische Haus Haan und ich über das unterirdische, einverstanden?«

»Einverstanden.«

Ich werfe Karla und Judith einen siegreichen Blick zu.

Das läuft ja noch viel besser! Ich hatte gehofft, dass Lena es ablehnen würde, noch einmal in den Keller zu gehen. Ich habe ihren erschrockenen und angstvollen Blick vom letzten Mal noch gut in Erinnerung.

Nun schaltet auch Basti sich in unsere Unterhaltung ein. Während er noch an dem Apfel kaut, in den er gerade schmatzend reingebissen hat, sagt er ganz unschuldig: »Ach, dann komme ich auch mit. Ich würde zu gern noch einmal in den tiefen Keller gehen.«

Bevor Lena etwas dazu sagen kann, schlägt Karla vor: »Dann lasst uns doch ruhig alle noch mal dahin gehen.«

»Und ich stehe Wache, falls jemand kommt«, bietet sich Lena direkt an und fügt schmunzelnd hinzu: »Damit euch nicht wieder jemand aus Versehen einsperren kann.«

Ich denke nur: Wenn das mal aus Versehen war! Heute Nachmittag werden wir ja sehen.

Lilly schaut Lena an und sagt lächelnd: »Weißt du was, Lena, ich schiebe mit dir Wache. Mir ist der Keller auch nicht geheuer.«

Lena freut sich sehr, dass sie nicht die Einzige ist, die Angst vor dem dunklen Loch hat.

Wir verabreden uns für heute Nachmittag bei Lena. Dann muss sie schnell weg, weil sie noch einen Test in Physik nachschreiben muss.

Das ist super gelaufen.

Es ist jetzt vier Uhr, und wir stehen vor dem Eingangstor von Haus Haan. Ich merke, wie ein Unwohlsein in mir aufsteigt. Mit vorsichtigen Schritten gehe ich in den Innenhof, die anderen folgen mir. Wie elektrisiert nehme ich die Spitzhacke wahr, die wie zufällig an einem Zaun lehnt. Ich deute schweigend darauf, um sie den anderen zu zeigen. Es ist schon verrückt, welche Spannung von so einem unscheinbaren Ding ausgehen kann.

Wir alle gucken nun gebannt auf die Hacke, als ob die gleich anfangen würde, mit uns zu reden. Wenn es tatsächlich dieselbe Hacke ist, die Basti in den Keller geholt hatte, dann ist die große Frage: Wie kommt die hier oben hin?

Als wir gerade noch so zusammen hinter dem Eingangstor stehen und die Spitzhacke anstarren, sehe ich einen Schatten hinter einem Fenster eines der kleinen Reihenhäuser. Mir bleibt die Spucke weg.

»Habt ihr das gesehen?«, flüstere ich den anderen zu und zeige möglichst unauffällig zu dem Fenster.

»Was ist denn da?«, will Basti wissen.

»Wenn mich nicht alles täuscht, dann beobachtet uns da jemand. Und wenn mein Bauchgefühl mich gerade nicht im Stich lässt, ist das unser Unbekannter.«

»So ein Mist!« Judith ist richtig wütend. »Das hat uns gerade noch gefehlt, dass der jetzt weiß, dass wir hier sind.«

Karla überlegt kurz und schlägt dann vor: »Wir gehen jetzt ganz normal zu Lena und tun so, als ob wir sie besuchen. Vielleicht ist das alles nur ein Zufall, vielleicht ist das gar nicht der Mann, und vielleicht ist er dann gleich weg.«

Lilly klingelt. Lena hat uns schon erwartet. Unter dem Vorwand, noch einmal auf Toilette zu müssen, treten wir in das Haus ein. So können wir ein wenig Zeit gewinnen.

Nach circa fünfzehn Minuten öffnen wir wieder die Tür. Mein Blick wandert sofort zu dem Fenster des gegenüberliegenden Hauses. Nichts. Keiner da. Also, dann los.

Wir schlendern möglichst unauffällig hinüber zu dem Haus,

in dem sich die beiden Kellerräume befinden. Tom pfeift eine kleine Melodie. Das ist nun wirklich übertrieben. Es ist gerade kaum jemand auf dem Hof. Nur dahinten, im Gemüsegarten, arbeiten zwei Frauen. Sie knien vor den Beeten und nehmen uns überhaupt nicht wahr. Und ganz dahinten am Wasser spielen ein paar Jungs. Die sind so mit ihren selbst gebauten Schiffen beschäftigt, dass sie uns gar nicht sehen.

Unbeobachtet gelangen wir in den Hauseingang. Es ist alles wie beim ersten Mal. Nur dieses Mal ist die Tür des Hauses, in dem sich der Keller befindet, abgeschlossen. Aber Lena hat den passenden Schlüssel. Sie schließt auf, und wir gehen die Steintreppe hinunter in den Gewölbekeller, in dem die Bewohner von Haus Haan zusammen Feste feiern. Sofort fällt mein Blick auf die alte Steinbank. Es ist jetzt eine Woche her, dass wir hier waren. Die ganze Aufregung und Anspannung ist wieder da. Den Moment, als sich plötzlich die Platte bewegte, werde ich wohl in meinem ganzen Leben nie vergessen. Und jetzt das Ganze noch mal!

Judith schaut die Treppe hoch, um sicher zu sein, dass da keiner ist.

Lena klopft ihr beruhigend auf die Schulter. »Geht ruhig. Wir passen schon auf.« Dabei schaut sie Lilly kumpelhaft an.

»Also, los dann«, flüstert Basti.

Langsam gehe ich zu dem Eisenring an der Wand. Mir wird plötzlich sehr warm, obwohl es hier im Keller eigentlich ziemlich kühl ist. Meine Hände schwitzen, als ich den Eisenring anfasse. Ich weiß nicht warum, aber irgendwie habe ich Angst, dass die Steinplatte sich dieses Mal nicht bewegen könnte und dass alles, was wir bisher erlebt haben, nur Einbildung war.

Ganz vorsichtig hebe ich den Ring an. Zentimeter für Zentimeter. Es passiert gar nichts. Aber dann! Die schwere Steinplatte wird wie von Geisterhand zur Seite geschoben, Stück für Stück. Und da ist sie, die steile, schmale Steintreppe, die in die Dunkelheit führt, ins Nichts.

Basti geht voran. Judith, Karla, Tom und ich hinterher. Der feuchte dunkle Raum wirkt heute größer als beim ersten Mal. Vielleicht liegt das daran, dass diesmal jeder von uns eine Taschenlampe mithat. Dadurch ist es deutlich heller. Es riecht immer noch muffig. Im Schein der Lampen kann man die feuchte Luft richtig sehen. Es sieht ein bisschen wie Nebel aus.

Basti bläst in die kalte Luft. Sein Atem steigt in kleinen weißen Wolken hoch. Tom, der heute das erste Mal hier unten ist, steht ganz nah bei Basti. Er hat die Arme vor dem Bauch gekreuzt. Man sieht ihm die Anspannung deutlich an. Auch wir anderen sind nervös. Es ist hier immer noch ziemlich unheimlich.

Judith hält die Lampe auf den Boden. Dort sind noch unsere Fußspuren vom letzten Mal zu sehen. Dann leuchtet sie jeden Winkel und jede Ecke ab.

Da ist das Loch in der Mauer!

Und die Spitzhacke? Sie ist nicht mehr da!

»Wisst ihr, was das bedeutet?«, fragt Karla ganz aufgeregt.

»Oh verflixt!« Ich fasse es nicht. »Dieser Typ war tatsächlich hier unten.«

Judith versucht, die Sache zu rekonstruieren. »Der hat gesehen, wie die Steinplatte sich langsam zugeschoben hat, und dann hat er das später in aller Ruhe so lange probiert, bis er den Trick gefunden hat. Vielleicht hat er uns ja auch belauscht.«

In dem Moment stockt mir der Atem. »Was ist, wenn er unsere Kiste gefunden hat?«

Basti schüttelt energisch den Kopf. »Das kann einfach nicht sein.« Er stürzt zu dem Loch und leuchtet dahinter. Die Kiste steht noch an demselben Platz, wo wir sie beim letzten Mal zurückgelassen haben. Gott sei Dank! Vorsichtig heben wir sie durch die Maueröffnung.

Tom sieht sie zum ersten Mal. Er kniet sich auf den erdigen Boden und betrachtet sie ganz genau. Vorsichtig berührt er mit seinen Fingerspitzen den Deckel, dann zieht er die Finger schnell wieder zurück. Feucht und kalt fühlt sich die Kiste an.

Er schaut fragend zu Basti. »Kann ich den Deckel aufmachen?«

Basti nickt ihm zu.

Nachdem wir die Kiste letzte Woche geöffnet hatten, haben wir den Deckel nicht wieder zugenagelt. Er liegt einfach nur obendrauf. Tom streckt die Hände aus, um den Deckel anzuheben, zieht sie aber wieder zurück. Er muss sich überwinden, das nasse, kalte, modrige Holz anzufassen.

Die Neugierde ist größer. Sein Mund steht vor Aufregung offen, und die Zunge leckt über die Lippen. Na klar, für Tom ist das jetzt genauso aufregend wie für uns beim letzten Mal.

Irgendwie habe ich gerade die Hoffnung, dass wir dieses Mal statt dem Bündel etwas anderes, etwas Großartigeres finden. Aber was ist das? Die Kiste ist leer!

»Verdammt!«, ruft Basti in den Kellerraum, sodass es laut nachhallt.

»Psst«, machen sofort Karla, Judith und ich gleichzeitig.

Basti ist fassungslos. Er stützt sich auf Toms Schultern ab. »Der hat unseren Schatz gestohlen.«

Tom ist ebenso aufgebracht wie sein großer Bruder. »Das darf der nicht.«

»Wir müssen ihm den Schatz wieder zurückklauen«, schlage ich den anderen vor.

»Und wie stellst du dir das vor?«, fragt Judith genervt.

»Wir müssen ihn beschatten, verfolgen und herausfinden, wo er das Bündel mit den Knochen versteckt hat«, antworte ich.

»Vor allem müssen wir aber umso schneller versuchen, das Rätsel um die Knochen und Ritter Konstantin zu lösen«, wirft Karla ein. »Sonst kommt der uns noch zuvor.«

Da muss ich Karla recht geben. »Beschatten geht auch später noch. Wir sind ja diesmal nicht nur wegen dem Bündel und den Knochen hier, sondern weil wir weitere Hinweise suchen.« Ohne auf eine Reaktion der anderen zu warten, untersuche ich mit der Taschenlampe die leere Kiste. »Den Dieb knöpfen wir uns danach vor.«

»Worauf du dich verlassen kannst.« Basti hat sich auch wieder ein wenig beruhigt. Er wendet sich ebenfalls der Kiste zu und untersucht hoch konzentriert das Innere. »Da ist sonst nichts drin. Vielleicht steht außen ja was drauf«, überlegt er laut.

Wir tasten die äußeren Seitenwände der Kiste mit dem Schein der Lampen ab. Nichts!

Judith dreht die Kiste um. Auch nichts!

»Irgendwo muss doch was sein!«, bin ich mir ganz sicher.

Wir stehen um diese verfluchte Kiste herum und sind einigermaßen verzweifelt. Plötzlich bückt sich Karla über die Kiste und fixiert mit ihren Augen den Kistenboden.

»Charlie, leuchte doch noch mal in die Kiste rein. Ich glaube, da ist was«, flüstert sie geheimnisvoll.

Also halte ich meine Taschenlampe noch einmal in die Kiste. Da ist tatsächlich etwas, das all unsere Blicke magisch anzieht.

»Das haben wir beim letzten Mal übersehen«, stelle ich kritisch fest.

Judith nimmt ihr Halstuch – wie gut, dass sie immer eins trägt – und wischt den Kistenboden sauber. Jetzt ist es deutlich zu sehen. In dem Holz sind Zeichen eingeritzt. Es ist nicht einfach, sie zu erkennen, weil das Holz an manchen Stellen schon ganz schön mitgenommen ist. Aber es sind ganz eindeutig Buchstaben.

Basti nimmt ein Papier aus seiner Hosentasche und legt es auf den Holzboden. »Jetzt brauchen wir nur noch einen Stift. Hat jemand zufällig einen dabei?«, fragt er.

Diesmal kann ich helfen. In der Brusttasche meiner Latzhose steckt immer ein kleiner Bleistift, so ein kleiner aus dem Baumarkt, die man dort überall mitnehmen kann. Ich gebe

Basti den Stift, habe allerdings noch keine Idee, was er damit vorhat.

Judith dagegen hat längst verstanden, was Basti machen möchte. Im Schimmer der Lampen kann ich ein verschmitztes Lächeln auf ihrem Gesicht erkennen. Voller Anerkennung klopft sie Basti auf die Schultern. »Echt gute Idee, Basti.«

Basti kann auf Judiths Lob jetzt gerade nicht reagieren, weil er viel zu konzentriert und aufgeregt ist. Hoffentlich hat er es wenigstens gehört.

Basti schraffiert mit dem Bleistift über das Blatt, das auf dem Kistenboden liegt. Und tatsächlich zeichnen sich die eingeritzten Buchstaben auf dem Papier ab. Tom und ich gucken uns an und nicken bewundernd zu Basti hinüber.

»Das habe ich einmal in einem Krimi gesehen«, erklärt Basti uns stolz. »Auf die Art und Weise können wir später in Ruhe die Buchstaben entziffern, ohne die alte Kiste mitnehmen zu müssen.«

»Das wäre sowieso nicht gegangen«, stelle ich fest. »Oder willst du etwa einfach so mit der Kiste über den Hof spazieren, und wenn dich jemand fragt, dann antwortest du, es sei eine alte Obstkiste?«

Plötzlich schreckt Tom zusammen und dreht sich ängstlich zur Treppe um. »Ich habe was gehört. Was ist das? Lasst uns schnell wieder hochgehen.« Er guckt unruhig zu Basti rüber.

Ich lege ihm zur Beruhigung die Hand auf die Schultern, obwohl mein Herz so laut klopft, dass es in dem kahlen Raum fast hallt. »Er hat recht. Wir sind schon viel zu lange hier unten«, sage ich zu den anderen. »Ich möchte nicht noch einmal hier unten eingesperrt sein! Was der Mann mit der Spitzhacke wohl mit uns macht, wenn er uns dieses Mal hier unten findet?«

Genau in diesem Moment hören wir von oben Stimmen. »Kommt hoch, macht schnell!«

»Na, dann mal los«, sagt Judith, für mein Gefühl fast ein bisschen zu entspannt.

Basti rollt das Papier zusammen und steckt es ein. Tom legt den Deckel vorsichtig auf die Holzkiste, und Basti und ich heben die Kiste wieder an ihren Platz hinter der Mauer. Diesmal schieben wir die Kiste etwas weiter in den Gang, sodass sie nicht direkt zu sehen ist, wenn einer durch das Loch in der Wand gucken sollte.

»Man kann ja nie wissen«, flüstere ich den anderen zufrieden zu.

Schnell laufen wir die Treppe zum Gewölbekeller hoch. Da stehen Lilly und Lena schon erwartungsvoll, mit dem Rücken zum Bodenloch, um eventuellen Eindringlingen die Sicht auf die Öffnung zu versperren. Mit dem Zeigefinger auf dem Mund blicken sie ängstlich zur Treppe.

Lilly flüstert fast lautlos: »Da ist jemand.«

Wir sind schon alle oben angekommen. Basti bewegt den Eisenring, und die Steinplatte verschließt den Treppenabgang und unser Geheimnis. Wir sind alle mucksmäuschenstill. Wirklich, da schnauft jemand, ganz nahe. Aber wo? Hier in dem Gewölbekeller ist keiner zu sehen. Das Schnaufen kommt näher.

Ich will gerade die Treppe hochgehen, da sehe ich es: Ein rausgestrecktes Hinterteil kommt schwer atmend rückwärts die Treppe herunter. Es dauert einen Moment, bis ich kapiere, was ich da gerade sehe. Judith steht neben mir und kann sich ein leises Lachen nicht verkneifen. Eine ziemlich dicke Frau putzt die Treppe und arbeitet sich Stufe für Stufe rückwärts zu uns runter. Judith hustet ein paarmal.

Die Frau dreht sich um und guckt uns fragend an. »Was macht ihr denn da?«

»Ich habe bei der letzten Feier hier meine Taschenlampe vergessen.« Ich wundere mich über mich selbst, wie schnell und flüssig mir diese Lüge über die Lippen geht. »Ich habe sie aber wieder.« Wie zum Beweis halte ich der Frau meine Taschenlampe hin.

»Na denn! Dürfen wir mal vorbei – und tschüss dann«,

sage ich und quetsche mich neben ihr die Treppe hoch und alle anderen hinter mir her.

»Schönen Tag noch!«, ruft Basti ihr zu.

Die Frau guckt total verdutzt, sagt aber nichts.

Im Erdgeschoss angekommen, mache ich die Tür einen kleinen Spalt auf und spähe kurz hinaus, ob jemand auf dem Hof steht. Es ist alles noch wie vorhin. Gut so.

»Auf geht's, Leute«, flüstere ich den anderen zu. Schnell, aber nicht hektisch überqueren wir den Hof und gehen schnell, aber nicht auffällig zu Lenas Haus. Es ist verdammt anstrengend, so zu tun, als ob nichts wäre. Da wird das scheinbar lässige Gehen zum atemlosen Kraftakt. Natürlich schaue ich auch zu dem Fenster von vorhin. Immer noch nichts. Oder doch? Hat sich da gerade der Vorhang bewegt? Ich versuche, cool zu bleiben.

»Das war knapp!«, höre ich hinter mir Judith sagen.

»Das kannst du aber laut sagen«, stimmt Basti ihr zu und holt dabei tief Luft. »Ich dachte, es ist der komische Typ ... Aber stellt euch vor, die Putzfrau wäre ein bisschen früher gekommen. Dann hätte auch sie das Loch gesehen und die Treppe, die nach unten führt und ... Was hätten Lilly und Lena denn dann machen sollen? Hätten die etwa die Steinplatte verschließen sollen und uns da unten ... ich darf gar nicht dran denken.«

»Fang nicht wieder damit an. Das hatten wir schon. Einmal eingekerkert zu sein, reicht mir«, sage ich schaudernd.

Tom dreht wieder seine Ohrläppchen. »Ich hatte euch doch gesagt, dass ich was gehört habe, oder?«

»Immerhin scheint der Spitzhackentyp nicht zu glauben, dass es da unten noch mehr zu entdecken gibt. Sonst hätte er sicher verhindert, dass wir ungestört weitersuchen«, flüstere ich den anderen zu, ohne dass Lena es mitbekommt. »Wenn er uns vorhin durchs Fenster gesehen hat, dann weiß er, dass wir jetzt wissen, dass die Knochen aus der Kiste weg sind.«

Nun wollen wir alle so schnell wie möglich hier weg. Wir

müssen die Sache besprechen, und das ohne Lena. Aber wie, ohne unfreundlich oder fies zu sein?

Natürlich ist es wieder Karla, die für eine so komplizierte Situation die richtige Idee hat.

»Ich muss jetzt unbedingt direkt die Eindrücke von da unten aufschreiben, damit ich nichts vergesse. Darum schlage ich vor, dass wir alle nach Hause gehen und jeder, wie besprochen, seinen Artikel für den Stadtteilführer schreibt.« Dabei guckt sie uns leicht augenzwinkernd an.

»Alles klar. So machen wir es«, unterstütze ich Karlas Vorschlag.

»Aber ihr habt ja meinen Artikel noch gar nicht gelesen«, beschwert sich Lena. Dabei stampft sie etwas unbeholfen mit ihrem rechten Bein auf. Sie ist echt enttäuscht.

Auch dazu fällt Karla die passende Lösung ein: »Treffen wir uns doch am Montag im Waldbad. Dann können wir uns gegenseitig unsere Artikel vorlesen. Was haltet ihr davon?«

Karla schaut Lena so herzlich an, dass die gar nicht anders kann, als zu sagen: »Okay.«

Wir verabschieden uns und gehen Richtung Ausgang. Dabei fällt mir auf, dass die Spitzhacke nicht mehr an dem Platz steht, wo wir sie bei unserer Ankunft noch gesehen haben. Und dann sehe ich ihn: den Mann. Er geht gerade mit der Hacke über der Schulter über die kleine Brücke, die zum alten Haupthaus führt. Plötzlich bleibt er stehen und dreht sich zu uns um. Er zwinkert uns zu!

Irgendwie fies und bedrohlich. Was will der von uns? Nicht nur ich habe ihn bemerkt. Wir alle haben den Mann und sein abscheuliches Zwinkern gesehen. Wir rennen wie verrückt aus dem Innenhof auf die Straße. Nur weg da.

»Der macht mich fertig. Ich bekomme jedes Mal, wenn ich den sehe, eine Riesenangst«, sage ich, immer noch ziemlich aufgeregt. »Kommt, wir gehen zu mir. Wir müssen uns dringend was einfallen lassen, was wir mit dem Typen machen sollen.«

Karla ergänzt: »Außerdem sollten wir überlegen, was diese Inschrift in der Kiste bedeuten könnte.«

Ja, dabei soll uns der Dieb nicht auch noch zuvorkommen. Also marschieren wir alle zusammen zu mir.

20.
Die Inschrift

Judith, Tom, Basti und ich haben es uns schon mal in meinem Zimmer gemütlich gemacht. Wir warten auf Karla und Lilly, die noch ihrer Mutter Bescheid geben wollen, dass es später als vereinbart wird. Die müssten jeden Moment kommen.

Mir geht der Mann nicht aus dem Sinn. »Wir müssen wissen, was der Typ weiß und was er vorhat.«

»Wir können ihn doch aber nicht einfach fragen«, entgegnet Basti. »Also müssen wir ihn beobachten.«

Judith streicht sich mit ihren Händen durch die Haare und wackelt dabei mit dem Kopf. Das sieht sehr lustig aus. Dann zeigt sie auf Basti und sagt zu ihm in ihrer nüchternen Art: »Das geht doch gar nicht.« Sie dreht sich zu mir, als ob sie damit zeigen will, dass das eine Sache für uns »Frauen« ist, und überlegt laut: »Warum sollen wir ihn eigentlich nicht fragen?«

Judiths Idee kann ich nicht nachvollziehen. »Mann, der ist bestimmt gefährlich. Du kannst ihn ja fragen, aber ohne mich.«

»Dann bleibt uns nur die andere Möglichkeit«, sagt Judith entschlossen.

Wir schauen sie fragend an.

»Wir müssen das Rätsel um die Knochen vor ihm lösen.«

Ich kann ihr nur zustimmen. »Judith hat absolut recht. Wir müssen einfach schneller sein als der und die Antworten auf alle unsere Fragen haben, bevor er krumme Sachen machen oder unser Geheimnis womöglich verraten kann.«

»Also dann …«, sagt Basti überzeugt, »… nichts wie los!«

Basti rollt das Papier mit den Schraffuren in unserer Mitte aus.

Die Szene kommt mir doch irgendwie bekannt vor!

Klar! Genauso saßen wir um die Fotografie des Pergaments

herum, das wir in Sankt Nikolaus gefunden hatten. Das war bei Oma Luise. Es ist die gleiche Spannung wie damals, die gleiche Aufregung. Wie faszinierend so ein einfaches Stück Papier sein kann! Irgendwie hat es etwas Zauberhaftes. Da liegt es einfach auf dem Boden, und plötzlich ist Magie im Raum.

Basti scheint das Gleiche zu empfinden. Sein Blick ist zwar auf das Papier gerichtet, aber gleichzeitig auch ganz weit weg. Selbst Judith hat in diesem Moment etwas Verzaubertes an sich. Ich spüre nichts von ihrer sonst so kühlen und klaren Art, die Dinge zu sehen.

In diesem Moment klingelt es an der Haustür.

»Das werden Karla und Lilly sein«, rufe ich den anderen zu, während ich schon die Treppe runterstürme, um die Tür zu öffnen.

»Na endlich«, begrüße ich die beiden.

Karla wirkt genervt. Sie zieht eine Schnute. Ihre langen Haare hat sie heute kunstvoll zu einem Dutt zusammengeknotet. Lilly schaut auch nicht gerade fröhlich.

»Wir haben nur ein Stündchen Zeit. Wir müssen gleich noch zum Zahnarzt. Routineuntersuchung«, stöhnt Karla.

»Jetzt setzt euch erst einmal. In einer Stunde sind wir schon viel schlauer als jetzt. Ihr werdet sehen.«

Ein kleines Lächeln huscht über die Gesichter der beiden Schwestern.

Wir sitzen also alle im Kreis um das Papier herum. Ich habe vorsichtshalber meine Zimmertür abgeschlossen. Man weiß ja nie. Nicht dass ausgerechnet jetzt mein Bruder vorbeikommt. Der muss nun wirklich nichts vom Projekt Prämonster wissen.

Judith schaut immer noch sehr konzentriert auf die Buchstaben und murmelt die Silben vor sich hin. Basti beobachtet sie dabei und ist total gespannt. Er wartet offensichtlich darauf, dass Judith jeden Moment die Lösung laut ausruft.

Nun denn, wollen wir mal schauen, ob uns dieses Stück Papier weiterhelfen kann, das Geheimnis um die Knochen zu lösen. Ich schaue mir die Schraffuren auf dem Papier genau an. Es sind Buchstaben, alles Großbuchstaben. Zwischen manchen Buchstaben sind komische Lücken.

»D O N M S N C T I B E R N A R D I«.

Ich kann keinen Sinn darin entdecken.

Judith schlägt die Beine übereinander und macht eine gigantische Blase mit ihrem Kaugummi. Darin ist sie echt unschlagbar. Als sie die Blase wieder kunstvoll in den Mund zurückgezogen hat, liest sie laut die einzelnen Buchstaben vor. In ihrem Kopf arbeitet es.

»Hast du eine Idee, was das heißen könnte?«, fragt Basti sie, der so ratlos wirkt wie ich. Er scheint voll darauf zu vertrauen, dass Judith das weiß. Fast glaube ich, bei Basti eine kleine, heimliche Bewunderung für Judith zu spüren.

»Nun ja«, beginnt Judith nachdenklich. »Ich denke, dass es Latein ist.«

Ha, Judiths Augen funkeln. Sie hat etwas herausgefunden.

»Wenn ihr mich fragt, dann steht da der Name eines Heiligen.«

»Wo steht das und um wen handelt es sich?«, will ich genauer wissen.

Mein neugieriger, bohrender Blick trifft auf Judiths Augen, die eigentlich anderen sehr ungern direkt in die Augen schaut. Schnell wendet sie ihr Gesicht ab und widmet sich wieder hundertprozentig dem Papier.

»Hier, schaut mal! Zwischen dem S und dem N fehlt ein A. Dann steht da SANCTI. Das bedeutet ›heilig‹. Und danach kommt der Name: BERNARDI.«

»Der heilige Bernhard!« Karla spricht den Namen langsam und betont aus, so als ob sie von einem alten Bekannten redet. »Irgendwo habe ich diesen Namen schon einmal gehört. Aber ich weiß nicht, wo.«

Ich krame auch in meinem Gedächtnis. Mama erzählt uns manchmal so Heiligengeschichten, wenn wir Kirchen besichtigen. Die wüsste bestimmt sofort, wer der heilige Bernhard war. Aber mir fällt leider dazu gar nichts ein.

Basti streckt sich. Er schüttelt den Kopf und kaut auf seiner Lippe herum. Herausfordernd guckt er uns an. »Vor allem müssen wir herausfinden, was der heilige Bernhard mit unserem Knochen zu tun hat, oder?«

»Judith, warum sagst du nichts?« Ich stupse Judith leicht in die Seite. Sie schreckt auf, als ob ich sie aus einem Tiefschlaf geweckt habe.

Etwas gedankenverloren fragt sie mich: »Hm, was meinst du?«

»Hast du eine Idee, was der heilige Bernhard mit uns oder besser: mit unserem Knochen zu tun haben könnte?«

»Ich denke, es hat etwas mit dem ersten Wort zu tun.«

Nachdenklich murmelt sie noch einmal die Buchstaben: »D-O-N-M.«

Karla schaut Judith ernst an. Ich glaube, dass jetzt Karla eine gute Idee hat.

»Gibt es nicht ein lateinisches Wort, das DONUM heißt?«, fragt sie Judith.

»Na klar, Mensch, dass ich da nicht selbst drauf gekommen bin. Super, Karla!« Judith strahlt über das ganze Gesicht. Sie sieht so zufrieden aus, als ob ihr gerade eben das ganze Geheimnis um die Knochen klar geworden wäre.

»DONUM heißt Geschenk!«

Sie wartet einen Augenblick, um unsere Reaktion zu sehen. Noch haben wir nicht genau verstanden, wie wir das Rätsel lösen können. Damit hat sie gerechnet.

»Das I am Ende von SANCTI und BERNARDI deutet auf den Genitiv hin, den zweiten Fall. Also heißt das Ganze übersetzt ›Geschenk des heiligen Bernhard‹.«

Die letzten Worte hat Judith sehr langsam und sehr betont gesprochen. Sie hat das Rätsel geknackt!

DONUM SANCTI BERNARDI, Geschenk des heiligen Bernhard.

Unser Knochen war ein Geschenk des heiligen Bernhard!

»Dann wissen wir jetzt ganz sicher, dass unser Knochen etwas Besonderes ist«, stelle ich zufrieden fest.

Die anderen nicken. Nur Basti wiegt nachdenklich den Kopf von links nach rechts.

»Schon«, fängt er zögernd an, »aber wir wissen noch lange nicht alles. Von wem stammt der Knochen? Wie kam der Knochen in den Besitz von Ritter Konstantin und wie kam er in den Geheimgang? Wir müssen mehr über diesen Bernhard herausfinden.«

Karla nimmt das Papier mit den Schraffuren in die Hand. Sie betrachtet es, als ob es ein Tausend-Euro-Schein wäre, gespannt und ungläubig zugleich.

»Ich stimme Basti zu«, sagt sie schließlich. »Dass wir hier einen alten Knochen haben, wussten wir ja schon vorher. Und dass er irgendwie wertvoll sein könnte, haben wir auch geahnt. Reliquie hin, Reliquie her. Aber welche Geschichte dahintersteckt und welches Geheimnis sich hinter der ganzen Sache verbirgt, das wissen wir noch nicht. Und wenn ihr mich fragt, ist das doch das eigentlich Spannende.«

Es ist sehr still im Zimmer. Karla hat natürlich recht. Und sie hat uns mit ihren Worten verzaubert. Meine gute liebe Karla hat den Nagel mal wieder auf den Kopf getroffen. Sie hat das große Talent, die richtigen Worte im richtigen Moment zu finden.

Ich nehme Karla das Papier vorsichtig aus den Händen, stelle mich in die Mitte und halte es hoch. Voller Anerkennung zeige ich mit dem Papier auf sie. »Natürlich, wie Karla gesagt hat, es geht hier um eine außergewöhnliche, längst vergessene Geschichte. Wir haben die Möglichkeit, sie zu entschlüsseln und wiederzubeleben.«

Jetzt funkeln wirklich alle zehn Augen, die ich sehe.

»Es lebe das Projekt Prämonster«, beende ich meine kleine Rede und setze mich zufrieden wieder hin.

Judith mag es nicht so sehr, wenn andere Reden halten und

brummelt vor sich hin: »Obwohl, irgendwie hat das hier alles gar nicht mehr viel mit Prämonster zu tun.«

Basti stellt sich in unsere Mitte. Mit ernstem Gesicht und übertrieben ernster Stimme sagt er: »Ich schlage vor, nun zunächst, wie ich schon anmerkte, etwas über das Leben des heiligen Bernhard in Erkundung zu bringen.«

Er schaut grinsend in die Runde. »Meine Damen und Herren, was halten Sie davon?«

Tom steht auf und ruft laut: »Einverstanden!«

»Wer übernimmt diese Aufgabe?«, fragt Basti, immer noch mit gespielt ernster Stimme.

Als ob wir uns abgesprochen hätten, haben wir alle die gleiche Idee. Ehrlich, keiner hat was gesagt. Aber trotzdem richten sich alle Blicke wie auf Kommando auf, na, wen wohl? Auf Judith natürlich!

Judith kann nicht anders. Sie muss lachen. »Na klar, ich mal wieder.«

Judith verspricht uns, sich bis zum nächsten Tag über Bernhard schlauzumachen und uns dann alles zu erzählen. Treffpunkt ist diesmal bei Karla und Lilly.

21.

Der heilige Bernhard

Es ist Freitagnachmittag. Die Schule war heute nervig und öde. Wir haben einen unangekündigten Erdkundetest geschrieben. Bis auf ein paar Superschlaue hatte keiner einen Schimmer. Außerdem haben ein paar Pappnasen aus unserer Klasse so sehr den Unterricht gestört, dass gar nichts mehr ging. Wir mussten das alle zusammen aussitzen, bis endlich mal Ruhe war. Und das hat gedauert.

Dafür wird es ja jetzt wieder spannend. Ich bin auf dem Weg zu Karla.

Och nee! Mike und Nils kommen um die Ecke. Die wollen wieder Zoff machen. Das sehe ich sofort an ihrem Grinsen. Mike schubst mich, und Nils möchte mir meinen Rucksack wegnehmen. Ich kann den Rucksack gerade noch festhalten, aber der Reißverschluss geht bei dem Gerangel auf. Ein Zettel, auf dem in großen Buchstaben »Bernhard« geschrieben steht, fällt auf die Straße. Bevor ich ihn fassen kann, hat Nils ihn schon in die Finger bekommen.

»Soso«, sagt er überheblich grinsend, während er den Zettel in die Höhe hält, »wir haben einen Lover, Schätzchen?«

Ich versuche, ihm den Zettel wegzunehmen, aber leider ist Nils ein ganzes Stück größer als ich.

»Ich bin nicht dein Schätzchen! Und außerdem geht dich das gar nichts an!«

»Wie ist er denn so, dein Bernhard?« Mike nervt weiter.

Gut! Dann spiele ich eben mit: »Ach wisst ihr, mit dem könnt ihr nicht mithalten, der ist viel intelligenter als ihr beiden zusammen und sieht tausendmal besser aus, mein Bernhard.«

Das hat gesessen. Nils zerknüllt das Papier wütend und schmeißt es auf den Boden. Mike tritt mit seinen dreckigen

Schuhen so lange darauf rum, bis man nicht mehr auf die Idee kommen könnte, dass dieser dunkelbraune Haufen auf der Straße früher mal ein Papier gewesen sein soll.

»Seid ihr jetzt zufrieden?«, frage ich die beiden mit gelangweilter Stimme. Dabei halte ich den Kopf etwas schief und wippe mit meinem rechten Bein.

Ohne weitere Worte ziehen sie ab. Warum müssen ausgerechnet immer mir diese beiden Idioten über den Weg laufen? Ich hoffe, dass das niemals abends in einer einsamen Gegend passieren wird. Denen ist alles zuzutrauen. Und ob ich dann auch so cool reagieren kann?

Ich bin sehr froh, als ich ohne weiteren Schaden bei Karla und Lilly ankomme. Die anderen sind schon da und sitzen im Garten. Der Garten ist zwar nicht groß, aber urgemütlich. Mitten auf der kleinen Wiese steht ein Pflaumenbaum. Damit ist der Garten auch schon voll. Aber wenn die Sonne scheint, dann ist es unter dem Baum einfach herrlich. Da fällt mir gerade auf: Je weiter wir in unseren Ermittlungen kommen, umso besser wird das Wetter. Wenn das kein gutes Zeichen ist!

Karla hat eine Unmenge von Kissen und Decken herausgeholt. Darauf machen wir es uns gemütlich. Basti hat einen riesigen Kissenberg hinter sich aufgetürmt, an dem er nun mit angezogenen Beinen lehnt. Tom hat es genau umgekehrt gemacht und die Kissen unter den Knien angehäuft. Ich überlege, welche Position wohl bequemer ist.

Aber schließlich geht es jetzt und hier nicht um Bequemlichkeit, sondern um viel wichtigere Dinge. Ich nehme mir ein kleines Kissen und drücke es vor meinen Bauch. So sitze ich wie Karla und Lilly auch im Schneidersitz und höre Judith zu, die von ihren Recherchen im Internet erzählt.

Sie hat mal wieder ganze Arbeit geleistet. Dafür hat sie heute Morgen nicht so genau hingesehen, was sie da so aus dem Kleiderschrank gezogen hat. Das ist wieder eine Kombi, Mannomann! Lila T-Shirt mit blau karierter Dreiviertelhose und gelben Turnschuhen. Na, so ist sie eben.

»Eines sage ich euch direkt«, fängt sie bedeutungsvoll an, »morgen fahren wir nach Altenberg.« Sie wartet genüsslich unsere verblüfften Gesichter ab. Dann legt sie noch einen drauf: »Habt ihr schon mal etwas von den Zisterziensern gehört?«

Ich schaue Judith ungläubig an. »Willst du uns veräppeln, oder was?«

»Aber nein, das würde ich nie wagen«, gibt sie grinsend zurück. »In Superkurzform: Der heilige Bernhard war Zisterziensermönch, und in Altenberg war ein Zisterzienserkloster. Ist doch denkbar, dass es da einen Zusammenhang gibt.«

Bei diesen komischen Wörtern dreht sich mir der Kopf. »Ja verhext und verdonnert noch mal, müssen die denn alle so komplizierte Namen haben«, stöhne ich. »Erst diese komischen Prämonsterdingsda und jetzt das!«

Karla denkt über das, was Judith gerade gesagt hat, nach. Sie hat die Stirn in Falten gezogen und blinzelt mit den Augen.

»Jetzt erinnere ich mich auch, wo ich den Namen des heiligen Bernhard schon mal gehört habe. Klar, als wir bei der Abschlussfahrt von der Grundschule in Altenberg waren und dort eine Rallye gemacht haben. Kannst du dich nicht mehr daran erinnern, Charlie?«, fragt mich Karla.

»Ach weißt du, mein Gedächtnis … nee, ich habe wirklich keinen Plan.«

Karla schaut zur Decke. Sie kramt in ihrem Gedächtnis. »Das war ein ganz bedeutender und wichtiger Mann im Mittelalter. Außerdem war er sehr streng. Der hat von den Mönchen verlangt, dass sie streng fasten, ganz hart arbeiten und super viel beten. Am meisten hat mich damals beeindruckt, dass der heilige Bernhard das auch alles selbst gemacht hat. Er hat sogar so viel gefastet, dass er daran gestorben ist.«

Judith ist ein bisschen enttäuscht. Sie zieht ihre berühmte Schnute. Vermutlich wollte sie uns das alles auch erzählen. Wer konnte auch ahnen, dass Karla das weiß!

Aber Judith hat wohl noch etwas herausbekommen. »Wollt ihr noch mehr wissen oder reicht euch das?«, fragt sie etwas beleidigt.

Nachdem wir ihr zustimmend zunicken, lässt sie es sich nicht nehmen, uns einen kleinen Vortrag zu halten: »Nun, der heilige Bernhard hat an vielen Orten Klöster gegründet, die nach diesen strengen Regeln gelebt haben, wie sie Karla eben beschrieben hat. Das waren die Zisterzienser. Und eins der Klöster war in Altenberg. Es stimmt auch, dass Bernhard selbst viel gefastet und gebetet hat und dass er schließlich selbst an einem Magenleiden gestorben ist, weil er zu wenig gegessen hat. Aber dieser Bernhard war auch ein sehr weiser Mann, den sogar Könige um Rat gefragt haben.«

»Moment mal!«, unterbricht sie Basti. »Wann hat der überhaupt gelebt?«

»Gute Frage«, sagt Judith etwas lehrerhaft. Sie soll es nicht übertreiben mit ihrer Wichtigtuerei! Das kann ich nicht leiden.

»Bernhard hat im zwölften Jahrhundert gelebt, also im Mittelalter, genau genommen«, sie kramt einen Zettel aus ihrer Hosentasche, »von 1090 bis 1153.«

Judith streckt den rechten Zeigefinger in die Luft. »Vielleicht war Bernhard auch mal in Altenberg. Das ist zumindest möglich.«

»Dann war er bestimmt auch hier in Höhenhaus«, ruft Tom ganz begeistert.

»Gab es denn damals schon Höhenhaus?«, fragt Lilly vorsichtig. Ich glaube, sie hat Angst, eine dumme Frage zu stellen. Aber so klar ist das gar nicht.

Basti überlegt: »Die erste Burg Haan wurde doch im zwölften Jahrhundert gebaut, oder?« Er schaut uns fragend an.

Ich versuche, mich zu erinnern. Herr Rettich hat uns die ganze Geschichte von Haus Haan erzählt. Wie war das noch? Dann fällt es mir wieder ein: »Ja, das war auch im zwölften Jahrhundert. Ich bin mir ziemlich sicher.«

»Also, rein theoretisch hätte unser heiliger Bernhard hier ein Geschenk vorbeibringen können«, stellt Basti fest.

Wie Basti das so sagt, klingt das ziemlich unwahrscheinlich. So als ob mein Onkel mal kurz auf einen Sprung vorbeikommt und ein Geburtstagsgeschenk für meinen Bruder abgibt.

»Nee, das glaube ich nicht«, sagt Judith. »Warum hätte er das tun sollen?«

Ich stimme Judith zu. »Wir müssen zuerst noch mehr über das Geschenk erfahren. Wer sollte es bekommen und warum. Dann werden wir vielleicht auch klären können, wie es in den Geheimgang kam.«

»Wenn das alles überhaupt so ist, wie wir es uns im Moment denken«, gibt Karla zu bedenken.

»Und genau darum, um *das alles* herauszubekommen, fahren wir morgen nach Altenberg. Wer ist dabei?«, fragt Judith in die Runde.

Basti steht auf und streckt sich. »Hey, ich habe eine super Idee. Wir machen eine Fahrradtour nach Altenberg. Mein Vater würde bestimmt mitfahren. Der ist immer froh, wenn er Fahrrad fahren kann.«

Nun steht auch Tom auf und hebt die Arme über den Kopf. Es sieht zum Schießen aus, wenn er seinen großen Bruder nachahmt. Ich glaube, er merkt das gar nicht, dass er Basti imitiert. Karla und ich sehen uns an und müssen grinsen. Wir finden das beide sehr lustig.

Lilly, die es nicht lange im Schneidersitz ausgehalten hatte und schon längst in den Pflaumenbaum geklettert ist, landet mit einem gekonnten Sprung direkt neben Basti. Sie schaut ihn mit ihren großen Augen fragend an. »Was sagst du deinem Vater, warum wir nach Altenberg fahren wollen?«

»Mmm, ganz einfach, wir«, dabei zeigt er auch auf mich und Karla, »arbeiten an einem Referat über Altenberg, und die anderen kommen nur so mit. Das hört sich doch gut an, oder?«

»Das könnte klappen. Wir machen einfach einen schönen

Ausflug, und ganz nebenbei erledigen wir etwas für die Schule. Das findet dein Vater bestimmt gut«, stimmt Karla Basti zu.

»Und wir nehmen einen Picknickkorb mit, ja?«, schlägt Tom vor. Picknick ist seine große Sache. Schon als er noch ganz klein war, hat er immer irgendwelche Picknickkörbe gepackt. Da waren zwar meistens nur ein paar Gummibärchen oder Salzbrezeln drin, aber die hat er dann in den Garten geschleppt, sich auf eine Decke gesetzt und glücklich verspeist.

Ich finde die Idee echt gut. »Ich bin dabei«, sage ich und warte auf die Reaktionen der anderen.

Judith ist vom Fahrradfahren nicht so begeistert. Da aber alle anderen die Idee gut finden, bleibt es dabei. Wir treffen uns morgen um neun Uhr an der Bushaltestelle Waldbad.

»So, jetzt muss ich aber weg. Ich habe gleich Training«, ruft uns Basti noch zu und ist schneller verschwunden, als man gucken kann.

»Also dann bis morgen«, verabschiede auch ich mich und mache mich auf den Weg.

Gleich sehe ich wieder Mama, und gleich wird sie mich wieder prüfend anschauen, und sie wird mich fragen, was ich denn heute so gemacht habe, und ich werde wieder lügen müssen. Das ist echt doof. Nicht nur dass ich mich ständig verstellen muss, sondern auch weil ich ihr eigentlich super gern alles erzählen würde.

Als ich um die letzte Ecke biege und schon unser Haus sehen kann, fasse ich einen Entschluss: Morgen Abend, egal was passiert und egal was die anderen sagen, morgen Abend werde ich ihr alles erzählen. Mit dieser Aussicht und diesem Vorsatz gelingt es mir heute etwas besser, mich noch einmal zu verstellen.

22.

Altenberg

Samstagmorgen. Das Wetter ist super. Heute werden wir unser Geheimnis lüften! Ich bin fest davon überzeugt, dass wir heute unsere Spurensuche zum Erfolg führen werden. Ich hätte nie gedacht, dass Detektivarbeit so anstrengend ist und so viel Geduld erfordert. Apropos Geduld, wenn wir unseren Stadtteilführer noch einreichen wollen, müssen wir dringend etwas dafür tun. Später! Jetzt fahren wir erst einmal nach Altenberg.

Als ich am Treffpunkt ankomme, sind Basti, Tom und Stefan, das ist der Vater der beiden, schon da. Ich kenne Stefan schon ganz lange. Das ist so ein schlanker, großer, kurzhaariger, sportlicher Typ. Und nett ist er auch. Mit dem kann man es aushalten. Ich freue mich, dass er mit uns fährt. Denn ohne ihn würden wir nicht allein mit dem Fahrrad bis nach Altenberg fahren. Das sind immerhin fast zwanzig Kilometer.

Basti und Stefan fahren natürlich auf ihren Rennrädern. Die sehen total irre und stylish aus. Hoffentlich heizen die nicht so!

Na und Tom, was habe ich gesagt? Der hat einen Picknickkorb auf seinem Gepäckträger. Er lächelt geheimnisvoll und hält schützend seine Hand über den Korb, damit ja keiner sehen kann, was da alles drin ist. Das bleibt eine Überraschung.

Basti schaut ungeduldig auf die Uhr.

»Es ist doch gerade mal fünf Minuten nach neun«, beruhige ich ihn.

Und genau in diesem Moment kommen Karla, Lilly und Judith auch schon die Straße entlang. Karla in einer schicken schwarzen Dreiviertelhose, Judith in einer zerbeulten, labberigen Jeans. Das ist mal wieder ein sehr lustiger Anblick.

So, alle sind da – auf geht's. Vor uns liegt nicht nur eine lange Fahrradtour, sondern auch ein Geheimnis, das wir immer noch nicht ganz lösen konnten. Vielleicht gelingt es uns in Altenberg. Bestimmt!

Die Strecke führt erst durch den Wald parallel zur Odenthaler Straße und dann hoch nach Schildgen. Von da geht es fast nur noch bergab. Stefan kennt schöne Fahrradwege, die nicht direkt an der Autostraße entlangführen. Nach circa einer Stunde kommen wir zu einer Wiese, die an einem Bach liegt.

»Hier machen wir Picknick«, ruft Tom.

Basti und Stefan würden zwar gern weiterfahren, aber Karla, Judith, Lilly und ich sind uns einig, dass wir jetzt unbedingt eine Pause brauchen.

»Fünf zu zwei, ihr seid überstimmt«, ruft Tom den beiden triumphierend zu.

Basti und Stefan steigen nörgelnd von ihren Rädern. Als aber Karla die Decke, die sie fürsorglich mitgebracht hat, ausbreitet und Tom seinen Picknickkorb vom Gepäckträger holt und ihn mitten auf die Decke stellt, da steigt die Stimmung der beiden deutlich.

»Was gibt's denn zu essen?«, fragt Stefan seinen Sohn und streicht ihm dabei über die Haare.

Das ist Toms große Szene. Er holt jedes einzelne Döschen langsam aus seinem Korb, hebt es bedeutsam in die Luft und erklärt mit spitzbübischem Lächeln, was er da jeweils für tolle Sachen eingepackt hat: Gurkenscheiben, Kohlrabistücke, Salzstangen, Käsewürfel, Miniwürstchen, Kekse, Äpfel und natürlich Gummibärchen. Die liebt Tom am meisten. Bei jeder Dose, die er aus seinem Korb zaubert, strahlt er übers ganze Gesicht. Als alles auf der Decke steht, ist er glücklich. Tom ist halt ein Picknickfreak.

»Superklasse!«, kann ich da nur sagen. Ich habe Hunger und kann jetzt Käse und Salzstangen gut gebrauchen. Die anderen stimmen mir zu und bedienen sich.

Stefan stellt noch zwei Flaschen Apfelschorle und sieben Becher dazu. Die hat er in seinem Rucksack getragen, sonst wäre der Korb für Tom zu schwer geworden.

Es ist urgemütlich. Wir liegen im Gras, um die Decke mit den köstlichen Leckereien herum, knabbern, schleckern und lassen uns die Sonne ins Gesicht scheinen, die Sonne, auf die wir so lange gewartet haben. So kann man es aushalten.

Nach der ausgiebigen Pause steigen wir wieder auf die Drahtesel. Karla und ich pfeifen lustige Lieder, Basti und Stefan liefern sich ein Wettrennen nach dem anderen, Judith schimpft über ihr blödes Fahrrad und dass sie viel lieber mit dem Auto gefahren wäre, und Tom und Lilly fahren gemeinsam hinterher. Schließlich sind wir am Ziel: in Altenberg.

Ich mag diesen Ort. Er hat so etwas Märchenhaftes. Und das liegt nicht daran, dass hier auch der Märchenwald ist. Es ist immer wieder schön, nach Altenberg zu kommen, wenn dann ganz plötzlich vor dir, wie aus dem Nichts, die Kirche auftaucht und da im Tal liegt, als ob sie jemand vergessen hätte. Irgendwie ein bisschen unwirklich.

Wie ich Altenberg so vor uns liegen sehe, kommt ganz langsam meine Erinnerung an die Abschiedsfahrt von der Grundschule zurück, von der Karla gestern noch gesprochen hat. Natürlich haben wir damals auch den Altenberger Dom besichtigt. Da war so ein komischer grauhaariger alter Mann, der uns die Kirche gezeigt hat. Ich glaube, er hieß Monsignore Klüter und war ein Pfarrer oder so was Ähnliches.

An viel kann ich mich nicht mehr erinnern, aber ich weiß noch, dass er uns erzählte, warum das Bergische Land »Bergisches Land« heißt. Das kommt nämlich von einem Herzog von Berg, der früher mal hier auf einer Burg lebte. Und dieser Herzog hatte dann seine Burg und sein Land den Mönchen geschenkt, die hier ein Kloster und die Kirche gebaut haben. Wenn man sich vorstellt, dass es damals noch keine elektrischen Baumaschinen gab, fragt man sich wirklich, wie die das geschafft haben. Echt beeindruckend!

»Ich bin dann mal weg«, höre ich Stefan sagen, während ich noch meinen Gedanken nachhänge.

Stefan will die Serpentinen nach Leverkusen hochfahren und ein bisschen Gas geben. Er sei in circa drei Stunden wieder da, sagt er. Dann drückt er Basti noch einen Zwanzig-Euro-Schein in die Hand. Wir sollen uns davon ein Eis kaufen. Weg ist er. Das ist auch besser. Der hätte uns bei unseren Ermittlungen nur im Weg gestanden.

Jetzt sind wir also angekommen. Was nun? Judith wäre nicht Judith, wenn sie nicht schon etwas vorbereitet hätte. Und, was soll ich euch sagen? Judith hat sich auch an den Monsignore Klüter erinnert. Die war zwar nicht mit Karla und mir damals hier, aber mit ihrer Kommunionsgruppe. Und die hat auch der Klüter durch den Dom geführt. Der macht das vermutlich mit allen Kindergruppen, die nach Altenberg kommen.

Judith hat jedenfalls gestern den Klüter angerufen und ein Treffen mit ihm vereinbart. Um zwölf Uhr sollen wir in den Altenberger Dom kommen. Jetzt ist es elf Uhr dreißig. Wir haben also noch ein wenig Zeit.

»Kommt, lasst uns schon mal in den Dom reingehen«, schlage ich den anderen vor.

Ich gehe zur hölzernen Tür und drücke den Hebel nach unten. Die Tür ist für eine so große Kirche eigentlich recht klein. Wie auch immer, ich halte meinen Freunden die Tür auf, und wir gehen alle nacheinander hinein, ich zum Schluss.

Der große Kirchenraum wirkt sehr ruhig und still. Die hohen Wände und Säulen sind weiß und grau getüncht. Keine Farbe an den Wänden. Auch keine Farbe in den Fenstern. Ganz anders als im Kölner Dom.

Judith hat sich natürlich auf unseren Besuch hier vorbereitet. »Wisst ihr, warum hier so wenig Farben sind?«

»Ehrlich gesagt habe ich jetzt keine Lust auf Ratespiele«, gebe ich Judith trotzig zur Antwort.

Aber Karla ist da anderer Meinung. »Wir müssen doch jetzt sowieso hier warten. Dann können wir auch was von Judith lernen.« Bei dem Wort »lernen« guckt sie mich so ein wenig von oben herab an.

»Ist ja gut«, gebe ich trotzig zurück und nicke Judith aufmunternd zu, mit ihren Belehrungen fortzufahren.

Die lässt sich nicht lange bitten: »Die Zisterzienser durften keine Menschen darstellen und keine Farben benutzen. Alles sollte einfach und klar sein, und nichts sollte sie vom Gebet ablenken, wenn sie in der Kirche waren.«

»Diese Zis... Zis... verdammt noch mal, ich kann mir den Namen einfach nicht merken, na, diese Mönche eben, waren wohl in allem sehr streng und sparsam?«, frage ich nach, um nicht so ganz uninteressiert zu wirken.

Judith nickt mir zu und kramt aus ihrer Tasche ein kleines Büchlein heraus. »Das habe ich zu Hause noch gefunden.«

Sie zeigt uns den Buchdeckel. In alten Buchstaben steht da: »Der Altenberger Dom«.

»In der Westwand der Kirche befindet sich das berühmte Goldfenster«, liest Judith vor. Wir drehen uns zum Eingang, und tatsächlich: Da ist wirklich ein riesiges schimmerndes Fenster. Die Sonne scheint gerade mit voller Kraft durch und lässt es golden erstrahlen.

»Mannomann«, staunt Basti. »Das sieht echt irre aus.«

»Von wegen: keine Farben!« Ich schaue Judith herausfordernd an.

»Das ist erst später gebaut worden. Da waren die nicht mehr so streng«, antwortet sie mir ruhig und gelassen. Sie hat eben auf alle Fragen eine Antwort.

Doch als wir uns gerade das riesenhafte goldene Fenster genauer anschauen wollen, wird unser Blick magisch von der kleinen braunen Holztür angezogen, durch die auch wir vorhin gekommen sind. Die Tür öffnet sich langsam, und unterhalb des Goldfensters betritt ein älterer weißhaariger Mann die Kirche.

»Dahinten kommt er.« Ich stupse Judith an. »Der hat sich überhaupt nicht verändert.«

Das findet Judith auch. »Der sieht noch genauso aus wie vor drei Jahren, was man von uns bestimmt nicht behaupten kann.«

»Allerdings. Ich habe noch vor Kurzem ein altes Foto von mir gesehen. Da sah ich noch wie ein kleines Mädchen aus.«

»Und jetzt bist du eine vornehme Dame, oder was?«, macht sich Judith über mich lustig.

Der Mann mit der schwarzen Hose, dem schwarzen Rollkragenpullover und dem schwarzen Jackett kommt auf uns zu. Seine Haare sind schneeweiß und ganz kurz geschnitten. Auf der Nase trägt er eine halbe Brille, so eine komische Lesebrille, die auf der äußersten Nasenspitze sitzt. Da kann man ja Angst bekommen, dass sie gleich runterrutscht. Aber sie hält. Erstaunlich!

»Ihr müsst die Kinder aus Höhenhaus sein. Richtig?«

»Und Dünnwald«, ergänzt Tom.

»Guten Tag, Monsignore Klüter.« Judith begrüßt den Monsignore sehr höflich.

Irgendwie flößen diese Männer von der Kirche mit ihren schwarzen Klamotten einem immer ganz schönen Respekt ein.

»Was kann ich für euch tun?«, fragt er mit seiner piepsigen Stimme.

Judith antwortet ihm: »Wir müssen in der Schule ein Referat über den heiligen Bernhard schreiben, und da dachten wir, dass Sie uns vielleicht ein paar spannende Dinge erzählen könnten. Wir haben uns nämlich an Sie erinnert, wie Sie uns vor drei Jahren bei unseren Ausflügen den Dom gezeigt haben.«

Der Monsignore blickt uns der Reihe nach an. Prüfend, wie das so seine Art ist, mustert er einen nach dem anderen. Bei dem weiß man nie, was er gerade denkt und ob man vielleicht irgendetwas Falsches gesagt oder getan hat. Doch dann beginnt er ganz freundlich, uns Geschichten und Ereignisse aus dem Leben des heiligen Bernhard zu erzählen.

Ehrlich gesagt, sind das lauter Dinge, die uns nicht interessieren. Ich sehe, wie es in den Köpfen der anderen gärt. Wie können wir die Informationen bekommen, die wir jetzt wirklich dringend brauchen?

Basti runzelt seine Stirn und kratzt sich am Hals. Dann fasst er sich ein Herz, unterbricht den Monsignore vorsichtig und fragt sehr direkt, aber mit einer möglichst unauffälligen Stimme: »Vielleicht war der heilige Bernhard ja auch mal in Altenberg?«

»Wenn das einer weiß, dann doch bestimmt Sie«, schmeichelt Karla dem Monsignore Klüter.

»Sie wissen doch alles über Altenberg, oder?« Lilly schaut mit ihren großen Augen zu ihm hoch.

»Tja, dazu kann ich euch leider nichts Genaues sagen. Da müsstet ihr in den alten Dokumenten gucken.« Verlegen und schulterzuckend schaut uns der Monsignore an.

»Dürften wir das denn?«, will Basti jetzt wissen.

»Selbstverständlich. Allerdings müsstet ihr dann nach Düsseldorf ins Staatsarchiv fahren. Dort befindet sich unsere Klosterbibliothek mit allen alten Urkunden und Dokumenten. Der Altenberger Dom gehört nämlich dem Land Nordrhein-Westfalen.«

Wir schauen uns ratlos an. Nach Düsseldorf? Das kann doch nicht wahr sein. Wo sollen wir denn noch überall hin?

»Das ist schon ein bisschen bekloppt, oder?« Basti spricht uns allen aus der Seele.

»Eine Klosterbibliothek gehört doch ins Kloster?«

»Aber wenn das Kloster doch gar nicht mehr da ist?« Judith geht mal wieder logisch an die Sache ran.

»Na, dann wenigstens in die Nähe des ehemaligen Klosters.« Basti lässt sich nicht davon abbringen und schaut Judith giftig an. Warum muss sie ihm denn auch wieder in den Rücken fallen mit ihrer Besserwisserei!

Nun, egal was Basti oder Judith denken, es bleibt dabei: Die Bibliothek mit allen wichtigen Schriften ist in Düsseldorf. So ein Mist! War unser Ausflug nach Altenberg umsonst? Mutlos lassen wir uns auf die erste Sitzbank im Kirchenschiff fallen. Die Enttäuschung sitzt sehr tief.

»Da kann ich euch wohl nicht weiterhelfen. Tut mir leid.« Der Monsignore verabschiedet sich und geht in Richtung Ausgang.

Plötzlich bleibt er stehen und dreht sich noch mal um. »Mir fällt da gerade etwas ein.«

Wir stehen auf und gehen ihm entgegen. Er fuchtelt mit seinem Zeigefinger wild in der Luft herum und wirkt dabei für seine Verhältnisse sehr aufgeregt. Was ist ihm denn bloß eingefallen?

»Ja?«, fragt Karla voller Hoffnung.

»Es muss irgendwann um das Jahr 1140 gewesen sein. Da wollte der heilige Bernhard nach Altenberg kommen. Das hatte ich ganz vergessen. Er wollte das Kloster segnen und sehen, wie gut die Mönche vorankamen. In seinem Gepäck hatte er eine Reliquie, die er dem neu gegründeten Kloster schenken wollte.«

Bei dem Wort Reliquie sind wir wie elektrisiert. Ich verliere fast das Gleichgewicht und muss mich bei Karla abstützen. Das zieht einem doch glatt den Boden unter den Füßen weg.

Eben war alles noch unklar und verschwommen. Und dann – plötzlich – gibt es ein deutliches Licht in dem ganzen Wirrwarr, eine mögliche Erklärung, einen Zusammenhang zwischen allen Puzzleteilchen. Die vielen verschwommenen Einzelteile des Rätsels bekommen Schärfe und scheinen sich irgendwie zusammenzufügen, wenn auch noch nicht hundertprozentig.

»Was ist mit der Reliquie?«, fragt Karla nach.

»Ja, das wüssten wir auch gern. Die ging nämlich verloren.«

Jetzt schlägt's dreizehn. Ist das die Lösung?

Tom hat den Mund vor lauter Aufregung weit geöffnet, und

Lilly hüpft von einem Bein auf das andere. Basti ist ganz blass geworden. Karla, Judith und ich schauen uns erwartungsvoll an. Was kommt denn jetzt? Die Luft um uns herum ist hoch geladen. Das nächste Wort von Monsignore Klüter kann sie zur Explosion bringen.

Aber er sagt nichts mehr!

Ruhe, Stille. Wir warten.

»Erzählen Sie bitte weiter«, drängelt Judith.

»Also, eine Legende erzählt, dass Bernhard überfallen wurde und ihm die Reliquie geraubt wurde. Der Räuber aber, nun passt auf, der soll nach dem Überfall ganz plötzlich todkrank geworden und kurze Zeit später gestorben sein. Das sei die Strafe Gottes für seine Tat gewesen. Die Reliquie aber blieb seitdem verschollen.«

Bums. Da war sie, die Explosion. Das ist doch nicht zu fassen!

Vollkommen kopfleer und fassungslos, wie in einem Schockzustand, stehen wir da mitten im Altenberger Dom und müssen erst einmal ganz langsam das sickern lassen, was wir da gerade gehört haben.

Bevor einer von uns seine Sprache wiedergefunden hat, fällt dem Monsignore noch etwas ein. Er streicht sich über seine kurzen Haare, blinzelt in das Licht, das durch das goldene Fenster in den Kirchenraum scheint, und sagt dann ganz langsam: »Wir haben hier sogar noch das leere Reliquiar, das damals schon im Voraus für die neue Reliquie angefertigt wurde. Kommt mal mit«, fordert er uns auf.

Wir folgen ihm in die Sakristei. Er holt aus einem Holzschrank etwas heraus, das in einen roten Samtstoff eingewickelt ist. Als er es ausgepackt hat, steht vor uns ein wunderschönes Glasgefäß mit einem goldenen Fuß und einem Deckel aus Edelsteinen, Gold und Silber. Staunend stehen wir um das Reliquiar herum.

»Ist das echtes Gold?«, will Tom wissen.

»Was denkst du denn«, antwortet Basti ihm abfällig.

»Leider ist es bis heute leer geblieben und auch schon fast vergessen.« Man merkt dem Monsignore an, dass ihn das traurig macht.

»Gibt es denn jetzt keine Reliquien in Altenberg?«, fragt Karla.

»Doch. Wir besitzen eine ganz besondere. Es ist das Herz vom heiligen Engelbert. Der war der Sohn des Grafen Engelbert von Berg und Erzbischof in Köln. 1225 ist er gestorben. Seine Knochen werden in Köln aufbewahrt. Aber das Herz ist hier im Altenberger Dom.«

Basti runzelt mal wieder seine Stirn. »Da teilen die einfach die Toten auf. Wo gibt es denn so was?«

Judith findet das ganz normal. »Da wollte eben jeder was haben.«

Der Monsignore schaut noch einmal nachdenklich auf das wertvolle, aber leere Reliquiar, nimmt es dann vorsichtig in seine Hände und packt es wieder sorgfältig in den roten Samtstoff ein. Nachdem er es in den Schrank gestellt und diesen verschlossen hat, sagt er uns, dass er jetzt eine Messe vorbereiten muss. Er dreht sich schlagartig um, seine Gedanken sind plötzlich ganz weit weg von uns, und wir scheinen Luft für ihn zu sein.

Leise bedanken wir uns höflich bei ihm und verabschieden uns. Ich glaube, er hat es gar nicht mehr gehört. Komischer Typ!

Ach du meine Güte – apropos: komischer Typ! In dem Moment, als wir aus dem Altenberger Dom heraustreten, versetzt uns ein böses und geheimnisvolles Grinsen in Angst und Schrecken. Der Mann von Haus Haan lehnt an der dem Eingang gegenüberliegenden Mauer und schaut uns direkt in die Augen. Statt einer Spitzhacke hat er dieses Mal einen Regenschirm in der Hand.

»Was macht der denn hier?«, höre ich hinter mir Basti empört sagen. Mit fast unhörbarer Stimme fährt er fort: »Was ist, wenn der unser Gespräch mit Klüter belauscht hat?«

In diesem Moment fasse ich einen Entschluss: Ich spreche ihn jetzt direkt an. Obwohl mein Herz bis zum Hals schlägt, gehe ich auf ihn zu. Doch bevor ich ihn erreicht habe, haut der verdammte Kerl einfach ab. Mit Riesenschritten läuft er Richtung Parkplatz.

»Lass ihn ziehen«, ruft Judith mir zu. »Wir haben Wichtigeres zu klären.«

»Genau«, unterstützt sie Basti. »Wir müssen doch schneller sein als der und früher wissen, was mit den Knochen ist.«

»Wenn wir nur wüssten, was der vorhat.« Ich mache mir nach wie vor Sorgen.

Karla legt ihren Arm um meine Schultern und sagt: »Komm, Charlie, Judith hat recht. Wir müssen die Geschichte, die uns der Monsignore da gerade erzählt hat, erst einmal begreifen. Was haltet ihr von der Sache mit der Reliquie?«, fragt sie in die Runde.

»Wenn ihr mich fragt«, Judith schaut uns an wie Galileo Galilei, als er gerade entdeckt hat, dass die Erde eine Kugel ist, »dann haben wir eben erfahren, was es mit unseren Knochen auf sich hat.«

»Du glaubst also, dass wir genau diese gestohlene Reliquie gefunden haben?« Basti spricht es aus. Endlich ist es raus.

»Es deutet alles darauf hin«, erklärt Judith. »Überlegt doch mal! Die Inschrift auf dem Kistenboden und das Alter der Knochen. Es passt alles zusammen.«

»Haben wir damit das Rätsel tatsächlich gelöst?« Tom scheint bei der Vorstellung, große, erfolgreiche Detektivarbeit geleistet zu haben, tatsächlich ein paar Zentimeter gewachsen zu sein.

Karla schüttelt den Kopf. »Ein paar Fragen bleiben noch. Wie zum Beispiel ist der Knochen in den Besitz von Ritter Konstantin gekommen?«

Karla hat recht. Wenn wir das nicht klären können, können wir auch nicht sicher sein, dass unser Knochen die vermisste Reliquie ist.

»Während wir hier weiter grübeln, könnten wir doch eigentlich von Stefans Geld ein Eis essen. Da drüben ist ein Café. Was meint ihr?« Bastis Vorschlag wird einstimmig angenommen.

Vanilleeis mit Erdbeeren, Stracciatella mit Schokosoße, das Eis ist köstlich.

Während wir die Eisbecher genüsslich auslecken, um auch nicht den kleinsten Rest im Glas zu hinterlassen, spekulieren wir weiter über die Zusammenhänge von Knochen, Bernhard und Konstantin.

Toms Augen und Mund bewegen sich die ganze Zeit. Das ist immer ein Zeichen dafür, dass er konzentriert nachdenkt. »Vielleicht gibt es ja eine alte Geschichte, die davon erzählt, dass damals ein mysteriöser Knochen gefunden wurde oder so was Ähnliches?«

Toms Idee ist gar nicht schlecht. »Das wäre genial«, stimme ich ihm zu.

»Wir müssen den alten Rettich noch mal besuchen. Wenn es eine Geschichte gibt, dann weiß er die«, schlägt Basti vor. Judith verspricht, ihn noch heute anzurufen.

Karla zieht ihre berüchtigten Falten auf der Stirn. Irgendetwas stört sie an der Sache. »Sollten wir das Ganze jetzt nicht doch mal jemandem erzählen, den Leuten von Sankt Nikolaus, oder hier dem Monsignore?«

Ich hole tief Luft. Dann sage ich, nicht ohne Angst davor, wie die anderen reagieren werden: »Ich werde heute Abend meiner Mutter alles erzählen.«

Basti schaut mich vorwurfsvoll an. »Wir haben uns geschworen, dass keiner etwas erzählen wird, bis wir das gemeinsam beschließen werden.«

Er bekommt von Judith Unterstützung: »Wie kannst du das einfach so für dich alleine entscheiden?«

Auch Karla guckt mich verständnislos an. Sie sagt, sie hätte das nicht von mir erwartet. Ich spüre ihre Enttäuschung.

Alle hacken auf mir rum. Ich fühle mich mies. Ich möchte

nicht, dass die jetzt alle sauer auf mich sind und, was noch viel schlimmer ist, dass sie enttäuscht von mir sind.

»Okay, ich warte noch. Aber bitte, lasst uns nicht mehr zu lange warten. Ich finde dieses Verstellen und Lügen echt ätzend.« Mit der Hoffnung, dass nun alles wieder gut ist, blicke ich in die Runde.

Offensichtlich geht es den anderen auch nicht anders als mir. Deswegen waren sie gerade auch so enttäuscht. Sie selbst reißen sich zusammen, und ich will das Versprechen brechen. Wir beschließen, nun wirklich ganz bald allen Eltern gleichzeitig von unseren Entdeckungen zu berichten.

»Hi, Kids.« In diesem Moment kommt Stefan um die Ecke geradelt.

Jetzt heißt es erst mal heimfahren. Die Fahrt verläuft ruhig. Wir sprechen kaum, und jeder radelt vor sich hin. Die Stille ist angenehm. So kann sich alles im Kopf setzen, was wir heute erfahren haben. Die klare Waldluft hilft dabei.

Mit einem Bärenhunger komme ich zu Hause an. Als Mama mir die Tür öffnet, rieche ich den Duft einer leckeren Lasagne. Ich liebe Lasagne! Das ist jetzt genau das Richtige. Wir setzen uns direkt an den Tisch und essen gemeinsam. Alle sind da, Papa, Mama, ich und sogar Paul.

Ich erzähle von unserer Radtour, dem Picknick, Altenberg, dem Monsignore Klüter und dem Eiscafé. Der Ausflug sei sehr spannend gewesen, und wir hätten jetzt genügend Material für unser Referat über den heiligen Bernhard. Von dem leeren Reliquiar erzähle ich nichts. Trotzdem werde ich das Gefühl nicht los, dass Mama etwas von dem Abenteuer ahnt, das wir momentan erleben. Ich würde ihr gern davon erzählen, aber das geht nach all dem, was wir heute dazu besprochen haben, nun überhaupt nicht!

23.

Das Hockeyspiel

Ich höre leises Gemurmel. Einzelne Wörter kann ich nicht verstehen. Die Bettdecke habe ich bis über die Ohren gezogen. Ich bin gerade aufgewacht. Ein erstes Blinzeln. Sonnenlicht scheint durch die Ritzen in meinem Rollladen. Es ist Sonntag und herrlich, nicht geweckt, sondern von allein wach zu werden. Und wenn man dann auch noch von unten die vertrauten Stimmen hört und die Sonne ins Zimmer scheint, dann gibt es nichts Schöneres.

Ein paar Minuten bleibe ich noch liegen. Was steht an, an diesem Sonntag? Basti hat gesagt, wir sollen um drei Uhr alle zum Hockeyplatz kommen. Er hat heute ein entscheidendes Spiel. Es ist das letzte vor den Sommerferien. Danach steht fest, welche Mannschaften in die Endrunde kommen. Aber bis dahin habe ich noch viel Zeit. Das wird ein wunderschöner Gammelvormittag.

Genug gegammelt. Jetzt muss ich aber los zum Hockeyplatz.

Die anderen sind schon da und haben es sich auf dem Hügel bequem gemacht. Judith lümmelt sich im Gras, Tom und Lilly sitzen im Schneidersitz neben ihr, und Karla steht dahinter. Ich bin froh, sie zu sehen. Sie sind die Einzigen, mit denen ich über die unglaublichen Erlebnisse der letzten Tage reden kann.

Ich stelle mich neben Karla, schaue sie mit schiefem Kopf an und frage sie: »Wie geht's, wie steht's?«

Karla holt tief Luft und schaut mich lächelnd und vertraut an, so wie es nur beste Freundinnen tun. »Na, wie soll es schon gehen? Mein Kopf fährt Karussell, Abenteuerlust und schlechtes Gewissen zanken sich in mir drin, und ich bin erschöpft.«

»Was meinst du damit?«

»Ich finde das alles sehr spannend, und ich glaube auch, dass wir eine echt bedeutende Entdeckung gemacht haben, aber ich mache mir auch Sorgen, weil wir noch keinem – außer Oma Luise – etwas davon erzählt haben.« Dabei guckt sie mir tief in die Augen. »Charlie, du bist nicht die Einzige, der es schwerfällt, nichts zu erzählen.«

Ich drücke sie einmal fest an mich. Einen Moment stehen wir einfach so da. Karla hat ihren Kopf auf meine Schulter gelegt und ich den Arm um ihre Taille.

Judith dreht sich zu uns um und erzählt ganz nebenbei, dass sie gestern noch Rettich angerufen hat. Der hat gesagt, dass wir erst am Dienstag kommen können. Da heißt es Geduld haben und nicht verzweifeln.

Es tut jetzt gut, mal auf andere Gedanken zu kommen. Da ist so ein Hockeyspiel genau das Richtige. Von unserem Hügel aus kann man das ganze Spielfeld sehen. Die Stimmung ist super. Überall am Zaun rund um den Platz stehen Leute und warten gespannt auf den Anpfiff. Die mit den blauen Trikots müssen die Gegner sein. Basti hat gesagt, die sind ein harter Brocken. Bastis Mannschaft trägt grüne Trikots und lustige grün-weiß gestreifte Stutzen. An den Schienbeinen haben alle Spieler Schoner. Es tut wohl höllisch weh, wenn du einen Schläger vors Schienbein bekommst. Außerdem tragen die meisten einen Zahnschutz. Und der Torwart! Den kannst du gar nicht mehr erkennen unter seiner ganzen Montur.

Nachdem sich die Mannschaften begrüßt haben, stellen sie sich auf. Dann kommt der Anpfiff. Basti spielt so eine Art »Spielmacher«. Er dirigiert seine Mitspieler und schlägt traumhafte Pässe von hinten nach vorn. Da, wieder so ein Pass. Der Junge mit der Dreiunddreißig nimmt den Ball mit dem Schläger an und läuft eine große Kurve, bis er rechts fast neben dem Tor angekommen ist. Der Ball scheint während des Laufens an seinem Schläger zu kleben. Blitzschnell schießt er den Ball in den freien Raum vor das Tor. Aber der herbeigerannte Stürmer schießt ihn vorbei. Ein Raunen geht durch das Publikum.

»Wenn unsere Jungs verlieren, ist Basti heute nicht mehr anzusprechen«, befürchtet Tom, der die ganze Zeit total aufgeregt hin und her hüpft.

Judith rümpft ihre Nase. »Was ihr alle nur am Sport findet. Da laufen zwanzig Kids mit Schlägern bewaffnet hinter so 'ner Kugel her, sind nachher fix und fertig, total verschwitzt und finden das gut. Ich kann das nicht verstehen.«

»Haha, wirklich komisch«, entgegne ich Judith mit, zugegeben, motziger Stimme. Manchmal geht mir Judiths Ironie ganz schön auf die Nerven.

Aber Karla klopft mir auf die Schulter und beruhigt mich. »Lass nur, Charlie. Judith ist halt kein sportlicher Typ.« Dabei guckt sie leicht herablassend zu Judith rüber.

Die schmollt, den Kopf auf die Hände gestützt, den Blick auf den Boden gerichtet.

»Tor! Tor!« Toms Stimme überschlägt sich. »Es steht eins zu null.«

So ein Mist, jetzt haben wir das Tor nicht gesehen. Nur weil wir mit Judith über den Sinn oder Unsinn von Hockey gestritten haben. Blöd, dass es hier keine Zeitlupe gibt.

»Wer hat es denn geschossen?«, frage ich Tom.

»Na, Basti natürlich.« Tom ist kaum noch zu bremsen. Er ist total begeistert. Lilly freut sich fast so wie Tom. Die beiden springen gemeinsam um die Wette.

Karla ist begeistert. »Der ist echt nicht schlecht. Ich wusste ja, dass er gut ist. Aber dass er so gut ist, hätte ich nicht gedacht.«

Die Jungs auf dem Platz klatschen sich ab. Die Freude hält leider nicht lange an, weil die Gegner mit einem schnellen Konter den Ausgleich schaffen. Und schon wieder sind die Blauen im Schusskreis von unserer Mannschaft. Basti kann den Ball nur noch mit dem Fuß abwehren. Da sie aber Hockey und nicht Fußball spielen, ist das strengstens verboten und bedeutet »Ecke« für die anderen. Eine Ecke beim Hockey ist sehr gefährlich und endet oft mit einem Tor. Und so ist es auch diesmal. Zwei zu eins für die anderen. So ist der Pausenstand.

Nicht nur die Spieler müssen sich jetzt erholen. Auch das Zuschauen, Anfeuern und Mitfiebern strengt mächtig an. Dieses Hockey ist wahnsinnig schnell. Das hätte ich nicht gedacht. Basti schwärmt ja immer davon. Vielleicht sollte ich mir das Mädelstraining doch mal anschauen.

Karla und ich beschließen, uns ein wenig die Beine zu vertreten und vor den Platz zu gehen. Direkt neben der Sportanlage beginnt der Wald. Mein Blick schweift durch das grüne Meer von Blättern und Ästen.

Da, plötzlich sehe ich etwas, was in mir sofort höchste Unruhe hervorruft. Ich zeige Karla, was ich entdeckt habe. Da stehen weiter hinten im Wald zwischen dichten Büschen zwei Männer. Der eine ist zweifellos unser mysteriöser Mann aus Haus Haan. Er trägt einen Rucksack. Jetzt greift er in den Rucksack, holt ein Paket heraus und gibt es dem anderen Mann. Der prüft das Päckchen und gibt dem Haus-Haan-Mann im Gegenzug ein Bündel mit Geldscheinen. Die Größe des Pakets ist verräterisch.

Karla schaut mich an und flüstert: »Ich wette darauf, dass sich in dem Päckchen die beiden Knochen mit dem Stoff befinden.«

»Was sollen wir denn jetzt machen?«

»Wir müssen verhindern, dass der die Reliquien verkauft und sie damit für immer verschwinden«, stellt Karla entschlossen fest.

»Aber wir können doch nicht einfach hingehen und denen die Sachen abnehmen«, gebe ich zu bedenken.

»Da hilft nur eins: Wir müssen die Polizei verständigen!« Karla sagt das mit so einer Entschlossenheit und Klarheit, dass ich erst einmal sprachlos bin. Und bevor ich etwas dazu sagen kann, hat sie schon ihr Handy in der Hand und wählt. Ich höre ihr gebannt zu.

»Hallo, ist da die Polizei?« Pause »Wir haben hier ein kleines Problem.« Pause »Also, es ist so. Meine Freundin und ich haben beobachtet, wie ein Mann etwas, was eigentlich uns gehört, geklaut hat und gerade versucht zu verkaufen.«

Ich schaue Karla überrascht an. So kann man das nicht gerade sagen: »uns gehört«, aber na ja, Karla wird schon wissen, was sie tut.

Karla fährt unbeirrt fort, ins Handy zu sprechen: »Es wäre super, wenn einer ihrer Kollegen möglichst in Zivil zum Hockeyplatz im Zeisbuschweg kommen könnte. Wir warten da.« Nach einer weiteren kurzen Pause bedankt sich Karla und drückt die Verbindung weg.

»Das hat geklappt«, sagt sie selbst ganz überrascht. »Da kommt gleich einer vorbei.«

»Und dann? Was soll der denn dann machen? Und wie sollen wir ihm die ganze Sache erklären?«, frage ich sorgenvoll.

Karla bleibt ganz ruhig. »Da wird uns schon das Richtige einfallen. Jetzt dürfen wir nur unseren Dieb nicht aus den Augen verlieren.«

In dem Moment ziehen die beiden Männer ab in Richtung Vereinsheim. Wir verstecken uns so gut es geht. Dann schleichen wir hinterher. Die beiden setzen sich auf die Terrasse und bestellen sich zwei Kölsch. Das Päckchen liegt zwischen ihnen auf dem Tisch. Hoffentlich bleiben die da so lange sitzen, bis der Polizist kommt. Und das geht schneller, als ich dachte.

»Habt ihr gerade angerufen?«, spricht er uns leise an. Neben uns steht ein junger, sportlicher Mann, der Jeans und Turnschuhe trägt.

Ich bin verblüfft. »Woran haben Sie uns erkannt?«

»Na ja, ich bin schon eine Weile Polizist und habe einen Blick für junge Verbrecherjägerinnen.«

Ob der uns wohl ernst nimmt?

»Mein Name ist Jens Specht, wie der Vogel«, stellt er sich vor »Bin ich unauffällig genug gekleidet?« Er zeigt auf seine Kleidung.

Karla und ich nicken.

»Dann erzählt doch bitte mal, worum es geht.«

Karla erklärt: »Also, wir haben ein paar wertvolle Reliquien gefunden. Wie und wo, ist jetzt zu kompliziert zu erzählen. Wir müssen auch noch ein paar wichtige Fragen dazu klären. Aber der Mann da oben auf der Terrasse, der mit dem Rucksack, hat uns welche davon geklaut und will sie nun verkaufen. Das können wir doch nicht zulassen.« Karla blickt den Polizisten mit ihrem umwerfenden Lächeln an.

Dann stellt der Polizist genau die Frage, die er nicht stellen sollte: »Wissen eure Eltern davon?«

Aber auch darauf hat Karla eine Antwort: »Nein, aber die Oma einer Freundin weiß Bescheid. Wir wollen unseren Eltern erst alles erzählen, wenn wir Gewissheit haben. Also, es wäre toll, wenn Sie dem Dieb da das Päckchen abnehmen könnten und es so lange aufbewahren würden, bis wir den Fall komplett gelöst haben – und natürlich unseren Eltern nichts davon erzählen. Noch nicht.«

Herr Specht muss schmunzeln. Ich glaube, er nimmt uns nicht wirklich ernst. Aber dann sagt er doch tatsächlich: »Wir können ja die Männer mal freundlich fragen, was da in dem Päckchen ist.«

Karla sieht mich zufrieden an und flüstert Herrn Specht zu: »Aber möglichst unauffällig.«

»Ich werde mir Mühe geben«, antwortet der leise.

Wir drei gehen auf die Terrasse. Unser Mann aus Haus Haan sitzt mit dem Rücken zu uns. Er kann uns nicht sehen.

»Dürfen wir uns dazusetzen?«, fragt Herr Specht und setzt sich, ohne die Antwort abzuwarten, neben den Dieb. Er packt dessen Handgelenk so fest und mit einer leichten Drehung, dass der nicht entkommen kann. »Entschuldigen Sie bitte: Polizei!«, sagt Herr Specht ganz leise.

In dem Moment springt der Mann, der vorhin das Geld übergeben hatte, auf und rennt davon. Das Päckchen lässt er auf dem Tisch liegen. Ein paar Gäste schauen verdutzt zu uns rüber. Aber der Polizist nickt ihnen freundlich zu, und so wenden sie sich wieder ihren eigenen Gesprächen zu.

Karla nimmt das Päckchen, fragt kurz: »Darf ich?«, und öffnet es vorsichtig. Sie faltet das Packpapier nur so weit auseinander, dass man den Stoff und die zwei Knochen sehen kann. Sie zeigt sie dem Polizisten.

Der wirft einen Blick in das Päckchen und sagt ganz ruhig zu dem Dieb: »Sie gestatten, dass ich das Päckchen an mich nehme. Könnte ich Ihren Personalausweis einmal sehen?«

Mit der noch freien Hand greift der Dieb in seine Jackentasche und zieht sein Portemonnaie und seinen Ausweis heraus. Herr Specht fordert Karla auf, Namen und Adresse des Verdächtigen aufzuschreiben. Dann wendet sich der Polizist noch einmal an den Dieb: »Bitte kommen Sie morgen in die Polizeidienststelle. Wir werden uns dann noch einmal unterhalten.«

Daraufhin lockert er den Griff um das Handgelenk des Diebes. Der nutzt die Gelegenheit, um sich wütend und schnellstmöglich aus dem Staub zu machen.

»So, und jetzt zu euch.« Bei diesen Worten schaut er Karla und mich mit ernstem Gesichtsausdruck an. »Ihr schreibt mir jetzt auch eure Namen und den Namen und die Adresse dieser Oma auf. Ich nehme diese angeblichen Reliquien mit. Wie lange braucht ihr noch Zeit, bis ihr mir die ganze merkwürdige Sache plausibel erklären könnt?« Jetzt schaut er wieder ein bisschen freundlicher.

»Geben Sie uns bitte noch ein paar Tage. Mitte der Woche melden wir uns bei Ihnen. Versprochen!« Karla hebt Zeige- und Mittelfinger wie bei einem Schwur in die Höhe.

Herr Specht nickt. »Was ist das für eine verrückte Geschichte«, murmelt er und verlässt mit einem Kopfschütteln die Gaststätte.

»Und jetzt?« Ich schaue Karla fragend an.

»Wir erzählen den anderen, was passiert ist, und hoffen, dass der Typ sich jetzt nicht rächen will.«

Bei diesen Worten fährt mir ein Schauer über den Rücken. Aber Karla beruhigt mich: »Das wird der aber nicht wagen, weil die Polizei jetzt von ihm weiß. Du kannst ganz relaxed bleiben.«

Als wir zurück zum Hockeyplatz kommen, ist die zweite Halbzeit schon fast zu Ende. Tom schreit uns schon von Weitem »drei zu drei!« entgegen. Kurz darauf kassieren die Dünnwalder Jungs aber noch ein Gegentor, und es steht drei zu vier für die anderen. Das letzte Tor ist sehr umstritten, die Jungs und Trainer beider Mannschaften sind total aufgebracht. Gut, dass der Schlusspfiff kommt und sich die Gemüter beruhigen können.

Karla und ich sind mit unseren Gedanken noch ganz woanders. »Wo ist denn Judith?«, frage ich Tom.

»Keine Ahnung. Die hatte wohl keinen Bock mehr auf Hockey.«

Ich nehme Karla zur Seite. »Ich denke, wir sollten den anderen morgen davon erzählen. Judith ist nicht mehr da, Tom von dem Spiel noch ganz benommen und Basti sowieso noch bei seinem Team. Lilly kannst du ja später zu Hause alles berichten.«

Karla findet die Idee gut.

»War wohl nichts mit Siegen heute?«

Nicht schon wieder die! Die haben uns jetzt gerade noch gefehlt.

Mike und Nils stehen breitbeinig vor uns, die Arme in die Seiten gestemmt. Sie platzen fast vor lauter Schadenfreude, dass Dünnwald verloren hat. Nils grinst mit breitem Mund und zeigt seine Zähne. Mike dagegen spitzt seine Lippen und lässt arrogante »ttttt«-Laute von sich. Natürlich merken sie, dass uns ihr Auftreten ganz schön ärgert.

Mike gibt Nils mit seiner Schulter einen Schubs und sagt mit abfälligem Blick: »Komm, Nils, hier können wir nichts mehr machen. Mit Losern verkehren wir nicht.«

»Mensch, haut bloß ab!«, rufe ich ihnen hinterher. »Wir verkehren nämlich nicht mit Doofis.«

Mike dreht sich noch um und droht mir mit seiner Faust. Ehrlich gesagt schafft es dieser Ätzkerl, mir immer wieder Angst einzujagen.

Karla reißt mich aus meinen Gedanken. »Meinst du, dass wir den fiesen Typen aus Haus Haan nun endlich los sind?«, fragt sie ernst. Dabei legt sie ihre Stirn in tausend Falten.

»Ja, das glaube ich!«, versichere ich ihr. Jetzt bin ich wieder zuversichtlich und mutig. Bei uns beiden wechselt sich das ganz oft ab. Hauptsache, eine bleibt immer cool. »Aber wir müssen jetzt dringend den Fall der Reliquien ganz aufklären. Wir haben nur bis Mitte der Woche Zeit.«

»Zu dumm, dass wir erst am Dienstag zu Rettich können«, ärgert sich Karla. Sie schaut mich fragend an. »Was machen wir eigentlich morgen?«

»Morgen werden wir erst einmal das Waldbad genießen. Vergiss nicht, dass wir eine Verabredung mit Lena haben«, antworte ich ihr.

»Hat denn überhaupt schon jemand von uns etwas für den Stadtteilführer geschrieben?«, fragt Karla.

»Klar! Ich habe doch einen Artikel über das Waldbad geschrieben.« Stolz recke ich meinen Hals hoch.

Anerkennend nickt mir Karla zu. »Richtig, Charlie, das habe ich ja ganz vergessen.«

»Tja, wenn ihr mich nicht hättet, dann wäre unser Treffen morgen mit Lena ein Reinfall.«

Karla muss über meine übertriebene Eitelkeit lachen. »So, jetzt geht's aber nach Hause – genug für heute«, entscheidet sie und schiebt mich und ihre Schwester, die die ganze Zeit Handstand und Rad macht, sachte von dem Hügel, am Platz vorbei Richtung Ausgang. Tom wartet noch auf seinen großen Bruder, auf den er trotz der Niederlage sehr stolz ist.

24.

Im Waldbad

Leute, was soll ich euch sagen. Ich liebe die Sonne und das Wasser. Und im Moment habe ich beides. Alle Beteiligten des Projekts Prämonster haben sich heute, an diesem sonnigen, warmen Montagnachmittag im Waldbad versammelt. Tom hat natürlich wieder was zum Knabbern mitgebracht, und so lassen wir es uns auf unseren Decken gut gehen.

Lena ist noch nicht da. Sie kommt später nach, hat sie gesagt. Karla und ich nutzen die Gelegenheit, den anderen von unserer gestrigen Verbrecherjagd auf dem Sportplatz zu erzählen. Die staunen nicht schlecht. Judith ärgert sich, dass sie früher gegangen ist und nichts davon mitbekommen hat. Aber das Wichtigste ist, dass alle mit unserer Aktion einverstanden sind. Die Knochen sind bei der Polizei in Sicherheit, und wir sind hoffentlich den komischen Mann aus Haus Haan, der uns in den letzten Tagen so viel Angst eingejagt hat, fürs Erste quitt. Tatsächlich scheint sich bei allen eine gewisse Entspannung breitzumachen.

»Ich kann das alles immer noch nicht fassen«, werfe ich in die Runde. Lang ausgestreckt liege ich auf dem Rücken und blinzle in den Himmel. »Könnt ihr euch noch daran erinnern, wie alles angefangen hat?«

»Na klar, mit meinem aufgerissenen Armband«, antwortet mir Lilly. Sie ist die Einzige von uns, die nicht entspannt auf ihrem Handtuch liegt. Natürlich turnt sie irgendwie herum. Gerade steht sie auf dem Kopf.

Tom stimmt ihr zu. »Wenn Lillys Armband nicht kaputtgegangen wäre, dann hätten wir jetzt vielleicht einen netten Stadtteilführer geschrieben, aber nicht dieses verrückte Abenteuer erlebt.«

Basti liegt auf der Seite, hat ein Bein angestellt und den Kopf aufgestützt. »Aber, wer weiß, vielleicht hätten wir den Hauptpreis gewonnen und wären jetzt um vierhundert Euro reicher. Das wäre doch auch nicht schlecht?«

»Wer sagt denn, dass wir den Stadtteilführer nicht noch schreiben werden?«, gebe ich zu bedenken. »Schließlich wollen wir heute über ein, zwei Artikel sprechen, die wir schon zusammenhaben.«

Verdutzt guckt Basti mich an. »Von welchen Artikeln sprichst du?«

»Von Lenas und von ...«, ich mache eine bedeutungsvolle Pause, bevor ich weiterrede, »... meinem.«

Jetzt ist Basti aber echt sprachlos.

Auch Judith ist sehr überrascht. Sie setzt sich auf und schaut mich erwartungsvoll an. »Wie, du hast einen Artikel geschrieben?«

»Das habe ich euch doch schon erzählt«, gebe ich ihr trotzig und enttäuscht zur Antwort.

Judith ist verlegen. Es tue ihr leid, aber sie habe das irgendwie nicht mitbekommen, sagt sie. Um es wieder gutzumachen, fordert sie mich freundlich auf: »Dann lass mal hören!«

Karla schüttelt energisch den Kopf. »Nee, das hat noch Zeit. Solange Lena nicht da ist, sollten wir uns lieber über wichtigere Dinge unterhalten, nämlich, was wir morgen machen, wenn Rettich unsere Vermutung bestätigen kann.«

Immer noch etwas enttäuscht darüber, dass ich die anderen jetzt nicht sofort mit meinem brillanten Artikel beeindrucken kann, stimme ich aber doch Karla zu. Wir müssen diese Zeit nutzen, bevor wir gleich nicht mehr offen reden können.

Karla wiederholt noch einmal die Ereignisse der letzten Tage. Sie sitzt im Schneidersitz und hält ihre Hände gespreizt vor sich. Dann tippt sie mit der rechten Hand die Finger der linken nacheinander an. Bei jedem Finger zählt sie ein Ereignis der letzten Tage auf.

»Erst finden wir durch einen Zufall ein altes, zerrissenes Pergament. Dann stoßen wir auf Ritter Konstantin und den

Geheimgang. In dem Geheimgang finden wir eine alte Kiste, in der ein paar Knochen sind. Mit Hilfe von Frau Kurz erfahren wir die irrsinnigsten Sachen über Kohlenstoff. Und ein merkwürdiger Beschleuniger rechnet uns aus, dass unsere Knochen richtig alt sind.« Karla hat alle fünf Finger der linken Hand abgezählt.

Jetzt übernehme ich und zähle die Finger meiner rechten Hand ab. »Beim zweiten Besuch im Geheimgang kommen wir auf die Spur vom heiligen Bernhard. Die führt uns nach Altenberg. Dort erfahren wir von dem Reliquiendiebstahl und sehen ein wunderschönes, kostbares altes Reliquiar …«

»… dessen Inhalt wir vielleicht besitzen«, beendet Basti meinen Satz.

Auf einmal wird Judith ganz ernst. Sie schaut uns nachdenklich an. Dann sagt sie leise, aber sehr bestimmt: »Das ist der Punkt, an dem wir uns nun ganz genau überlegen müssen, was wir morgen Abend machen werden. Wem erzählen wir davon und was erzählen wir?«

»Das ist für mich keine Frage«, gibt ihr Karla locker zur Antwort. »Wir gehen, nachdem wir bei Rettich waren, direkt zu Oma Luise und erzählen ihr die Neuigkeiten. Dann beraten wir mit ihr gemeinsam, wie es weitergeht.«

Diesen Vorschlag finden wir alle gut. Bevor wir noch weiter spekulieren können, was uns Rettich morgen vielleicht erzählen wird, kommt Lena auf uns zu. Sie strahlt über ihr ganzes Sommersprossengesicht und freut sich riesig, uns zu treffen.

Wir fordern sie auf, sich zu uns zu setzen. Und schneller als wir gucken können, beginnt sie schon damit, uns ihren Artikel über Haus Haan vorzulesen. Sie wirkt ein wenig aufgeregt. Zwischendurch schaut sie immer wieder den einen oder die andere von uns konzentriert an, um zu überprüfen, ob wir mit dem einverstanden sind, was sie geschrieben hat.

Ich muss ehrlich sagen, dass mich ihr Text echt beeindruckt. Sie hat die Geschichte von Haus Haan sehr witzig und abwechslungsreich formuliert. Von mir würde sie dafür eine glatte Eins bekommen. Den anderen gefällt Lenas Artikel auch sehr gut. Langsam fällt die Spannung von Lena ab wie eine dicke zweite Haut. Nachdem sie fertig gelesen hat, lässt sie sich nun auch auf ihr Handtuch fallen und schaut zufrieden in den Himmel.

Je länger ich Lena kenne, und vor allem, je besser ich sie kennenlerne, desto besser gefällt sie mir. Die ist gar nicht so doof, wie ich bisher immer dachte. Wenn das alles hier vorbei ist, werde ich mich vielleicht mal mit ihr treffen. Nicht um sie auszunutzen, sondern richtig und ehrlich.

Natürlich lese ich jetzt auch noch meinen Artikel vor, den die anderen auch zustimmend abnicken. Zugegeben: Lenas Artikel war besser.

Auf Lenas fragenden Blick hin erklären die anderen, mehr oder weniger umständlich und phantasiereich, warum sie noch keinen Artikel geschrieben haben ... Um diesem Schauspiel ein Ende zu bereiten, schlage ich vor, uns jetzt erst einmal abzukühlen!

Das Wasser im Becken ist scheußlich kalt. Da muss man, ohne lange zu überlegen, direkt reinspringen. Nach gut einer halben Stunde mit Reiterkämpfchen, Ringetauchen, Rutschen und Plantschen klettern wir wieder aus dem Becken und mummeln uns in die Handtücher ein.

Basti reibt sich mit der Hand über den Bauch. »Artikel hin oder her, ich habe einen Mordshunger. Ich könnte ein ganzes Schwein verdrücken.« Ohne eine Reaktion von uns anderen abzuwarten, steht er auf und zieht sich an. Wir anderen machen es ihm nach.

»Fang dir doch ein Wildschwein, Obelix. Davon gibt es hier genug. Du musst nur schnell mal auf die Jagd gehen«, macht sich Judith über Basti lustig. Sie stellt sich vor ihn hin und hält die Hände hinter ihren Rücken, als ob sie einen Hinkelstein tragen würde wie der berühmte gallische Hinkelsteinlieferant Obelix.

Basti schaut Judith nur verächtlich an. Er hat keine Lust auf Zoff. Heute nicht. Also reagiert er überhaupt nicht. Judith zieht eine Schnute und zieht sich nun ebenfalls an.

»Ich habe eine bessere Idee«, meint Karla, die schon wieder aussieht wie aus dem Ei gepellt. Wie macht die das nur? Judith, Lena und mir hängen die nassen Haare wirr ins Gesicht, Basti und Tom sind total verstrubbelt, und Lilly hat den Pulli falsch herum angezogen. Aber Karla hat die Haare ordentlich zusammengedreht und mit einer Spange hochgesteckt, ihre Klamotten korrekt angezogen und sieht einfach spitze aus.

»Wir fahren jetzt alle zu uns und kochen gemeinsam Spaghetti. Was haltet ihr davon?«

Basti steigt direkt schmatzend auf sein Fahrrad. »Da läuft mir doch das Wasser im Mund zusammen. Worauf wartet ihr noch? Auf zum Nudelkochen.«

»Kommst du auch mit?«, frage ich Lena, die so aussieht, als ob sie gerade überlegt, ob diese Aufforderung auch für sie gilt.

»Gerne.« Das ist alles, was sie herausbringt. Sie ist so überrascht und freut sich so sehr, dass sie sprachlos geworden ist. Lena sprachlos – kaum zu glauben.

Ich will noch schnell meine Sachen zusammenpacken, da merke ich, dass mein Artikel über das Waldbad nicht mehr da ist. »Hat jemand von euch meinen Artikel aus Versehen eingepackt?«

»Oh Mann, meiner ist auch weg«, stellt Lena nun ebenfalls fest.

Judith sucht mit ihren Augen den Platz ab, wo eben noch unsere Decken und Handtücher lagen. »Die wird doch keiner geklaut haben.«

»Vermutlich hat der Wind sie irgendwohin geweht«, glaubt Karla.

»Macht nix. Ich habe meinen Artikel auf dem Computer gespeichert. Du sicher auch?«, frage ich Lena.

Sie nickt.

»Also los jetzt«, drängelt Basti und tritt in die Pedalen. Wir anderen versuchen, mit ihm mitzuhalten.

In der Küche steigt der Wasserdampf hoch. Man kann kaum noch was sehen. Die Fenster sind beschlagen. Aber das ist gut so. Denn dann kocht unser Nudelwasser bald. Nur noch ordentlich Salz, und dann das große Kilopaket Spaghetti rein.

Karla nimmt eine Pfanne aus dem Schrank und gießt Olivenöl hinein. Dann schneidet sie ein paar Zwiebeln und brät sie im heißen Öl an. »Lilly, gib mir mal die Pelati rüber«, ruft sie quer durch die Küche. Die Dose mit den gekochten Tomaten kommt sofort.

»Die kommen jetzt zu den Zwiebeln, dann noch Salz, Pfeffer, Paprika dazu und, das ist ganz wichtig, ordentlich Zucker. Ihr werdet sehen: Das ist die beste Tomatensoße aller Zeiten.«

Karla hantiert eifrig mit den Gewürzen herum und sagt, was wir tun sollen. »Basti, reib doch bitte schon mal den Parmesan. Der ist im Kühlschrank. Judith und Charlie, ihr könnt den Tisch decken. Lena, hilf doch bitte den beiden.«

»So gute Spaghetti habe ich noch nie gegessen.« Basti ist zufrieden und pappsatt. Karla freut sich über das Kompliment.

Es war aber auch echt lecker. Vollgegessen und zufrieden sitzen wir um den runden Küchentisch. Jeder von uns hat mindestens einen Tomatensoßenfleck an seinen Klamotten. Außer Karla natürlich! Die Spaghetti spritzen besonders mit der Soße um sich, wenn man sie genüsslich zwischen den Zähnen in den Mund schlürft.

»Wir sollten öfter zusammen kochen«, schlage ich vor.

Tom fuchtelt aufgeregt mit seiner Gabel in der Luft. »Ich kann Linsensuppe mit Würstchen.«

»Na, dann ist das nächste gemeinsame Essen ja schon geritzt: Linsensuppe aus Toms Meisterküche«, verkündet Judith mit einem ironischen Unterton.

Das einzig Blöde am Kochen ist das Aufräumen und Spülen

hinterher. Aber wir verschönern uns die Arbeit mit Singen. Karla rappt und erzählt dabei alles, was ihr so durch den Kopf geht: »Ey, Mann, der Spül ist doof, ist doof – wenn Charlie mit der Bürste schrubbt, dann jault der Hund und Basti bockt – ey, Mann, wir sind ein Superteam und spülen ohne Zeitverlust …« und so weiter und so weiter. Egal, was ihr gerade einfällt, sie macht daraus einen Rap. Das kann die richtig gut. Basti und Judith schlagen mit Löffeln und Töpfen den Rhythmus dazu, und Lena summt die Hintergrundmusik.

Das war heute ein richtig schöner Tag mit Waldbad und Spaghettiessen. Keine neuen Aufregungen und Abenteuer. Das tut auch mal gut. Wir haben Lena besser kennengelernt. Die ist echt okay. Morgen werden wir hoffentlich Gewissheit bekommen, was es nun mit unseren Knochen auf sich hat. Und dann werden wir unser Geheimnis lösen. Bestimmt! Und endlich allen davon erzählen.

25.
Der Überfall

Gleich werden wir mehr wissen. Wir sind auf dem Weg zu Herrn Rettich.

Als wir das alte Försterhaus erreicht haben, steigt die Spannung. Basti klingelt. Sofort ertönt hinter der Tür ein ohrenbetäubendes Gebell. Goethe erwartet uns. Kurze Zeit später hören wir Herrn Rettichs Stimme, der versucht, Goethe zu beruhigen. Natürlich ohne Erfolg. Die Tür öffnet sich ein wenig, und der kleine Dackel schießt durch den Spalt. Nachdem er an jedem von uns einmal hochgesprungen ist und vor lauter Freude ein paar kleine Pfützen auf der Fußmatte hinterlassen hat, ist er zufrieden und läuft ins Haus zurück.

Nun sehen wir auch Herrn Rettich, der kopfschüttelnd auf seinen Hund schaut und uns dann freundlich zunickt.

»Es ist echt nett, dass wir Sie noch mal besuchen dürfen«, begrüßt Judith den alten Mann.

Herr Rettich steht am Hauseingang und winkt uns durch, wie ein Polizist die Autos, wenn er den Verkehr regelt.

Während wir alle brav der Reihe nach an ihm vorbeiziehen und ihm zur Begrüßung die Hand reichen, sagt er: »Ach wisst ihr, ich habe doch immer Zeit.« Seine Stimme klingt fast ein wenig traurig. Aber nur kurz. Schon wieder ziemlich fröhlich fügt er hinzu: »Ich habe mich schon auf euch gefreut – und Goethe auch!«

Wir ziehen unsere Schuhe aus und rennen die Treppe hoch. Den Weg kennen wir ja schon. Im Wohnzimmer schwinge ich mich direkt auf »meinen« Balken. Hier oben ist es einfach supergemütlich.

»Womit kann ich euch diesmal helfen?« Herr Rettich schaut uns fragend an.

Basti und Judith haben sich mit Herrn Rettich auf das schokobraune Sofa gesetzt. Lilly, Karla und Tom hocken mit mir in den Balken. Wir werfen uns ratlose Blicke zu. Wie fangen wir an? Basti setzt sich aufrecht auf die Sofakante, stützt die Ellenbogen auf seine Knie und spielt verlegen mit den Händen. Wir warten darauf, dass er etwas sagt und den Anfang macht.

Nachdem er sich noch einige Male umgesetzt hat und hin und her gerutscht ist, formuliert er langsam und betont seine Frage: »Wir dachten uns, dass unser Stadtteilführer noch eine spannende alte Geschichte vertragen könnte. Und da haben wir uns weiter gedacht, dass Sie vielleicht eine kennen.« Basti holt einmal tief Luft, bevor er fortfährt. »Vielleicht gab es ja früher, im Mittelalter, hier einmal einen spektakulären Diebstahl oder so?«

Und bevor Herr Rettich überhaupt Zeit gehabt hätte zu antworten, setzt Basti noch hinzu: »Vielleicht wurden ja mal irgendwelche komischen Dinge wie Reliquien oder so geklaut?« Basti versucht, seine Worte so unauffällig wie möglich klingen zu lassen.

Ob das gut geht? Das war schon ziemlich dick aufgetragen. Herr Rettich wird bestimmt was gemerkt haben. Skeptisch schaue ich zu dem alten Mann rüber.

Herr Rettich wirkt nicht so, als ob er einen Verdacht geschöpft hat. Er wippt hin und her und beginnt langsam, wie es seine Art ist, zu reden. Aber das, was er dann sagt, haut mich glatt um. Und nicht nur mich!

»Das ist ja komisch, dass ihr mich danach fragt. Als ihr letztens weg wart, da fiel mir eine alte Geschichte von einem Reliquiendiebstahl ein. Aber ich hatte keine Ahnung, dass sie euch interessieren könnte.«

»Das ist ja ein Ding!«, platzt es aus mir heraus. »Welche Geschichte meinen Sie? Bitte, erzählen Sie sie uns«, fordere ich ihn auf.

»Also, schon immer gab es die wildesten und unglaublichsten Geschichten von dem Prämonstratenserinnenkloster. Die

Menschen haben sie sich gegenseitig erzählt und dann ihren Kindern weitergegeben. So wurden die alten Geschichten von Generation zu Generation sozusagen immer weitervererbt. Die Sache mit dem Reliquiendiebstahl ist auch so eine Geschichte. Also passt auf!«

Herr Rettich lehnt sich entspannt zurück. »Es soll im zwölften Jahrhundert passiert sein. Da reiste der heilige Bernhard von Frankreich nach Altenberg. In seinem Gepäck soll er eine wertvolle Reliquie für das Kloster in Altenberg gehabt haben. Auf dem Weg zwischen Dünnwald und Altenberg wurde er von Räubern überfallen, die ihm sein ganzes Hab und Gut wegnahmen. Den heiligen Bernhard ließen sie laufen. Als sie später im Gepäck die Reliquien fanden, bekamen die Räuber Angst.«

»Wieso das denn?«, will Lilly wissen.

»Ihr müsst wissen, dass die Menschen früher sehr gläubig waren, auch die Verbrecher. Und als sie sahen, dass sie da aus Versehen eine heilige Reliquie geklaut hatten, bekamen sie Angst, dass sie von Gott persönlich bestraft werden würden.«

Lilly ist mit der Antwort zufrieden. »Und was haben sie dann mit den Knochen gemacht?«, fragt sie weiter.

Herr Rettich fährt fort: »Also, zwei von den Dieben sollen direkt Hals über Kopf weggelaufen sein. Der Dritte aber blieb zurück. Er behielt die Knochen und wurde sehr krank. Als er merkte, dass er sterben würde, plagte ihn sein schlechtes Gewissen. So vertraute er sich den Nonnen vom Kloster hier bei Sankt Nikolaus an und erzählte ihnen von dem Diebstahl. Der Überfall auf den heiligen Bernhard hatte sich schon weit herumgesprochen. Die Nonnen vom Prämonstratenserkloster nahmen sich des Räubers an, pflegten ihn noch bis zu seinem Tod und versprachen, die Reliquien dem heiligen Bernhard wieder zurückzugeben. Vorerst wollten sie sie in ihrer Kirche aufbewahren. Doch ein paar Tage später waren die Reliquien aus der Kirche verschwunden. Keiner wusste, wer sie genommen hatte. Sie sind bis heute nicht wieder aufgetaucht.

Ob diese Geschichte wahr ist, kann ich euch aber beim besten Willen nicht sagen.«

Als Herr Rettich seine Geschichte beendet hat, ist es ganz still im Zimmer. Aufmerksam haben wir ihm zugehört. Jetzt bleibt noch eine Frage.

»Kann es sein, dass diese Reliquien in den Besitz von Ritter Konstantin gekommen sind?« Ich flüstere die Frage in den Raum. Von dieser Antwort hängt jetzt alles ab.

Herr Rettich streicht sich mit der Hand die wenigen Haare auf seinem Kopf zur Seite. Dabei verzieht er ganz komisch seine Nase und den Mund. Ich glaube, er denkt nach. Erwartungsvoll schauen wir ihn an.

»Ja tatsächlich! Da ganz hinten in meinem Gehirn ist eine Geschichte vergraben. Ich muss mich nur noch erinnern. Wartet mal! Irgendwo habe ich mal gelesen, dass die Menschen damals davon sprachen, dass Ritter Konstantin die Reliquien an sich genommen hätte. Er soll sie in der Kirche entdeckt haben. Er wusste bestimmt sofort, worum es sich handelt. Schließlich war die Sache doch in aller Munde. Genau! Jetzt fällt es mir wieder ein: Die Leute erzählten, dass Ritter Konstantin die Reliquien versteckte, um sie vor seinen habgierigen Söhnen zu schützen. Er hatte wohl Angst, dass die beiden den Schatz zu Geld machen würden. Ja, so erzählte man sich die Geschichte.«

Herr Rettich beugt sich zu uns vor, was bei seinem dicken Bauch gar nicht so einfach ist. Er ist mit sich selbst sehr zufrieden, dass ihm die alte Geschichte so Stück für Stück wieder eingefallen ist.

Und wir? Auch wir sind zufrieden. Das ist doch klar! Das war genau die Antwort, die wir erhofft hatten. Eine zentnerschwere Last fällt von mir ab. Ich spüre die pure Erleichterung. Jetzt ist unser Rätsel gelöst. Wahnsinn!

Ich sehe, wie Karla, Lilly und Tom auf den Balken richtig in sich zusammensacken und wie Judith sich auf dem Sofa entspannt. Basti rutscht vom Sofa auf den Flokatiteppich runter und streckt glücklich seine Beine lang aus. Ich glaube, keiner von uns kann so richtig glauben, was wir gerade gehört haben.

Meine Augen wandern durch das gemütliche Wohnzimmer von Herrn Rettich. Das weiche Schoko-Sofa, die Holzmöbel und die Fachwerkbalken, alles wirkt so friedlich und einladend. Ich glaube, es hätte keinen besseren Ort geben können, um unser Geheimnis und all die vielen Fragen aufzuklären.

Mein Blick bleibt bei Herrn Rettich hängen. Der richtet sich gerade sehr mühsam auf, indem er den Schwerpunkt seines Gewichts leicht nach vorn schiebt. Seine Gesichtszüge werden etwas ernster, und er schaut uns prüfend an. Die Frage, die er jetzt stellt, musste ja irgendwann kommen: »Aber wie kommt ihr denn bloß auf alle diese Fragen und Vermutungen?«

Ich schaue ihn mit einem möglichst beiläufigen Ausdruck an, ziehe meine Schultern hoch und antworte ihm: »Ach wissen Sie, wir haben halt hier und da etwas gelesen, aber uns fehlte der rote Faden bei dem Ganzen. Und da haben Sie uns richtig toll geholfen. Jetzt können wir einen schönen Bericht über alte Geschichten in Dünnwald schreiben.«

Nachdem ich fertig geredet habe, muss ich fest schlucken. Ohne sie anzuschauen, spüre ich die Zustimmung der anderen zu meiner Erklärung, die ich eben Rettich gegeben habe.

Wenn der wüsste, warum uns die Sache wirklich so interessiert und dass wir sie haben, diese Reliquien! Er würde glatt in Ohnmacht fallen, nein, in Ohnmacht kugeln.

»Es ist nämlich so …«, Rettichs Stimme klingt rätselhaft. Wir sind sofort alle total angespannt. Was kommt jetzt?

»Da war doch letztens irgendein Verwandter von einer alten Bekannten von mir, die in Haus Haan wohnt, hier bei mir und hat mich ganz ähnliche Dinge gefragt wie ihr. Merkwürdig, nicht?«

Ach du Schande! Das muss der Dieb gewesen sein. Ich schlucke fest und sage dann so unaufgeregt wie möglich: »Zufälle gibt es, die gibt es gar nicht.« Wie gut, dass der die Knochen jetzt nicht mehr hat, schießt es mir durch den Kopf.

Rettich schaut mich prüfend an, fragt aber nicht weiter. Bei dem weiß ich nie, ob der viel mehr geschnallt hat, als wir alle denken, oder ob der tatsächlich einfach nur gutmütig und gutgläubig ist. Jedenfalls möchte ich hier jetzt möglichst schnell weg. Also springe ich von meinem Balken und gehe auf Herrn Rettich zu.

»Vielen tausend Dank, Herr Rettich. Sie haben uns sehr geholfen. Und im Erzählen sind Sie einfach spitze. Schade, dass wir schon gehen müssen, aber wir haben noch einen wichtigen Termin.«

Basti und Tom schauen mich irritiert an. Welchen Termin?, denken die bestimmt. Aber Judith, Karla und Lilly haben glücklicherweise verstanden, dass ich nur eine Ausrede gesucht habe, damit wir gehen können.

Karla schaut auf ihre Uhr. »Mensch, wie die Zeit vergeht. Wir müssen wirklich los.«

Judith tritt Basti gegen das Schienbein, ohne dass Rettich etwas merkt. Ich zwinkere Tom zu. Na endlich. Die beiden haben es verstanden.

»Ach, der Termin«, sagt Basti und macht dann endlich auch Anstalten zu gehen.

Wir bedanken uns noch einmal und sind schon draußen. Ohne mich umzudrehen, laufe ich ein Stück in den gegenüberliegenden Wald hinein. Als wir weit genug von Rettichs Haus weg sind, brülle ich aus vollem Hals. Es ist ein kurzer, ultralauter Schrei. Ich kann nicht anders. Karla und Lilly kommen mir nach und schreien genauso laut. Das musste einfach sein. Eine Frau mit Hund kommt vorbei und zeigt uns einen Vogel. Egal. Basti, Tom und Judith sind jetzt auch da.

Da gibt Basti plötzlich Gas und rennt quer durch das Gestrüpp. Ich überlege nicht lange und renne hinterher. Dann laufen wir alle durch den Wald. Bestimmt zehn Minuten. Völlig aus der Puste bleiben wir schließlich an einer Bank stehen und lassen uns erschöpft auf die Holzbretter fallen. Ich glaube, wenn uns jemand gesehen hat, denkt der bestimmt, dass wir total übergeschnappt sind. Sind wir ja auch, irgendwie.

»Projekt Prämonster«, ruft Karla ziemlich laut durch den Wald. Ich habe sie selten so ausgelassen erlebt.

»Wer hätte das gedacht? Hier sitzen die erfolgreichsten Detektive des Universums«, übertreibt Basti genüsslich.

Judith hat als Erste wieder ihre gewohnte Ruhe zurückgewonnen. Zwar noch völlig außer Atem, aber schon wieder bei klarem Verstand schlägt sie vor, dass wir uns jetzt zur Beratung zu Oma Luise begeben.

»Das ist mal wieder die richtige Idee im richtigen Moment«, antworte ich.

»Ich habe unseren Besuch schon angekündigt«, japst Judith, die immer noch sehr kurzatmig ist.

Oma Luise hat schon auf uns gewartet. In Jeans und einem langen, lässigen weißen Hemd darüber öffnet sie uns die Tür. Sie scheint aufgeregt zu sein. Vermutlich ahnt sie, dass wir unser Rätsel gelöst haben.

»Kinder, kommt rein! Erzählt, was es Neues gibt.«

»Oma, du wirst es nicht glauben«, fängt Judith an. Und dann erzählt sie die Neuigkeiten und von unserem Gespräch mit Herrn Rettich.

»Ach, der gute alte Günther. Was habt ihr denn jetzt vor?«

»Wenn wir das nur wüssten«, stöhnt Karla.

Sie sitzt in Oma Luises Lehnstuhl und hat die Beine übereinandergeschlagen. Wie ein Model sieht sie aus. Das kann man von uns anderen garantiert nicht sagen. In Bastis Haaren hängt Gestrüpp aus dem Wald, Tom und Lilly haben verschmierte Gesichter, und Judith und ich sehen wohl auch eher abgehetzt aus. Außerdem hat Judith immer noch einen roten, erhitzten Kopf. Nun ja, Sport ist halt echt nicht ihre Sache.

»Gehen wir doch mal logisch an die Sache ran«, schlägt Basti vor, während er sich schmatzend ein Stück Kuchen zwischen die Zähne schiebt.

Diesmal gibt es bei Oma Luise Blaubeerkuchen. Der ist natürlich auch superlecker. Als Basti weiterspricht, sieht man seine blauen Zähne. Die hat er vom Blaubeerkuchen, wie der Name schon sagt.

»Wem gehören denn nun eigentlich die Reliquien?«, fragt er in die Runde.

Die Antwort darauf scheint mir einfach zu sein: »Wenn der heilige Bernhard sie dem Altenberger Kloster schenken wollte, dann gehören sie doch dem Altenberger Dom, oder?«

Judith nickt mir zu. »Außerdem haben die doch dieses tolle Reliquiar.«

»Dann schlage ich vor, dass wir morgen noch mal nach Altenberg fahren und dem Monsignore Klüter unsere ganze Geschichte erzählen«, sage ich zu den anderen.

Zufrieden mit der Aussicht, endlich reinen Tisch machen und unser Geheimnis lüften zu können, nehme ich mir das letzte Stück Kuchen. Noch ein bisschen Schlagsahne obendrauf – köstlich!

Judith und ich zeigen uns gegenseitig unsere blauen Zähne und haben dabei viel Spaß. Karla findet das natürlich unmöglich. Sie versucht krampfhaft, ihre blauen Zähne mit der Zunge zu säubern. Alle sind irgendwie mit dem Kuchen und den Nebenwirkungen beschäftigt. Nur Lilly nicht. Sie macht sich wieder mal Sorgen. Das sieht man daran, dass sie ihre Nase so lustig hochzieht.

»Und wenn der Monsignore böse auf uns ist und schimpft?«

»Das kann natürlich passieren. Aber das Risiko müssen wir eingehen. Wir können die Reliquien ja schließlich nicht für immer verstecken«, stellt Judith nüchtern fest. Ihre Stimme klingt ziemlich genervt.

Da habe ich eine gute Idee: »Oma Luise, vielleicht könntest du morgen mit uns fahren und, wenn nötig, ein gutes Wort für uns einlegen?«

»Das ließe sich machen.« Oma Luise lacht verschmitzt vor sich hin und wackelt dabei lustig mit ihrem Kopf. Dann sagt sie mit übertrieben sorgenvoller Stimme: »Dann werde ich auch endlich den ollen Knochen los, den ihr mir auf den Dachboden geschmuggelt habt. Übrigens, was für ein Glück, dass es hier im Haus keine Hunde gibt. Stellt euch mal vor, dass …«

Bei dem Gedanken, dass ein Hund die wertvolle Reliquie mit einem Leckerbissen hätte verwechseln können, müssen wir alle schmunzeln.

»Dann fährst du also morgen mit nach Altenberg?«, frage ich noch einmal nach.

»Ja, aber nur«, bei diesen Worten wird sie wieder ernst, »wenn ihr den verdammten Knochen dem Monsignore übergebt. Ich will ihn keinen Tag länger in meinem Haus haben. Abgemacht?«

»Abgemacht!«, sagen wir alle erleichtert.

»Wir sollten auch die Fotografie von dem Pergament und den Abdruck von der Kisteninschrift mitnehmen«, schlägt Karla vor. »Sozusagen als Beweise, man weiß ja nie.«

Judith guckt uns flehend an. »Aber wir fahren nicht wieder mit dem Fahrrad, oder?«

Basti kann ein abfälliges Grinsen in Judiths Richtung nicht lassen. Dann aber antwortet er ihr fast väterlich: »Wir nehmen den Bus, okay?«

Judith kann diese Art von Basti zwar überhaupt nicht leiden, aber sie sagt nichts. Das Thema ist abgeschlossen. Und ehrlich gesagt: Diesmal hat keiner von uns Lust, mit dem Fahrrad zu fahren. Schließlich transportieren wir ja morgen einen besonderen Schatz nach Altenberg.

Als wir schon an der Tür stehen und uns von Oma Luise verabschieden wollen, muss ich noch etwas loswerden: »Eins liegt mir noch am Herzen. Ihr könnt euch schon denken, worum es geht.«

Karla nickt mir zu. »Klar, ich weiß, was du meinst.«

Lilly schaut ihre Schwester unsicher an. »Was denn?«

»Ich schlage vor, dass wir nach unserem Besuch bei Klüter morgen Abend alles unseren Eltern erzählen. Meinst du, Charlie, dass du es noch eine Nacht aushalten kannst?«

»Wenn ihr es schafft, dann werde ich es auch schaffen«, versuche ich so entschieden wie möglich zu sagen. Leicht wird mir das nicht fallen!

Bevor wir nun alle sehr zufrieden und auch stolz den Heimweg antreten, vereinbaren wir mit Judith, dass sie unseren Besuch beim Monsignore anmeldet.

26.
Die Übergabe

Da sind wir also wieder in Altenberg. Es ist Mittwochnachmittag. Und wieder sitzen wir im Altenberger Dom und warten auf den Monsignore Klüter. Nur dieses Mal sind wir irgendwie alle etwas feierlich gestimmt. Wir haben einen wichtigen Auftrag zu erfüllen. Wir wollen die alte, wertvolle Reliquie an ihren ursprünglichen Bestimmungsort bringen. Aber wie wird der Monsignore reagieren? Wird er uns die Geschichte glauben? Es ist super, dass Oma Luise mitgekommen ist. In so einem Fall kann ein Erwachsener sehr hilfreich sein.

Oma Luise sieht in ihrem Jeansanzug und den schwarzen Pumps mal wieder klasse aus. Über ihrer Schulter hängt eine blaue Lederhandtasche. Und darin ist das Bündel mit dem Knochen. Von uns wollte keiner den Knochen tragen. Da hat Oma Luise kurzerhand das Päckchen eingesteckt und fertig. So ist sie halt. Sie trägt die Tasche, als ob da nur ein wenig Geld und ein Lippenstift drin wären. Dass da ein großer Schatz versteckt ist, würde keiner vermuten. Wenn ich diese Tasche tragen müsste, ich würde mich mit Sicherheit die ganze Zeit umdrehen und gucken, ob mich jemand beobachtet. Aber Oma Luise hat damit nichts am Hut. Sie ist so gelassen, als ob sie gerade zu einem Kaffeeklatsch fährt.

Nun warten wir also auf den weißhaarigen kleinen Mann in Schwarz. Monsignore Klüter ist pünktlich. Er kommt auf uns zu und begrüßt uns. Judith stellt ihm ihre Oma vor.

»Also«, fange ich ganz vorsichtig an. »Monsignore, wir müssen Ihnen etwas Wichtiges erzählen.«

»So, ihr müsst?« Seine piepsige Stimme klingt schrill im Kirchenraum.

Verdammt. Da habe ich mich blöd ausgedrückt.

»Na ja, wir möchten Ihnen von einer bedeutenden Entdeckung berichten, die wir gemacht haben.«

»Und diese Entdeckung hat auch etwas mit Ihnen zu tun«, hilft mir Basti weiter.

»Jetzt bin ich aber neugierig geworden.«

»Vielleicht sollten wir woanders hingehen, wo uns keiner zuhören kann?«, fragt Karla leise.

»Gut, gehen wir in die Sakristei.«

Der Monsignore geht voran in den Raum, in dem er uns vor ein paar Tagen das alte Reliquiar gezeigt hat. Er bietet Oma Luise einen rot gepolsterten Lehnstuhl an, damit sie sich daraufsetzen kann. Sie nickt dem Monsignore dankbar zu und nimmt Platz. Wie eine Königin. Dabei lässt sie ihre blaue Tasche provozierend hin und her baumeln.

Ohne es auszusprechen, fordert sie uns auf: Nun mal los, sagt ihm, was ihr gefunden habt und was ich hier in meiner Tasche habe!

Der Monsignore hat es sich auf dem anderen Lehnstuhl bequem gemacht. Seine recht kurzen Beine sind übereinandergeschlagen, und unter der schwarzen Hose werden die ebenfalls schwarzen Socken sichtbar. Er schaut uns über seine Lesebrille hinweg an.

Wir stehen im Halbkreis um die beiden herum. Unsicher von einem Bein auf das andere wippend, die Hände hinter dem Rücken, schauen wir uns gegenseitig an. Jeder wartet darauf, dass einer der anderen anfängt.

Okay, ich mach's!

»Wir haben Ihnen etwas mitgebracht, was Sie schon – schon – äh – sehr – äh – sehr lange vermissen.«

So ein Mist. Ich stottere mir hier etwas zusammen! Nachdem ich einmal fest meine Spucke heruntergeschluckt habe, fasse ich meinen ganzen Mut zusammen und sage dann mit fester Stimme: »Durch einen Zufall sind wir darauf gestoßen. Oma Luise, gib mir bitte das Paket.«

Ich nehme das Bündel und lege es auf den Boden. Fein säuberlich rolle ich das Halstuch von Judith auseinander. Zum Vorschein kommt der kleine Knochen.

Der Monsignore staunt nicht schlecht. Er steht auf und rückt seine Brille zurecht. Er kniet sich mit einem Bein auf den Boden und nimmt den Knochen in die Hand.

»Was soll das bedeuten?« Mit einem Grinsen fügt er hinzu: »Ich kann mich nicht daran erinnern, dass ich in letzter Zeit einen meiner Knochen verloren hätte.«

Er tastet seine Arme und Beine ab. »Es sind noch alle da.«

Ein Schmunzeln geht durch die Sakristei. Die Anspannung ist ein klein wenig gewichen.

»Ich habe mich wohl schlecht ausgedrückt«, fange ich noch einmal an. »Das hier ist eine der Reliquien, die damals dem heiligen Bernhard geklaut wurden, als er sie dem Altenberger Kloster schenken wollte.«

So, jetzt ist es raus.

Der Monsignore zieht die Augenbrauen hoch und öffnet den Mund.

Aber er sagt nichts. Erst ein paar Sekunden später findet er seine Sprache wieder.

Schrill, fast als ob er Probleme hätte, überhaupt einen Ton herauszubringen, fragt er uns: »Wie kommt ihr bloß darauf?« Dabei fixiert er uns mit seinen weit aufgerissenen Augen.

Die anderen nicken mir zu. Ich soll jetzt auch noch den Rest der Geschichte erzählen.

»Durch einen Zufall haben wir in Sankt Nikolaus in Dünnwald ein Pergament gefunden. Darauf stand, dass der Ritter Konstantin einen Schatz versteckt hat. Sie kennen doch den Ritter Konstantin, der auf der Wasserburg in Höhenhaus gelebt hat?«

Ich warte gar nicht ab, ob der Monsignore den Ritter kennt oder nicht, sondern rede direkt weiter.

»In Haus Haan, na Sie wissen schon, da wo früher Konstantin von Hane gelebt hat, haben wir in einem Geheimgang eine alte Kiste entdeckt. Und da drin waren drei kleine Knochen. Da haben wir dann natürlich sofort an Reliquien gedacht, ist doch klar.«

So, jetzt bin ich in Fahrt. Die Worte purzeln von allein aus meinem Mund. Ich muss gar nicht groß nachdenken, was ich sagen soll. Das passiert ganz automatisch.

Ich zwinkere den anderen zu und fahre fort: »Jetzt mussten wir nur noch wissen, wie alt die Knochen sind. Da hatten wir die super Idee, mal im Physikalischen Institut nachzufragen, ob die uns helfen können. Und, was soll ich Ihnen sagen, die haben die Knochen untersucht. Was glauben Sie, wie alt unsere Knochen sind?«

Ich schaue den Monsignore herausfordernd an. Der schüttelt nur ungläubig den Kopf. Klüter wird immer blasser und rutscht immer tiefer in den roten Lehnstuhl. Wenn der so weitermacht, wird er gleich in der hinteren Ritze verschwunden sein.

»Satte tausendsechshundert Jahre! Da war doch klar, dass sie etwas Besonderes sein müssen. Weil wir aber noch nichts Konkretes wussten, haben wir uns noch mal in den Geheimgang geschlichen und uns die Kiste genauer angeguckt. Und siehe da, da stand, dass es ein Geschenk vom heiligen Bernhard war. Da staunen Sie, was?«

Der Monsignore schüttelt ohne Unterbrechung seinen Kopf.

»Schließlich haben Sie uns dann noch die Geschichte von dem mysteriösen Verschwinden der Reliquien berichtet und das leere Reliquiar gezeigt. Erinnern Sie sich? Na, und als wir dann noch von unserem Freund, dem Herrn Rettich, erfahren haben, dass Bernhard überfallen wurde und die Reliquien in den Besitz von Ritter Konstantin gelangt sind, war alles klar. Das war sozusagen das i-Tüpfelchen auf unseren Ermittlungen.«

Ich bin fertig und hole erst mal tief Luft. Basti und Karla nicken mir anerkennend zu. Ich bin mit meinem Vortrag zufrieden.

Monsignore Klüter richtet sich wieder ein wenig auf und blickt skeptisch und gleichzeitig fragend zu Oma Luise.

Die aber nickt dem Monsignore nur zu. »Das, was Charlie Ihnen da eben erzählt hat, stimmt. Zumindest das, was die sechs erlebt, gefunden und entdeckt haben. Ob dies allerdings tatsächlich die vermissten Reliquien sind, wird man vermutlich mit letzter Gewissheit nie sagen können. Aber die Vermutung liegt schon sehr nahe, oder was meinen Sie?« Oma Luise schaut den Monsignore ernst an.

»Hier habe ich noch die Beweise.« Bei dem Wort »Beweise« schreibt Judith mit den Fingern Gänsefüßchen in die Luft. Sie gibt dem Monsignore die Papiere vom Pergament und der Kisteninschrift.

Der schaut sich die Beweise prüfend an.

»Mann, ist das eine Geschichte. Wenn das alles wahr ist, wäre das wunderbar, im besten Sinne des Wortes: ein *Wunder*.« Der alte Mann wirkt glücklich und erschöpft zugleich. Er weiß noch nicht, wie er die Sache einordnen soll. Er kratzt sich am Kopf und schiebt seine Brille dauernd von vorn nach hinten und wieder zurück.

»Natürlich müssen wir die Geschichte noch prüfen. Aber irgendwie habe ich so ein Gefühl, dass das alles so ist, wie ihr vermutet.« Dabei schaut er uns voller Anerkennung an. »Aber wo sind die anderen Knochen? Ich sehe hier nur einen.«

»Ach die! Tja, da hat es eine kleine Komplikation gegeben. Die sind aus der Kiste im Geheimgang gestohlen worden«, antworte ich ihm ruhig. »Aber keine Sorge, sie sind jetzt in sicherer Verwahrung bei der Polizei. Das erzählen wir Ihnen später gern genauer.«

»Und wo ist das originale Pergament?«

Bei dieser Frage wird mir ganz mulmig zumute. Das Pergament haben wir ja total vergessen. Hoffentlich ist das noch an Ort und Stelle. Wenn das weg ist, glaubt uns kein Mensch und wir können nie beweisen, dass das hier die echten Reliquien sind. Aber wer könnte es weggenommen haben – niemand – also muss ich mir keine Sorgen machen. Obwohl, wenn uns Mike und Nils irgendwann beobachtet oder belauscht haben, ohne dass wir es gemerkt haben?

»Das liegt noch in seinem Loch, wo es hingehört.« Bastis Worte reißen mich aus meinen Gedanken. Er sagt das so sicher und selbstbewusst, dass ich erst einmal beruhigt bin.

Der Monsignore steht auf und geht ein paar Schritte im Kreis. Seine Arme hat er auf dem Rücken verschränkt. Dann bleibt er vor Oma Luise stehen und sagt zu ihr: »Das ist die unglaublichste Geschichte, die ich je gehört habe. Aber ich muss sagen, sie klingt überzeugend. Ich glaube, dass die Kinder mit ihrer Vermutung recht haben.«

Die leisen, piepsigen Worte des Monsignore plätschern in die Stille des Raumes wie die ersten Tropfen eines lang ersehnten Regens.

»Ich mache euch einen Vorschlag: Wir legen jetzt gemeinsam diesen einen Knochen in das leere Reliquiar. Da ist er gut aufgehoben.«

Er nimmt seine Brille vom Kopf in die Hand und redet weiter. »Wir haben großes Glück. Denn heute Abend kommen ein paar wichtige Männer zu mir. Wir treffen uns einmal im Monat und besprechen kirchliche Fragen. Und genau so ein Treffen ist heute. Da kommt zum Beispiel der Kölner Dompropst. Der ist sozusagen der Chef vom Kölner Dom. Und der Pfarrer von Odenthal kommt auch. Das ist die Gemeinde gleich neben Altenberg. Der kennt sich sehr gut im Mittelalter aus. Mit denen bespreche ich diese ganze unglaubliche Angelegenheit. Darf ich die Beweispapiere solange behalten?«

»Ja, natürlich«, antwortet Judith schnell.

»Dann rufe ich euch morgen an und berichte euch, was wir von euren Reliquien halten. Versprochen!«

»Ich denke, das ist eine sehr gute Idee«, schaltet sich Oma Luise in das Gespräch ein.

Sie wirkt erleichtert, dass die Reliquie jetzt hierbleiben soll und sie sie nicht mehr in ihrer blauen Handtasche mit nach Hause befördern muss. Wir können ihr da nur zustimmen.

Der Monsignore holt das Reliquiar aus dem Schrank und öffnet den Deckel. Karla und Lilly nehmen ganz vorsichtig den Knochen und legen ihn hinein. Das Ganze ist für uns ein sehr bewegender Moment. Ohne den Beschluss der anderen Priester kann der Monsignore keine echte Zeremonie mit Segen und so weiter daraus machen. Aber für uns ist es auf jeden Fall ein ganz besonderer Augenblick. Das alles geschieht in einer feierlichen Stille.

Schließlich stellt Klüter das Reliquiar wieder an seinen alten Platz, wo es so lange leer gestanden und nur auf diesen einen Moment gewartet hat. Dann dreht er sich zu uns um und fragt: »Wen von euch soll ich morgen anrufen?«

Judith meldet sich wie in der Schule. »Rufen Sie bitte bei mir an. Ich bin so was wie die Telefonzentrale vom Projekt Prämonster.«

Der Monsignore guckt fragend in die Runde.

»Das ist die Geheimparole unserer Entdeckung«, erklärt Basti.

»Abgemacht, ich melde mich morgen. Und jetzt entschuldigt bitte einen alten Mann, der sich erst einmal von diesen Neuigkeiten erholen muss.«

Wir verabschieden uns und verlassen die Sakristei und den Dom. Ohne den Knochen im Gepäck fühle ich mich viel leichter. Eine riesengroße Last fällt von mir ab. Vorher habe ich das gar nicht so empfunden. Aber jetzt spüre ich, wie mich diese Geschichte in den letzten Tagen wortwörtlich belastet hat. Wenn ich mir die anderen so ansehe, dann glaube ich, dass es ihnen ähnlich geht. Fröhlich pfeifend und springend bewegen wir uns zur Bushaltestelle.

Während der Fahrt verspricht Judith uns hoch und heilig, dass sie sich morgen sofort bei mir meldet, wenn sie was von Klüter erfahren hat. Morgen ist Zeugniskonferenz, und deshalb haben wir schulfrei. Das trifft sich gut. Da kann der Monsignore Judith den ganzen Tag erreichen. Sie darf auf keinen Fall das Haus verlassen. Das hat sie uns geschworen. Ich bleibe natürlich auch zu Hause und gebe die Nachricht dann direkt an Karla und Lilly weiter. Und die rufen bei Tom und Basti an.

Zu Hause angekommen, wartet an diesem Abend noch eine besonders schwierige Aufgabe auf mich. Wie erzähle ich meinen Eltern von den Ereignissen der letzten Tage?

Ich setze mich zu Mama in die Küche. Mit ihr allein zu sprechen fällt mir leichter als direkt mit der ganzen Familie. Sie bereitet gerade einen gemischten Salat vor. Ich beobachte sie, wie sie Tomaten und Paprika klein schnibbelt und alles in eine große Schüssel legt. Mama merkt natürlich, dass ich was auf dem Herzen habe. Sie hört auf zu schneiden, dreht sich zu mir um, legt ihre Hände auf meine Schultern und schaut mich prüfend an.

»Nun leg schon los, Charlie! Was bedrückt dich. Du willst mir doch schon seit Tagen etwas sagen, oder?« Mama setzt sich neben mich auf den Küchentisch und legt ihren Arm um mich.

»Also, Mama, es geht um den Stadtteilführer, den Karla, Lilly, Basti, Tom, Judith und ich schreiben wollten.«

»Ja?«

»Es ist nämlich so ...« Das Reden fällt mir schwer. Ich bin so erschöpft. Aber wenn nicht jetzt, wann dann!

»Also«, fange ich noch einmal an, »wir haben da plötzlich eine Entdeckung gemacht und dann immer neue merkwürdige Dinge gefunden und ganz viele spannende Sachen erlebt und ...«

Dann erzähle ich ihr alles, wirklich alles, von der kleinsten Kleinigkeit bis zu den großen Momenten, von Oma Luise, Herrn Rettich, Frau Kurz und Monsignore Klüter und natürlich von dem Dieb aus Haus Haan und dass er uns eingeschlossen hatte. Sogar den komischen Herrn Schmitz aus der Bibliothek erwähne ich. Es ist heute das zweite Mal, dass ich diese ganze unglaubliche Geschichte erzähle.

Dann ist alles raus. Ich schaue Mama mit einer Mischung aus Stolz und Angst vor dem, was sie jetzt sagen wird, an.

Sie sagt erst einmal gar nichts. Sie drückt mich nur näher an sich ran. Ich glaube, sie macht sich gerade alle die Sorgen, die sie sich in den letzten Tagen gemacht hätte, wenn sie etwas von unseren Abenteuern gewusst hätte. Dann sagt sie ruhig: »Was für eine Story! Darf ich darüber ein Buch schreiben?« Sie lacht mich an, und wir umarmen uns ganz fest. Eine kleine Ewigkeit lang.

»Klar«, gebe ich ihr zur Antwort, »aber nur, wenn ich mitverdienen kann.«

Es ist mal wieder einer dieser Abende, an denen ich nicht einschlafen kann. Kein Wunder! Ich würde zu gern wissen, was die hohen Herren der Kirche heute Abend in Altenberg besprechen. Ob sie unsere Reliquie anerkennen? Und was, wenn nicht? Und was, wenn doch? Vielleicht werden wir ja berühmt. Oder bekommen wir doch noch Ärger mit der Polizei? Hoffentlich klärt sich das alles morgen auf. Nur gut, dass jetzt Mama Bescheid weiß. Sie wird es heute Abend Papa erzählen. Ich für meinen Teil habe erst einmal genug Spannung ausgehalten. Das reicht für die nächste Zeit.

27.

Die Bestätigung

»Charlie, aufwachen!«

Ich höre die Stimme meiner Mutter noch halb im Schlaf. Heute ist doch schulfrei. Warum soll ich aufwachen?

»Charlie, Judith ist am Telefon.«

Judith! Jetzt sind meine Augen auf. Ich bin schlagartig wach. Judith! Und sie ruft schon so früh an! Das ist ja klasse. Dann muss ich nicht den ganzen Tag warten und warten und warten. Ich springe aus dem Bett und rase die Treppe runter.

»Hallo, Judith. Hast du Neuigkeiten?«

»Würde ich dich sonst anrufen?«

»Erzähl schon! Hat sich der Monsignore gemeldet? Was hat er gesagt?«

»Die haben gestern Abend wohl lange und intensiv über unseren Fund diskutiert. Schließlich sind sie zu der Überzeugung gelangt, dass der Knochen tatsächlich aus den echten Reliquien stammen kann.«

»Wahnsinn!« Ich kann es nicht fassen.

»Natürlich muss jetzt noch eine Kommission alle Details überprüfen, hat Klüter gesagt. Aber so lange bleiben die Reliquien in Altenberg und werden als echt anerkannt.«

Ich habe mich mit dem Telefon aufs Sofa gelegt und die Augen geschlossen. Unglaublich, dann ist jetzt alles gut.

»Das Wichtigste kommt noch«, höre ich Judith am anderen Ende der Leitung.

»Klüter möchte uns heute Abend um sechs Uhr alle in Sankt Nikolaus treffen. Außerdem fragt er, ob es wohl möglich ist, dass auch die Person dazukommt, die das Alter der Knochen bestimmt hat, also Frau Kurz. Er hat gesagt, dass es schön wäre, wenn auch Oma Luise und unsere Eltern kommen können. Und das ist noch nicht alles. Der Dompropst vom Kölner Dom und der Pfarrer aus Odenthal kommen auch, und sogar noch ein Professor für Kirchengeschichte, der irgendein Buch über den heiligen Bernhard geschrieben hat.«

»Das wird ja eine spannende Versammlung werden.«

»Ach, das hätte ich fast vergessen: Klüter hat mit Pater Paul gesprochen. Der betreut die Gemeinde in Sankt Nikolaus und hat die Restaurierungsarbeiten dort beaufsichtigt. Der wird auch da sein.«

Plötzlich ist die Sorge wieder da: Hoffentlich ist das Pergament noch da? Ich schiebe den Gedanken jetzt einfach weg. »Wann klären wir das mit den beiden Knochen bei der Polizei?«, frage ich stattdessen.

»Darüber haben wir noch nicht gesprochen. Ach noch was: Er hat gefragt, ob wir die Kiste mitbringen können, in der die Knochen versteckt waren. Da habe ich ihm aber gesagt, dass das nicht geht, weil wir da bestimmt nicht noch mal unbemerkt reinkommen. Die würden wir dann lieber später, mit seiner Erlaubnis, ganz offiziell aus dem Geheimgang holen. Damit war er einverstanden.«

»Hast du 'ne Idee, was der Klüter heute Abend vorhat?«

»Nee, ehrlich gesagt nein. Ich habe keinen Schimmer. Rufst du jetzt die anderen an? Und denkt daran, euren Eltern Bescheid zu sagen. Ich versuche, Frau Kurz zu erreichen. Bis heute Abend dann.«

Judith hat schon aufgelegt. Das wäre natürlich spitze, wenn Frau Kurz Zeit hat. Ich rufe schnell Karla an und berichte alles, was ich von Judith gehört habe.

Mama sitzt am Frühstückstisch und schaut mich erwartungsvoll an.

»Na sag schon! Was hat Judith gesagt?«

Als sie die Neuigkeiten gehört hat, ist auch sie offensichtlich sehr erleichtert. Natürlich kommt sie heute Abend mit, und Papa bestimmt auch. Sie wird ihn anrufen.

Die Zeit vergeht heute aber auch besonders langsam. Ich schaue ungefähr jede Viertelstunde auf die Uhr. Wann ist es endlich so weit? Wann beginnt endlich dieser verfluchte heutige Donnerstagabend?

Dann endlich! Es ist Viertel vor sechs. Wir stehen vor Sankt Nikolaus. Mama, Papa und ich. Basti, Tom, Karla und Lilly mitsamt allen verfügbaren Eltern sind auch schon da. Judith und Oma Luise kommen gerade die Straße entlang. Wir sind komplett. Fehlen nur noch die wichtigen Kirchenmänner.

Da hält ein quietschrotes Miniauto vor der Kirche. Die Fahrerin winkt uns. Mensch, das ist Frau Kurz. Ich renne zu ihr rüber und mache die Beifahrertür auf. »Hallo, das ist ja super, dass Sie da sind«, rufe ich ihr begeistert zu.

»Als Judith mich heute Morgen angerufen, mir alles erzählt und mich dann auch noch angefleht hat, unbedingt zu kommen, konnte ich gar nicht Nein sagen. Was für eine Story! Und es sind echte Reliquien? Kaum zu glauben.« Frau Kurz lacht mich mit ihrem freundlichen Gesicht an.

Dann steigt sie aus. Die große Frau Kurz aus diesem kleinen Auto. Das sieht schon komisch aus. Wir gehen gemeinsam zu den anderen. Ich stelle sie unseren Eltern vor. Judith und Oma Luise sind mittlerweile auch eingetroffen. Da stehen wir nun und wissen nicht so recht, was wir sagen sollen. Wann kommen denn endlich der Klüter und die anderen?

In diesem Moment fährt Lena auf ihrem Fahrrad vorbei. Nach einem schnellen Blickkontakt zwischen uns ruft Karla ihr quer über die Straße zu, dass sie doch mal zu uns kommen soll. Als Lena bei uns ist, erklärt Karla ihr, dass der Stadtteilführer eine gewisse unerwartete Wendung genommen hätte, und erzählt ganz grob, was passiert ist. Und da sie, Lena, ja zum Team gehöre, solle sie doch bleiben.

Lena ist sehr stolz und sehr glücklich. Natürlich bleibt sie, auch wenn sie nicht genau begriffen hat, was hier eigentlich passiert. Aber sie gehört dazu. Das reicht im Moment. Hoffentlich macht sie uns nicht irgendwann Vorwürfe, dass wir ihr nicht immer die Wahrheit gesagt haben. Lena ist nämlich gar nicht so doof, wie wir immer dachten. Ich mag sie wirklich.

Dann aber wird unsere Aufmerksamkeit auf eine lustige kleine Prozession gelenkt. Punkt sechs Uhr schreiten fünf schwarz gekleidete Herren wie fünf Pinguine über die Straße auf den Klosterhof von Sankt Nikolaus zu. Gleichzeitig bekomme ich ein komisches Gefühl in der Magengegend. Was wird jetzt hier gleich passieren?

»Hallo zusammen.« Der Monsignore Klüter begrüßt uns mit seiner hellen, piepsigen Stimme. »Schön, dass Sie alle gekommen sind«, wendet er sich an unsere Eltern und Oma Luise.

»Und Sie sind sicher die Physikerin, die unseren jungen Detektiven geholfen hat, richtig?« Der Monsignore gibt Frau Kurz die Hand. Die nickt nur kurz. Die Kirchenmänner scheinen sie sehr zu beeindrucken.

»Oh, da ist ja noch ein junges Fräulein.« Klüter zeigt auf Lena. »Du warst aber nicht mit in Altenberg dabei, oder?«

Lena schaut verlegen zu mir und Karla.

»Darf ich vorstellen«, helfe ich ihr. »Das ist Lena, eine Freundin von uns, die gewissermaßen dazugehört.«

Klüter reicht ihr die Hand. Schüchtern gibt Lena auch Klüter ihre Hand und zieht sich dann ganz schnell in die hintere Reihe zurück. Nun steht sie etwas abseits und beobachtet, was passiert.

»Darf ich euch und Ihnen nun meine Begleiter vorstellen. Der schlanke junge Mann«, dabei zeigt er auf einen zwar schlanken, aber keineswegs jungen Mann, »ist der Dompropst von Köln. Daneben steht mein alter Freund Karl, der Pfarrer in Odenthal ist. Und der freundliche Herr mit der Glatze ist Professor Wemsig. Pater Paul ist wohl schon vorgegangen, um die Kirche aufzuschließen.«

Tom guckt die Herren prüfend an. Sein Blick bleibt am

Dompropst hängen. »Ich weiß, was ein Pfarrer und ein Professor ist. Aber was ist ein Dompropst?«

Der Gefragte wendet sich freundlich Tom zu. »Es gibt in Köln die sogenannten Domkapitulare. Das sind zwölf Männer, die sich um alles kümmern, was mit dem Dom zu tun hat. Die bestimmen auch, was alles im Dom gemacht werden darf und was nicht. Na, und wenn du so willst, bin ich der Chef von denen.«

Der Dompropst schaut Tom an und fragt ihn: »Hast du das so ungefähr verstanden?«

Tom nickt. »Ich glaube schon. Und warum sind Sie heute hier?«

»Nach der Geschichte, die ich gestern von Monsignore Klüter erfahren habe, wollte ich doch unbedingt die sechs jungen Helden kennenlernen.«

Bei dem Wort »Helden« blitzt ein Hauch von Stolz über Toms Gesicht. Er streckt die Brust nach vorn und stellt sich ganz gerade hin. Ich glaube, er ist gerade mindestens fünf Zentimeter gewachsen. Vermutlich sieht er im Moment vor seinem inneren Auge einen Film ablaufen, in dem er als »Held Tom« ein großes Abenteuer besteht und einen phantastischen Schatz findet.

Aber genug von Tom, dem Helden! Ich muss jetzt wissen, was hier gebacken ist. »Bitte spannen Sie uns nicht länger auf die Folter, sehr geehrter Herr Monsignore, was haben Sie vor und warum sind wir alle hier?«

Ich gucke ihn erwartungsvoll an. Mama legt mir ihre Hand auf die Schulter und flüstert mir ins Ohr: »Gut, dass du gefragt hast, sonst hätte ich es gleich getan.«

Der Monsignore sagt gar nichts, aber fordert uns auf, ihm in die Kirche zu folgen.

In dem Moment biegt der nette Polizist vom Sportplatz um die Ecke. Wie ich später erfahre, hatte Mama ihn informiert. Das war eine richtig gute Idee von ihr gewesen. Wir bitten den Monsignore, noch einen Augenblick zu warten, und erzählen ihm in aller Kürze von dem Dieb und der Vereinbarung mit dem Polizisten.

»Ach du meine Güte«, entfährt es dem Monsignore. »Ihr wart ja sogar auf Verbrecherjagd.« Herrn Specht fordert er auf: »Guter Mann, berichten Sie uns, was Sie über den Verbrecher wissen.«

Herr Specht, um den sich nun alle scharen, fängt vorsichtig an zu berichten: »Also, wir haben den Mann gestern verhört. Er ist nur vorübergehend in Köln und wohnt bei einer Verwandten in Haus Haan.«

Karla und ich schauen uns an. Klar, die Bekannte von Rettich!

»Offensichtlich hat der Mann Geldsorgen«, fährt der Polizist nun selbstbewusster fort. »Seine Familie lebt in Süddeutschland. Aus Scham, weil er seinen Job verloren hatte, ist er dort abgehauen. Nun hat er versucht, irgendwie an Geld zu kommen. Und da seid ihr ihm gerade recht gekommen. Er hat euch beobachtet und belauscht und dann später die beiden Reliquien und den Stoff genommen. Das alles wollte er an einen Reliquienhändler aus Osteuropa verkaufen. Das hätte ja auch fast geklappt, wenn ihr ihm nicht einen Strich durch die Rechnung gemacht hättet.«

Bei diesen Worten wachsen Karla und ich in Sekundenschnelle jede bestimmt zehn Zentimeter. Wir fühlen uns echt groß.

»Und was wird nun aus dem Mann?«, möchte Mama genau wissen.

»Er muss einen Tag Sozialdienst in einem Kindergarten absolvieren, dann geht er zurück nach Bayern. Er möchte wieder zurück zu seiner Familie.«

Die ganze Gruppe auf dem Kirchplatz atmet gemeinschaftlich einmal tief durch.

»Wenn Sie einverstanden sind, bringe ich Ihnen morgen die beiden anderen Reliquien vorbei«, schlägt Herr Specht dem Monsignore vor.

Der ist einverstanden und fordert uns dann ein zweites Mal auf, ihm zu folgen. »Nun aber hinein in die Kirche. Wir haben schließlich noch etwas Wichtiges zu erledigen.«

Seitdem wir das letzte Mal hier waren, hat sich einiges verändert. Das große Chaos ist beseitigt, auch wenn noch hier und da Werkzeug herumliegt. Alles in allem macht der Kirchenraum einen sauberen, schönen, erneuerten Eindruck.

Klüter geht zum Altar, der wieder an seinem alten Platz steht, und legt die Papiere, die wir ihm gestern dagelassen haben, in die Mitte auf den Altar. Alle, die nun hier versammelt sind, stehen um den Altar herum – wie bei einem Gottesdienst.

»Das Wichtigste zuerst«, fängt der Monsignore an. »Wir glauben euch und gehen davon aus, dass es sich bei eurem Fund tatsächlich um die vermissten Reliquien handeln könnte.« Er schaut die Erwachsenen an. »Ich kann doch davon ausgehen, dass Sie bereits über die Entdeckung informiert wurden?«

Unsere Eltern nicken. Natürlich haben sowohl Karla und Lilly als auch Basti und Tom ihren Eltern alles erzählt, genau wie ich auch.

»Aber wir müssen noch ein paar Details überprüfen. Darum sind wir heute hier, an dem Ort, wo alles angefangen hat.«

Klüter macht eine lange Pause, in der er mehrmals tief Luft holt, bevor er fortfährt.

»Das hier ist übrigens Pater Paul«, stellt er uns jetzt einen sehr großen, noch jungen Mann vor, der schwarze Jeans und Sandalen trägt und so gar nicht wie die anderen Männer aussieht. Er kommt gerade aus der Sakristei, wo er das Licht eingeschaltet hat.

Der sieht echt nett aus. Er lacht uns herzlich zu, so als ob wir uns schon lange Zeit kennen würden. Wir lächeln zurück.

Mit seiner dunklen, aber warmen Stimme fragt er uns: »Wo ist denn nun das originale Pergament, von dem mir Monsignore Klüter erzählt hat?«

Pater Pauls Worte lassen die Spannung extrem ansteigen. So ganz genau wissen wir ja gar nicht, ob das Pergament noch da ist.

Oh Gott! Das Loch ist weg! Erst jetzt bemerke ich, dass der kaputte Boden mit neuen Platten ausgebessert wurde. Wenn ich in die blassen Gesichter meiner Freunde schaue, sehe ich, dass sie genauso erschrocken sind wie ich.

Ich gehe den Boden ab und krame in meiner Erinnerung. Irgendwo hier muss es sein. Aber ich bin mir nicht sicher. Was machen wir denn jetzt bloß?

Auch Judith geht auf dem Kirchenboden auf und ab, den Blick nach unten gesenkt, hoch konzentriert. »Verdammt noch mal«, flucht sie leise, »wo war denn das verdammte Loch?«

»Da muss es sein.« Basti zeigt auf drei neue Bodenplatten, die anscheinend erst vor Kurzem verlegt wurden.

Judith zeigt auf eine andere Stelle etwas weiter links. »Nein, hier ist das Versteck.«

Basti schüttelt den Kopf. »Du täuschst dich. Hier ist es.«

Ich blicke von Basti zu Judith. Orientierung war noch nie meine Stärke. »Ich habe keinen Schimmer«, gebe ich zu.

»Das gibt es doch nicht«, schimpft Judith. Sie wird jetzt richtig sauer. »So lange ist es doch noch nicht her, dass wir hier waren. Da kann man doch nicht alles vergessen haben.«

Basti hat inzwischen mit einem kleinen Meißel, den er in einer Ecke gefunden hat, die Fugen um die neuen Platten, unter denen er das Pergament vermutet, herausgekratzt. Langsam, sehr vorsichtig hebt er die erste von den neuen Platten hoch. Unsere Eltern, Frau Kurz und die Kirchenmänner stehen angespannt und sichtbar aufgeregt um ihn herum. Keiner von den Erwachsenen versucht, ihn davon abzuhalten, den immerhin neuen Kirchenboden wieder kaputt zu machen.

Ich habe mich neben Basti auf den Boden gekniet und schaufle mit ihm die Erde unter der Platte zur Seite. Es dauert ein bisschen, bis wir gemeinsam ein tiefes Loch gegraben haben. Aber dann spüren wir, wie wir auf einen kleinen Hohlraum stoßen, in dem die Erde nicht verdichtet ist.

Ich leuchte mit der Taschenlampe hinein, die ich, warum auch immer, mitgenommen habe. Basti greift in das Loch und tastet mit geschlossenen Augen das Erdreich ab.

Plötzlich hebt er siegessicher seinen linken Arm hoch, während sein rechter noch in dem Loch steckt, und stößt ein energisches »Ja!« heraus.

Dann taucht der rechte Arm mit dem alten Pergament in der Hand auf. »Ich wusste es doch«, sagt er triumphierend.

Basti hat das Loch gefunden.

»Mein Bruder!« Tom ist wieder einmal sehr stolz auf seinen großen Bruder.

Lena ist einen Schritt nach vorn gekommen, hat ihre Augen weit aufgerissen und den Mund geöffnet. Sie kann es nicht fassen, was hier gerade abgeht. Aber sie sagt kein Wort. Sie staunt nur.

Judith verbeugt sich vor Basti. »Okay, du hattest recht.«

»Wer jetzt recht hat oder nicht, ist doch vollkommen egal. Hauptsache, wir haben das Pergament wiedergefunden«, sagt Karla erleichtert. Sie nimmt Basti das wertvolle Papier aus der Hand und legt es vorsichtig auf den Altar.

Die Männer schauen sich das Pergament genau an. Sie drehen es und wenden es, untersuchen es mit Lupen, halten es gegen das Licht und schütteln zwischendurch immer wieder den Kopf. Wir beobachten still und erwartungsvoll die Männer in Schwarz, wie sie da ihre geheimnisvollen Handlungen am Altar durchführen.

Pater Paul dreht sich als Erster zu uns um. Er schaut uns ernst an. Was kommt denn jetzt?

»Warum wart ihr eigentlich in der Kirche? Die war doch wegen der Bauarbeiten geschlossen«, fragt er in die Runde.

Oh Mann, jetzt gibt es doch noch Ärger, schießt es mir durch den Kopf.

»Wir, wir«, stottere ich, »wir wollten nur etwas über die

Kirche in unserem Stadtteilführer schreiben. Und da dachten wir, dass wir sie uns ganz kurz auch von innen anschauen müssten.« Verlegen schaue ich auf den Boden.

Keiner sagt was. Es entsteht eine lange Pause. Stille, sonst nichts. Die Männer am Altar haben gar nicht zugehört. Die sind noch mit dem Pergament beschäftigt. Unsere Eltern scheinen auch gespannt zu sein, was der Pater jetzt sagen wird.

»Soso! Was für ein Glück, dass ihr euch nicht an das Schild ›Betreten verboten‹ gehalten habt.« Pater Paul grinst übers ganze Gesicht. Er scheint uns zu mögen. Erleichtert hole ich tief Luft. Und erleichtert atmen auch unsere Eltern auf.

Die Kirchenmänner drehen sich alle auf einmal, als ob sie ein unhörbares Signal erhalten hätten, zu uns um. Zwischen dem leisen Gemurmel, das von ihnen zu hören ist, kann ich ein »Unfassbar« heraushören. All unsere Blicke sind auf Klüter gerichtet. Seine Mimik verrät nicht, was er denkt.

»Sehr beeindruckend, wirklich sehr beeindruckend! Das Pergament ist eine Sensation, wirklich eine Sensation!« Klüter spricht diese Worte mehr leise vor sich hin, als dass er uns anspricht.

Dann geht er die Stufen vom Altar langsam hinunter und wendet sich an Frau Kurz, die wie eine Schülerin, die gerade vom Lehrer drangenommen wurde, ruckartig strammsteht.

»Und Sie konnten das Alter des Knochens bestimmen?«, fragt der Monsignore nun Frau Kurz.

»Ja, mit ziemlicher Sicherheit ist der Knochen eintausendsechshundert Jahre alt. Plus/minus fünfzig Jahre. Hundertprozentig genau kann man das nicht sagen.«

»Können Sie uns das Untersuchungsergebnis auch noch schriftlich geben?«, fragt der Monsignore nach.

»Selbstverständlich.« Frau Kurz wirkt fast ein wenig verlegen.

Der Monsignore dreht sich zum Professor um. »Professor Wemsig, können Sie uns nun freundlicherweise erzählen, was Sie über Bernhards Besuch in Altenberg wissen?«

Der angesprochene glatzköpfige alte Mann macht eine kleine Verbeugung. Das habe ich schon manchmal im Fernsehen gesehen, dass Erwachsene so eine kleine Verbeugung machen, wenn sie gebeten werden, etwas zu sagen. Das sieht ganz schön komisch aus.

»Wie ihr vielleicht wisst, habe ich ein Buch über den heiligen Bernhard geschrieben.« Dabei reibt er sich mit der einen Hand über seinen prallen Bauch, mit der anderen zubbelt er an seinem rechten Ohrläppchen. Er ist sichtlich stolz und vielleicht auch ein wenig eingebildet.

»Ich vermute, dass Bernhard im Jahr 1139 nach Altenberg gekommen ist. Denn es gibt einen Brief aus diesem Jahr, in dem Bernhard einem Vertrauten von dem Überfall und dem unersetzlichen Verlust der wertvollen Reliquien in der Nähe des Klosters Altenberg berichtet. Deshalb glaube ich auch, dass es sich bei eurem Fund um die lange Zeit vermissten Reliquien handelt. Ob er damals nach dem Überfall noch seine Reise nach Altenberg fortgesetzt hat, kann ich allerdings nicht mit letzter Sicherheit sagen.«

Die Tatsache, dass er das nicht sicher weiß, scheint ihn wirklich unglücklich zu machen.

Nun ergreift der Dompropst das Wort. »Leider wissen wir nicht, von wem diese Reliquien eigentlich sind. Das wird wohl für immer ein Geheimnis bleiben. Wir werden sie deshalb die ›Reliquien des unbekannten Heiligen‹ nennen.«

Als ob es der Reihe nach geht, redet jetzt Pater Paul, der neben dem Dompropst steht.

»Und jetzt kommt das Beste und Wichtigste: Wir haben uns gedacht, hier in Sankt Nikolaus ein Schild an der Kirchenwand zu befestigen, auf dem eure ganze unglaubliche Geschichte erzählt wird. Die Stelle im Boden, wo ihr das Pergament gefunden habt, markieren wir mit einem kleinen Mosaik. Seid ihr damit einverstanden?«

Da brauchen wir nicht lange zu überlegen. Klar sind wir damit einverstanden.

Jetzt ist der Monsignore wieder an der Reihe. »Das originale Pergament nehme ich mit nach Altenberg. Das werden wir natürlich auch noch weiter untersuchen müssen. Außerdem müssen wir die Kiste in dem unterirdischen Gang bergen.«

Der Monsignore hat auch schon einen Plan. »Wir nehmen Archäologen vom Kölner Denkmalpflegeamt mit. Das überlassen wir diesmal dann den Experten.«

Schließlich drückt der Dompropst jedem Einzelnen von uns, auch unseren Eltern, die Hand. »Sie können wirklich stolz auf Ihre Kinder sein«, sagt er zu ihnen.

Der Professor und der Pfarrer aus Odenthal, der die ganze Zeit kein Wort gesagt hat, nicken uns zu. Das soll wohl heißen, dass sie der gleichen Meinung sind wie der Dompropst.

Und der Monsignore schaut mal wieder über seine Brillengläser, erst ernst, dann freundlich und piepst nur leise: »Bis bald!«

Er zwinkert uns zu und verschwindet mit den anderen schwarz gekleideten Männern, bis auf Pater Paul. Der bleibt noch.

»Was haltet ihr davon, wenn ich euch nächste Woche zu Kaffee und Limo einlade? Dann könnt ihr mir die ganze Geschichte noch mal haarklein erzählen.« Pater Paul schaut uns erwartungsvoll an.

»Klar kommen wir«, antworte ich für alle. »Lena, du kommst doch auch?«

Lena nickt. Sie ist immer noch sprachlos.

Pater Paul dreht sich um und geht in Richtung Sakristei. Er öffnet die Tür. Kurz bevor er dahinter verschwunden ist, wendet er seinen Kopf über die Schulter in unsere Richtung und ruft: »Sagen wir Mittwoch, halb vier?«

Ohne auf eine Antwort zu warten, ist er verschwunden. Dieser Mann scheint immer in Bewegung zu sein. Er wirkt fast ein bisschen hektisch. Aber nett ist er!

Da stehen wir nun, allein, alle wichtigen Männer sind weg. Statt der Anspannung, die man in Gegenwart so vieler wichtiger Männer automatisch hat, kommt die Entspannung. Lilly hüpft einmal quer durch die Kirche, Basti klopft seinem kleinen Bruder auf die Schulter, und Karla und ich fallen uns in die Arme. Lena muss sich erst einmal hinsetzen, irgendwo auf einen alten Eimer.

Auch die Erwachsenen werden entspannter. Schließlich wussten sie ja nicht, ob sie sich irgendwelche Strafpredigten über ihre missratenen Kinder anhören müssten.

Oma Luise saß die ganze Zeit auf einem alten Plastikstuhl, der noch von den Bauarbeiten hier stehen geblieben ist. Sie hat sich alles relativ gelassen angehört, denn sie wusste schließlich mehr als alle anderen.

Nun meldet sich Oma Luise zu Wort: »Dem Günther Rettich erzähle ich die ganze Geschichte, wenn ihr nichts dagegen habt. Ich wollte den alten Knaben sowieso mal zu Kaffee und Kuchen einladen.«

»Gute Idee, Oma.« Judith steht neben ihr und drückt sie liebevoll an sich.

Draußen vor der Kirche lädt Papa uns alle spontan zum Griechen am Waldbad ein. »Ich brauch jetzt dringend ein Kölsch, nach der ganzen Aufregung«, sagt er.

Und ich merke plötzlich, dass ich einen Riesenhunger habe. »Klasse, Papa. Darf ich anstelle des Kölschs auch 'ne Cola und Fritten haben?«

Statt zu antworten, nimmt mich Papa in den Arm und drückt mir einen lauten, schmatzenden Kuss auf die Backe, worauf ich mir erschrocken mit dem Handrücken über die Backe wische. Damit hatte ich jetzt überhaupt nicht gerechnet. Die anderen lachen.

Es dauert ein bisschen, bis wir alle beim Griechen angekommen sind. Frau Kurz kommt auch mit. Karla, Judith und ich durften mit ihr im quietschroten Mini mitfahren. Papa hat die anderen mitgenommen, Basti und Tom sind mit dem Fahrrad gekommen. Nur Lena musste leider nach Hause. Ich glaube, die muss das Ganze jetzt erst einmal verdauen.

Es ist ein lustiger Abend. Wir, die Helden dieses Abenteuers, überschlagen uns im Erzählen. Aus den kleinsten Nebensachen werden dramatische Erlebnisse. Unsere Eltern hören gespannt zu. Immer wieder gibt es zwischendurch ein großes Gelächter.

Schließlich verabreden wir uns für den nächsten Tag. Da spielen »Köbes Underground« im Waldbad. Klar, dass wir dahin gehen.

28.

Köbes Underground

Nun sind fast vier Wochen vergangen, seitdem ich den Artikel über den Wettbewerb mit dem Stadtteilführer im Stadt-Anzeiger gelesen habe. Aus unserem Stadtteilführer ist nichts geworden. Heute ist die Frist abgelaufen. Als ich das Datum heute Morgen auf meinem Kalender gesehen habe, habe ich natürlich sofort Karla angerufen.

Doch bevor ich mit ihr über das heutige Datum reden kann, unterbricht sie mich: »Weißt du, was ich gestern erfahren habe?«

Natürlich weiß ich es nicht. So eine dumme Frage. »Sag schon. Was ist los?«

»Nun rate mal, wer auch an dem Wettbewerb mit dem Stadtteilführer teilgenommen hat.«

»Keine Ahnung.«

»Nils und Mike. Und nun kannst du auch noch raten, über was die so geschrieben haben … na, dämmert es?«

Ich habe immer noch keine Ahnung.

»Erinnerst du dich an die verschwundenen Artikel im Waldbad, deinen über das Waldbad und Lenas über Haus Haan? Genau diese Texte, originalgetreu, habe ich in deren Bewerbung gesehen.«

»Das gibt's doch nicht! Und wie bist du an deren Bewerbung gekommen?«

»Ein Junge aus Lillys Klasse hat da wohl auch mitgemacht. Lilly kam das Ganze komisch vor, und da hat sie eine Kopie der Artikel, die der Typ stolz rumgezeigt hatte, einfach mitgehen lassen.«

»Ich fass es nicht.« Ich bin wirklich ein wenig sprachlos. Da klauen die einfach unsere Texte!

Karla meint, da könne man jetzt nichts mehr machen. Aber

das sei auch nicht so wichtig nach allem, was passiert ist. Recht hat sie. Heute feiern wir erst einmal unseren Erfolg. Und das machen wir im Waldbad. Dann werden wir gemeinsam das Projekt Prämonster abschließen. Ich habe da eine Idee.

Jedes Jahr, kurz vor den Sommerferien, spielt die Band von Köbes Underground im Waldbad. Die Stimmung ist echt klasse. Lena ist auch dabei. Sie ist uns nicht böse, dass wir ihr nicht von Anfang an alles erzählt haben. Und sie hat auch ihre Sprache wiedergefunden. Die stumme Lena hat mir gar nicht so gut gefallen wie die redende. Wer hätte das noch vor drei Wochen gedacht!

Karla, Lilly, Basti, Lena und ich haben unsere Badeklamotten mitgenommen. Vielleicht dürfen wir ja nachher noch schwimmen gehen. Judith hat gesagt, dass ihr das viel zu kalt ist. Und Tom ist ein bisschen erkältet. Er darf jetzt auf keinen Fall krank werden. Denn am Montag ist sein großes Konzert in der Schule mit dem Orchester.

»Hey, jetzt spielen die mein Lieblingslied«, ruft Basti uns zu.

»Ob dr Zooch durch Nippes jeiht oder an dr Ampel steiht, ob Jan dem Griet dr Kopp verdriht, jeit uns am Arsch vorbei«, schallt es aus den riesigen Lautsprechern.

Wir springen von unserem Lager auf, das wir uns aus Decken und Handtüchern eingerichtet haben, und rennen zur Bühne. Da muss man einfach laut mitsingen. Wir hüpfen und tanzen wild durcheinander. Ich bin schon ganz aus der Puste. Jetzt kommt auch noch das Lied »Bütz Bütz«. Das mag ich besonders gern.

Ich stupse Karla in die Seite. »Wir sollten endlich unsere eigene Band gründen. Vielleicht spielen wir dann ja auch mal hier im Waldbad?« Karla nickt mir begeistert zu.

Judith hat das auch gehört. »Träumt weiter«, zischt sie abfällig. Judith kann sich so was einfach nicht vorstellen.

Nun wird es aber Zeit, schwimmen zu gehen. »Kommt, wir

suchen Hans, den Schwimmmeister«, schlage ich den anderen vor. Wir laufen also durch das Waldbad. Bei den vielen Leuten ist es gar nicht so einfach, jemanden zu finden.

»Ich habe ihn!«, ruft Lena uns zu. »Dahinten. Da ist er.«

An seinen roten Haaren kann man ihn deutlich erkennen. Und schon stehen wir im Kreis um ihn herum. Hans, der wie immer seine blau-grünen Badelatschen trägt, ahnt schon, was jetzt kommt. Mit einem breiten Grinsen wartet er in aller Ruhe ab.

»Haaans.« Lilly dehnt den Namen ganz lang. Dabei zwinkert sie Hans mit ihren großen Augen zu. »Hans«, sagt sie nun noch mal, »dürfen wir schwimmen?«

Hans nimmt Lilly an den Armen und hebt sie hoch. »Wie könnte ich dir etwas abschlagen? Okay, aber nur eine halbe Stunde.«

Lilly drückt Hans einmal fest an sich und rennt dann zu den Handtüchern rüber. Sie hat den Badeanzug schon an. So schnell kannst du gar nicht gucken, da ist sie im Wasser. Karla, Basti, Lena und ich springen hinterher.

Tut das gut! Nach den letzten aufregenden Tagen ist das wie Urlaub.

»Dreh dich nicht um!«, flüstert Karla mir zu. »Am Beckenrand stehen Nils und Mike.«

Und kurze Zeit später höre ich schon die nervige Stimme von Nils. »Na Supergirls, auch beim großen Konzert dabei?«

»Was wollen die denn jetzt hier?«, rufe ich so laut zu Basti rüber, dass die beiden das hören müssen. »Ich glaube, mir wird gerade schlecht, wenn ich die sehe.«

»Wo ist denn dein Bernhard-Schätzchen?«, ruft Mike mir mit einem anzüglichen Lächeln zu.

Dieser blöde Idiot! »Oh, der hat ganz schöne Knochenarbeit geleistet«, kontere ich und betone dabei das Wort »Knochen« besonders. »Der muss jetzt erst mal in Frieden ruhen.«

Die anderen gucken verständnislos von Mike zu mir. Ich habe ihnen nicht erzählt, dass Nils und Mike mich mal bedrängt und mir den Zettel weggenommen hatten, auf dem ich mir den Namen des Heiligen notiert hatte. Nur Karla ahnt etwas und lächelt mir verschmitzt zu.

Nils und Mike haben nicht gemerkt, wie sich Judith von hinten leise an sie herangeschlichen hat. Mit einem kurzen, heftigen Schubs stößt sie die beiden ins Wasser. Genüsslich reibt sie sich die Hände.

»Bravo, Judith«, gratuliere ich ihr aus dem Wasser.

Nils und Mike rudern wild durch das Wasser zur Treppe hin. Ihre Klamotten sind triefend nass. Die beiden fluchen laut und zittern vor Kälte.

»Dumm gelaufen«, ruft Basti ihnen zu.

»Ich merke, wie es mir schlagartig besser geht. Ich fühle mich schon wieder sauwohl«, rufe ich den beiden noch hinterher, während sie laut schimpfend abziehen.

Lena quietscht vor Vergnügen. Die kann die beiden auch nicht leiden.

Basti ist von Judiths Aktion begeistert. »Vielleicht werden wir zwei ja eines Tages mal richtig dicke Freunde!«, ruft er Judith zu.

Die schüttelt sich nur, muss aber dabei auch lächeln.

Nach dem Schwimmen gibt es Fritten. Wir sitzen in unsere Handtücher gehüllt auf den Decken. Die Band macht Pause.

»Wisst ihr, was mir gerade einfällt«, frage ich mit vollem Mund die anderen.

»Na, sag schon«, drängelt Judith mich ungeduldig. Solche Fragen, die man natürlich überhaupt nicht beantworten kann, mag sie gar nicht. Wer kann schon wissen, was mir gerade durch den Kopf geht?

»Willi Schmitz! Der Mann in der Zentralbibliothek, der uns den Text übersetzt hat. Erinnert ihr euch? Sollen wir den mal anrufen und ihm die ganze Geschichte erzählen? Schließlich hat er uns auf die richtige Spur gesetzt. Der hat mir damals doch seine Telefonnummer in die Hand gedrückt.«

»Klar doch. Jetzt kann er uns nichts mehr wegnehmen. Ich

kann das machen«, bietet Basti ganz entspannt auf dem Rücken liegend an.

Karla schiebt sich die letzte Fritte in den Mund. Danach wischt sie sich mit der Serviette den Mund ab. Typisch Karla!

Ich finde, jetzt ist der richtige Moment gekommen, eine kleine Zeremonie abzuhalten.

»Liebe Freunde«, fange ich feierlich an, »heute wollen wir uns von unserem Projekt Prämonster, das uns in den letzten Wochen täglich begleitet hat, viele Kopfschmerzen bereitet und glückliche Augenblicke beschert hat, verabschieden.«

Aus meiner Tasche krame ich eine schwarze Papierrolle heraus. Mit großer Geste rolle ich sie auseinander. Auf dem schwarzen Grund steht in goldenen Buchstaben »Projekt Prämonster« geschrieben.

»Basti, würdest du mir bitte dein Feuerzeug geben?«

Die anderen sind ganz still und schauen mir einfach nur schweigend zu.

Basti holt sein Feuerzeug und fragt leise: »Darf ich?«

Ich nicke ihm zu.

Basti zündet das Papier an. Wir blicken auf das kleine Feuer. Alle sind innerlich bewegt. Schließlich ist unser großes Abenteuer nur noch Asche, und natürlich ganz viel Erinnerung.

Judith ist ganz gerührt und flüstert: »Das hast du echt schön gemacht, Charlie.«

»Aber ein Rätsel haben wir noch nicht gelöst«, sagt Karla leise in die Stille hinein.

Tom und Lilly drehen sich ruckartig zu Karla um. Basti, Judith, Lena und ich schauen wie gebannt zu Karla rüber.

»Was denn jetzt noch? Ich habe keine Lust mehr auf Rätsel.«

Basti liegt nicht mehr entspannt auf dem Rücken. Er hat sich kerzengerade hingesetzt und verzieht sein Gesicht wie bei einem heftigen Schmerz.

Ich tippe Karla an die Schulter. »Was meinst du?« Ich habe wirklich keine Ahnung, wovon sie redet.

Karlas Gesicht nimmt einen geheimnisvollen Ausdruck an, als sie sagt: »Wie kam das Pergament in das Loch von Sankt Nikolaus?«

Verdammt. Karla hat recht.

Basti haut mit seiner Faust auf die Wiese. »Dieses Rätsel können jetzt die Leute von der Kirche lösen. Was haltet ihr davon?«

Wir haben genug Detektivarbeit geleistet. Da sind wir uns alle einig.

29.

Der Artikel

Es ist Samstagmorgen. Gestern Abend wurde es sehr spät. Das Konzert ging bis Mitternacht. Jetzt ist es schon zehn Uhr. Ich habe tief und fest geschlafen, so gut wie schon lange nicht mehr. Nach ein paarmal Räkeln und Gähnen stehe ich auf. Jetzt muss ich erst einmal lecker frühstücken!

Auf meinem Teller liegt eine Seite aus dem Kölner Stadt-Anzeiger. Mama und Papa, die auch noch am Frühstückstisch sitzen, schauen mich erwartungsvoll an.

»Nun lies schon«, drängelt Papa.

Sensationelle Entdeckung im Kölner Nordosten

Sechs Kinder im Alter von zehn bis dreizehn Jahren haben in meisterlicher Manier ein altes, fast vergessenes Rätsel gelöst. Bei Recherchen zu dem von unserer Zeitung ausgeschriebenen Schülerwettbewerb »Gestaltet euren Stadtteilführer« stießen sechs Kinder aus Höhenhaus und Dünnwald auf ein unbekanntes Pergament aus dem Mittelalter. Durch großartige Ermittlungsarbeit konnten sie herausfinden, dass der Schreiber des Dokuments ein Ritter Konstantin von Hane war, der im 12. Jahrhundert auf einer Wasserburg in Köln-Höhenhaus lebte. Als sie das Dokument entziffert hatten, ging es auf Schatzsuche, denn von einem Schatz hatte Ritter Konstantin auf diesem Pergament berichtet. Keine Gefahr konnte die Kinder davon abhalten, dem Geheimnis auf die Spur zu kommen. Sie stießen auf einen Geheimgang und dort tatsächlich auf eine alte Kiste. Darin befanden sich, wie sich später herausstellte, wertvolle, seit Langem als verschollen geltende Reliquien eines bis jetzt noch unbekannten Heiligen. Der heilige Bernhard hatte diese Reliquien seinerzeit dem

Kloster in Altenberg schenken wollen, wurde aber von Räubern überfallen, und die kostbaren Reliquien wurden ihm dabei entwendet. Wie der Kölner Dompropst gestern gegenüber dem Kölner Stadt-Anzeiger bestätigte, handelt es sich bei den gefundenen Knochen mit höchster Wahrscheinlichkeit um diese vermissten Reliquien. Sie werden derzeit im Altenberger Dom aufbewahrt und können dort besichtigt werden.

Ich falte die Zeitung zusammen und lehne mich zufrieden zurück. Von unserem Dieb kein Wort. Das ist gut so. Der Mann hat genug Probleme. In aller Ruhe lasse ich noch einmal die Ereignisse der vergangenen drei Wochen in Gedanken an mir vorbeiziehen.

Was für ein Abenteuer!

Ein paar Wochen später stehen die Sieger des Schülerwettbewerbs in der Zeitung. Wer hat nun den besten Stadtteilführer geschrieben? Die Gruppe, der sich Mike und Nils gegen Ende noch so überraschend angeschlossen hatten, hat tatsächlich den zweiten Preis erhalten!

Irgendwie bin ich ein bisschen stolz. Schließlich stammt ein Artikel aus diesem Stadtteilführer von mir …

Anmerkung der Autorin:

Ritter Konstantin von Hane soll tatsächlich gelebt haben, zwar etwas später als in diesem Buch, aber er und seine Burg sind genauso Teil der rechtsrheinischen Geschichte wie das Prämonstratenserinnen-Kloster. Sogar zu dem Geheimgang gibt es recht gesicherte Hinweise. Haus Haan und Sankt Nikolaus existieren noch heute. Auch den heiligen Bernhard gab es wirklich. Nur der Besuch von Bernhard in Altenberg ist nicht bekannt. Er ist von mir erfunden, genauso wie der Überfall auf ihn. Die berüchtigten Räuber auf der Berliner Straße trieben allerdings tatsächlich damals ihr Unwesen.

Susanne Rauprich, Köln, im September 2011